Eric Malpass

Liebe blüht zu allen Zeiten

Roman

Deutsch
von
Anne Uhde

Rowohlt

Titel des englischen Originals
The Raising of Lazarus Pike
Schutzumschlag- und Einbandentwurf von
Eva Kausche-Kongsbak

1. Auflage März 1981

Gesamtherstellung Clausen & Bosse, Leck
Printed in Germany
ISBN 3 498 04274 2

Liebe blüht zu allen Zeiten

I

Barbara Masters wanderte mutterseelenallein durch die graue Moorlandschaft von Yorkshire den Pennine Way entlang. Der Torfboden war durchzogen von schmalen Gräben und steilen Erdspalten, den Cloughs, die meist nur ein paar Meter tief waren, manchmal gab es aber auch größere Einbrüche, etwa zehn Meter breit und entsprechend tief, in denen Moortümpel oder trügerische Sümpfe waren. Alles war in nasses Grau gehüllt. «Freundliches Licht, o führe – aus Trübsal und Not mich zu ihm», sang Barbara ohne Melodie vor sich hin. Trübselig ist es hier weiß Gott, dachte sie und betrachtete die graue Landschaft: Moor und Torf, tiefhängende Wolken, und ein Himmel so grau wie die Erde. Kein Vogel brach das Schweigen, brachte etwas Leben in die kalte Einöde. Barbara hatte gern Menschen um sich, konnte aber auch gut allein sein. Hier allerdings wäre ihr ein Wandergefährte lieb gewesen. Und gerade als sie mit ihren Gedanken so weit gekommen war, fiel sie über eine Gestalt.

«Au!» sagte die Gestalt.

«O Verzeihung!» sagte Barbara. Sie kam wieder auf die Beine und sah sich an, was da auf dem Weg lag. Da sie in der Schule zum naturwissenschaftlichen Zweig gehörte, hatte sie wenig Ahnung von Shakespeare, aber sein Ausspruch «O wackre Erde, die solche Wesen hat!» entsprach in etwa dem, was sie in diesem Augenblick fühlte. Denn vor ihr auf dem Weg kauerte ein

Junge, etwa in ihrem Alter, gut aussehend, in wasserdichten Hosen, kräftigen Stiefeln und einem Pullover mit der Aufschrift «Oxo».

«O Mann, bist du verletzt?» fragte Barbara besorgt. «Ich meine, warst du schon vorher verletzt, ehe ich über dich gefallen bin?»

«Ja, mein Knöchel. Ich kann gehen, aber es tut weh. Ich muß öfter mal Pause machen.»

«Laß mal sehen.» Sie besah sich sein Bein. «Ja ... durch den Stiefel kann ich natürlich nicht durchsehen.»

«Nein, aber wenn ich ihn ausziehe, kriege ich ihn womöglich nicht wieder an.»

«Ach komm, das riskieren wir. Ich hab mal ein Buch gelesen: ‹Erste Hilfe für Anfänger›. Gibt dir das Vertrauen?»

«Nicht sehr viel.» Er zog aber doch folgsam den Stiefel aus und dann die Socke. Barbara betrachtete den Fuß.

«Sieht ein bißchen schwammig aus, was?»

«Ja, finde ich auch.»

«Fühlt sich auch so an. Tut das weh?»

«Ja.»

«Ja, das stand auch in dem Buch.» Sie lachte ihn plötzlich an. «Da sitzen wir ganz schön in der Patsche, was?»

«Nein, nur ich. Du brauchst deswegen doch nicht –»

«Ich hab mal gehört, wie jemand zu einem Mr. Pitsch sagte: ‹Sie sitzen ganz schön in der Patsche, Mr. Pitsch.› War ganz ernst gemeint.»

«Tatsächlich?»

«Ich fand es immer witzig.» Sie überlegte. «Was meinst du – wollen wir unsere Zelte aufschlagen und hier übernachten? Vielleicht ist es morgen besser.»

«Oder schlimmer.»

«Oder schlimmer, kann sein. Aber um das rauszufinden, gibt's nur einen Weg. Gib mir mal deinen Packen her.»

«Ich kann dich doch nicht alles allein machen lassen.»

«Doch.» Wieder kam das strahlende Lächeln. «Ich hab mir immer gewünscht, mal jemand zu bemuttern. Wenn man Naturwissenschaften macht, kommt der Mutterinstinkt oft zu kurz, das kannst du mir glauben.»

Eine Stunde später war es dunkel. Barbara hatte Eier gekocht, Schinken und Würstchen gebrutzelt, starken Tee aufgegossen und die beiden Zelte errichtet; satt und zufrieden lag der junge Mann jetzt in dem einen und sie in dem anderen Zelt. Ein Öllämpchen schien in die Zelte hinein, beleuchtete die Gesichter und ein paar Quadratmeter Torfboden. Rundherum war Dunkelheit, Schweigen und die Stille der Ewigkeit. Der Junge sah Barbara an. Er fand ihr Gesicht wundervoll: kindlich, lächelnd, und doch eine Spur nachdenklich und traurig.

«Gute Nacht», sagte sie. «Übrigens – ich heiße Barbara Masters, aber meine Freunde sagen Bar, oder Barbar, oder auch Bählamm.» Sie gähnte. «Maman sagt immer, ein geliebtes Kind hat viele Namen.»

«Wer sagt das?»

«Maman. Sie ist Französin, und alle Welt ist verliebt in sie. Aber Daddy und ich, wir sind stockbritisch.»

«Prima. Ich bin Nicholas Instone. Guten Tag.»

«Guten Tag.» Sie streckte die Hand aus, so daß ihre Fingerspitzen sich gerade berührten. Dann machte sie das Lämpchen aus und vergrub sich in ihren Schlafsack. Einen Augenblick später kam der Kopf wieder hoch. «Du – Nicholas!»

«Ja?»

«Ich meine – mit deinem Fuß, und wo ich so eingepackt bin – ich meine, da wirst du ja wohl nicht auf dumme Gedanken kommen. Aber falls doch – na ja, dann laß es lieber, ja?»

«Ich werd' mein Bestes tun», sagte er ernst. «Gute Nacht.»

Leonard Instone ging in das Zimmer seiner Tochter, um ihr Gute Nacht zu sagen. Er war beunruhigt, als er sah, daß die Bettdecke von unten erhellt war. Von Kate war nichts zu sehen als ein Häufchen unter der Decke.

Alle Welt sagte, es sei ganz egal, was Kinder läsen, Hauptsache, sie läsen überhaupt etwas. Aber Leonard war altmodisch; er fand diese Bemerkung ebenso blödsinnig, als wenn man sagte, es sei egal, was Kinder essen, wenn sie nur irgendwas essen. Ihn erschreckte die Vorstellung, daß seine süße unschuldige Tochter sich da womöglich eines der modernen widerwärtigen Druckerzeugnisse vorgenommen hatte.

«Kate?» sagte er fragend.

Sie schlug die Decke zurück. Das goldblonde Haar fiel ihr ins Gesicht, und sie lachte ihn an.

«Wenn du Brautjungfer sein willst, mußt du aber auf deinen Schönheitsschlaf achten. Läßt du mich mal sehen, was du da liest?» sagte er.

Er war erleichtert, als sie ihm einen staubgrauen dikken Band entgegenhielt, den er mit kurzsichtigen Augen betrachtete. *Lady Emilys Entscheidung, Bd. II, las er. Von Lazarus Pike.*

«Ist es gut?»

«Klasse. Janet Youngs Großmutter hat es mir geliehen, alle drei Bände. Den dritten kannst du haben, wenn du willst. Mummy liest gerade den ersten. Du, Dad, hoffentlich kommt Nicholas rechtzeitig zur Hochzeit.»

«Er muß rechtzeitig da sein, er ist doch einer der Zeremonienmeister.»

«Und was meinst du, wie er hinkommt?»

«Na, mit dem Zug natürlich.»

«Oder zu Fuß. Er liebt doch Fußmärsche.»

«Aber doch nicht von Durham, mein geliebtes Schäfchen!» Er küßte sie zärtlich. Für diesen einsamen, wunderlichen Mann war Kate eines der wenigen Bänder, die ihn mit der Umwelt verbanden. Er war ein Mensch, der mehr aus Unsicherheit als aus Ablehnung seiner Mitmenschen nicht leicht Freundschaften schloß. Nur den fiktiven Gestalten in Büchern trat er frei und unbefangen gegenüber. Das war auch der Grund, warum er in seiner Freizeit Buchbesprechungen für den *Danby Advertiser* schrieb – eine Nebenbeschäftigung, die die Bankdirektoren mit väterlicher Nachsicht, wenn auch ohne Verständnis duldeten.

An diesem Abend blieb er lange auf und las. Als er endlich zu Bett ging, sah er erstaunt, daß seine Frau Jane, in die Kissen gelehnt, ebenfalls las. «Das muß aber ein fesselndes Buch sein», sagte er.

Sie sah ihn mit ihrem leicht ironischen Lächeln an. «Was für dich», sagte sie und hielt ihm Band I entgegen. «Du kannst es haben, ich will jetzt schlafen. Gute Nacht.» Und sie rollte sich zusammen wie ein Igel, der sich gegen Störenfriede wehrt.

Leise zog er sich aus, schlüpfte in seinen billigen Pyjama und griff nach *Lady Emilys Entscheidung*. Er lag still und schlug lautlos die Seiten um – wenn er daran dachte, konnte er von geradezu neurotischer Rücksicht sein. Er las bis drei Uhr morgens. Dunkelgraue Schriftblöcke auf ehemals weißem Papier. Passagen, so schwer wie Grabsteine. Aber eine Prosa ... kraftvoll und stark, glänzende Charakterisierungen, Situationen, die mit Hardy konkurrieren konnten, und ein leiser, sanfter Humor. Und von diesem Mann hatte Leonard noch nie gehört! Offenbar war Lazarus Pike in Vergessenheit geraten. Armer Kerl, dachte er – da hat er nun geschrieben, Neues geschaffen, gekämpft und sich durchgesetzt. Und dann – das Grab und Vergessenheit. Hundert Jahre ungelesen (außer von Janet Youngs Großmutter). Alle seine Helden, alle die Worte, die der Kopf seiner Hand diktierte, Tag für Tag, Jahr für Jahr: alles ausgelöscht, eingeschlossen in vergessenen Büchern auf verstaubten Regalen, wie eingesargte Körper im Gewölbe – tot. So tot, wie auch Jane und ich und unsere Liebe einmal sein werden. Er nahm die Hand seiner Frau und drückte sie, denn er konnte sehr sentimental werden, wenn er an sowas dachte. Sie bewegte sich unruhig und murmelte etwas, aber sie wachte nicht auf.

«Warum habe ich bloß einen Mann aus diesem schrecklichen Land geheiratet!» Mit strahlendem Lächeln sah Antoinette Masters ihren Mann an. Als ihr Blick zu den regenverhangenen Bergen des Pennine zurückkehrte, verschwand das Lächeln. «Jetzt fängt es auch noch an zu nieseln», stöhnte sie. «Großartig.»

Wenn Antoinette ‹großartig› sagte, klang es fast wie ein Knurren. Die erste Silbe holte sie aus einer stimmlichen Tiefe, die von einem Engländer kaum je benutzt wurde. Die zweite Silbe wurde möglichst langgezogen, um Ekel, Verachtung, Verzweiflung auszudrücken, und die dritte glich einem Dolchstoß.

Clive Masters hielt den Lagonda in einer Parkbucht an und stieg aus. «Lieber das Verdeck jetzt zumachen.» Er fing an, die Riemen zu lösen. Antoinette saß bequem zurückgelehnt auf dem weichen Ledersitz und blickte ungläubig und angewidert über die Weite von Derbyshire. Plötzlich setzte sie sich auf und zeigte auf ein Schild. «Mein Gott! Sieh bloß, was da steht!»

«Pennine Way» stand auf dem Schild, und es wies auf eine schwarze Kraterlandschaft, die durchzogen war von Schluchten und Wasserläufen. Antoinettes Stimme klang fast flehend, als sie sagte: «Das ist doch nicht etwa da, wo wir Barbar treffen sollen?»

«Was glaubst du, warum ich an diesem gottverlassenen Flecken angehalten habe?» Clive zog – zog. Das Verdeck entfaltete sich und fing den Wind ein wie ein Segel. «Verdammt», sagte Clive Masters.

Antoinette starrte immer noch auf die Kraterlandschaft. «Und da strengen die blöden Menschen sich so an, um auf den Mond zu kommen. Das hätten sie hier auch haben können!»

Clive hatte jetzt die eine Seite festgehakt und machte sich an die andere. Endlich waren Verdeck und Seitenwände in Ordnung; er setzte sich wieder auf den Fahrersitz und schlug die Tür zu. Der Regen war stärker geworden, er trommelte jetzt auf das Verdeck und lief in Rinnsalen an den Seiten hinunter. Antoinette schauerte zusammen. «Hier sitzen wir also.» Dann lehnte sie sich zur Seite und rieb zärtlich die Wange an der ihres Mannes. «Im Kofferraum ist Kaffee, *chéri.*»

Er ließ die Hände auf dem Lenkrad. «Hast du etwas dagegen, wenn du ihn dir selber holst?»

Sie ließ sich gegen die Seitentür fallen und starrte ihn so angewidert an, wie sie vorher die regennasse Landschaft angestarrt hatte. «Dann werde ich ja klitschnaß! Nicht nur, daß ich immer im offenen Wagen fahren muß, wie ein Schwein zum Viehmarkt – jetzt soll ich auch noch mit meiner Frisur in den Regen hinaus! Dann sehe ich morgen auf der Hochzeit wie eine Hexe aus!» Und sie legte die Finger an die Schläfen und zog eine Grimasse.

Clive hatte gerade den Kofferraum erreicht, als sie ihm zurief: «Schau mal, Clive, da kommt ein Mann vom Mond.»

Von Norden her erschien eine Gestalt. Manchmal verschwand sie in einer Bodensenke, tauchte dann schwankend wieder auf und stapfte resolut weiter. Jetzt kam sie näher: klobige Stiefel, formlose Hosen, unleugbar auch ein Busen, über dem sich ein Pullover spannte. Das einzige, was dieses Wesen von einem Astronauten unterschied, war die Tatsache, daß es keinen Helm trug, dafür aber Ohrringe und einen Pferdeschwanz.

«Allmächtiger!» rief Clive Masters. «Das ist ja Barbara!»

«Großartig!» rief Antoinette. Ohne Rücksicht auf den Regen, ihre Frisur und den Nerz sprang sie aus dem Wagen und umarmte ihre nasse Tochter mit stürmischen Küssen und zärtlichen gallischen Koseworten.

Barbara reagierte ebenso warm, aber mit angemessen britischer Zurückhaltung. «Tag, ihr Zwei», sagte sie mit strahlendem Lachen. «Prima abgepaßt. Gibt's vielleicht gerade Kaffee?»

«Gleich.» Antoinette senkte die Stimme. «Dein Vater ist etwas widerspenstig heute, Liebes. Vielleicht – un certain âge, weißt du?»

Clive Masters erschien mit einem Picknickkorb. Neben seiner zierlichen Frau wirkte er groß und ungehobelt. In der Schule war er ein Grobian gewesen. Er war es auch heute noch, wo er es sich leisten konnte. Jetzt starrte er seine Tochter aus vorstehenden Augen an. «Na – ganz schön scheußlich da draußen, was?»

«Nein – fabelhaft. Außerdem hab ich einen großartigen Jungen kennengelernt.» Sie deutete nach Norden. «Da hinten ist er. Sehnenzerrung, deshalb konnte er nicht so schnell laufen.» Sie nahm ihren Rucksack ab, setzte ihn auf den nassen Boden und legte sich bequem hin, wobei sie den Rucksack als Kopfkissen benutzte.

Clive Masters starrte sie immer noch an. «Noch nie habe ich etwas gesehen, was weniger nach einer Brautjungfer aussah», sagte er.

Barbara verschränkte die Hände hinter dem Kopf. «Du hast doch wohl nicht erwartet, daß ich in Organdy und Spitzen über den Pennine wandere, nicht wahr?»

«Ich habe überhaupt nicht erwartet, daß du über den Pennine wanderst. Wir sind schließlich auf dem Weg zu einer Hochzeit, Kind, und nicht zu einer Arbeiterversammlung.»

«Na, dann warte nur, bis du den Jungen siehst.» Barbara stützte sich auf den Ellbogen und blickte über das Moor. Fröhlich winkend rief sie laut: «Hu-huu!»

Der hinkende junge Mann kam näher und winkte zurück. Clive Masters öffnete den Picknickkorb und entnahm ihm eine Thermosflasche, Tassen, Gläser und eine Flasche Courvoisier. «Mach schnell!» schrie Barbara. «Bleichgesicht hat Feuerwasser im Planwagen!»

Der junge Mann war herangekommen und versuchte zu lächeln, ohne schmerzhaft das Gesicht zu verziehen. Barbara lehnte sich zurück und machte eine große Handbewegung, wie ein Römer, der beim Bankett seine Gäste vorstellt. «Hier, das ist der Junge», sagte sie zu den Eltern, und dann zu dem Jungen: «Meine betagten Eltern.»

«Tag», knurrte Clive. Antoinette blickte zu dem Jungen auf, als habe sie nie ein schöneres Lebewesen gesehen, und streckte ihm freundlich die zarte, duftende Hand entgegen. Ihr «Guten Tag» hätte eine Turteltaube neidisch machen können.

«Warum haben Sie da *Oxo* stehen?» fragte Clive Masters gereizt. Die ‹betagten Eltern› hatten ihm nichts ausgemacht, aber ‹Planwagen› für den geliebten Lagonda, das nahm er übel.

«Warum nicht?» fragte der junge Mann verständnislos.

Clive Masters wußte es auch nicht. Er wußte nur, daß nichts auf der Welt ihn bewegen könnte, sich *Oxo* quer über die Brust zu schreiben. Dabei waren er und dieser junge Mann vom gleichen Geschlecht und Volk, sie gehörten zur gleichen Klasse und Kultur. Was sie trennte, war nur der Altersunterschied von fünfundzwanzig Jahren. Plötzlich ging ihm durch den Kopf, daß er eigentlich die Jugend haßte. «Hier», sagte er kurz und reichte dem Jungen Kaffee und Cognac.

Antoinette richtete ihren weiblichen Charme mit der Intensität eines Brennglases auf den jungen Mann. Mit zärtlich-tiefer Stimme fragte sie: «Sie haben doch gewiß einen Namen, nicht wahr?»

«Ja.» Er reagierte wie eine Blume im Treibhaus auf die Sonnenwärme. «Ich heiße Nicholas Instone.»

«Ist das nicht toll, dieser Zufall?» sagte Barbara. «Nicky kommt auch zu der Hochzeit – er ist Zeremonienmeister bei der heiligen Handlung.»

Clive drehte sein Glas zwischen den Fingern und

starrte böse auf das *Oxo*. «Sie werden sich ja wohl umziehen?»

«Mein Gott – ja. Natürlich habe ich einen makellosen Anzug mit.» Er nahm einen Schluck Courvoisier und fragte vorwurfsvoll: «Sie haben doch nicht angenommen, daß ich *so* komme?»

«Ich dachte bloß», gab Clive kalt zurück. Gott sei Dank, dachte er, als *ich* heiratete, dachte man über so was gar nicht weiter nach.

Die Vorstädte von London blieben zurück. Amos Crump beobachtete es fast mit einer Art Panik. Der Norden war ihm, er war der erste, der das zugab, nicht recht geheuer. Lächerlich, natürlich. Er war schon einmal in Manchester gewesen und hatte es überlebt. Aber es war ein traumatisches Erlebnis gewesen. Er mochte die Menschen im Norden einfach nicht, das war's. Und aus irgendeinem unerklärlichen Grunde mochten ihn anscheinend die Menschen im Norden auch nicht. Das lag natürlich einzig und allein an ihrem harten, mißtrauischen Charakter, sagte er sich.

Mein Gott, dachte er, und nun diese Hochzeit, eine Hochzeit auf dem Lande! Mittelstand und kirchliche Trauung! Amos hätte kaum sagen können, welche Einrichtung für ihn am meisten passé war: Gott oder die Kirche oder der englische Mittelstand.

2

In der schönen getäfelten Empfangshalle des Hotels *Royal George* in Shepherd's Delight, im Norden von Derbyshire, saß Jane Instone, so elegant gekleidet, wie es das Gehalt eines Bankangestellten erlaubte. Sie blätterte in einer Illustrierten. Kate, ein dickes Buch im Arm, rutschte unruhig wie ein eingesperrter Hänfling neben ihr auf der Couch hin und her. Leonard saß an einem kleinen Schreibtisch und las mit gerunzelter Stirn im *Telegraph*.

«Wann wohl Nicholas kommt?» sagte Kate.

«Geh doch raus und warte dort auf ihn», sagte Jane. Sie wollte sich ausruhen, und an Ausruhen war nicht zu denken, solange Kate wie eine gespannte Feder neben ihr saß.

Kate stürzte nach draußen, und Jane schmiegte sich tiefer in ihren Sessel. Sie war wunschlos glücklich. Ein bequemes Hotel, ein paar müßige Stunden, ein gutes Dinner und eine lange ruhige Nacht vor sich, und morgen dann das festliche Ankleiden und der Trubel und die hübsche Hochzeit. Das war eine schöne Abwechslung.

Sie wollte das Fest gründlich auskosten – verdient hatte sie es. Die langen, langen Jahre mit all den Kosten für Nicholas' Schulausbildung, künftige Jahre mit ähnlichen Kosten für Kate, und keinerlei Aussicht auf eine wesentliche Besserung der Verhältnisse. (Sie war heimlich davon überzeugt, daß Leonard den lieben Gott jeden Abend bat, die Bank möge ihn nicht zum Manager machen.) Trotzdem, sie wollte Leonard nicht kritisieren. Er war wirklich ein guter Ehemann und meist auch leicht lenkbar, und wenn er sich wirklich einmal versteifte, wechselte sie schnell das Thema und setzte nach einer Weile ihren Willen doch durch.

Von ihrem Platz aus konnte sie die Rezeption gut sehen. Das gefiel ihr. Nicht nur, weil sie ihren Sohn Nicholas dann gleich beim Eintreten sah, sondern vor allem, weil für sie – wie für die meisten Frauen – das Kommen und Gehen in einer Hotelhalle so faszinierend war wie das Auf- und Abtreten der Schauspieler auf der Bühne. Eigentlich merkwürdig, dachte sie, mein Mann interessiert sich nur für die Verschrobenheiten der menschlichen Natur, er ist der veritable verhinderte Romancier. Er sitzt da und liest seine Zeitung. Ich dagegen, viel zu handfest und praktisch, um je schreiben zu wollen, frage mich, wer diese Leute da sind, warum sie dauernd reisen, wie sie zueinander stehen und in welchem Milieu sie leben. Ich denke mir richtige kleine Geschichten aus. Dieser Mann da, zum Beispiel, der gerade hereinkommt, sich so irritiert den dünnen Bart kratzt und mit seinen kleinen Schweinsaugen alle Sessel auf ihre Bequemlichkeit prüft, der einen gleichgültigen Blick auf Leonhard wirft und dann mich ansieht, die einzige Frau hier, schon weitaus interessierter. Ein Handlungsreisender? Junggeselle? Wie ein bequemer Pantoffelheld sah er nicht aus. Der Mann setzte sich so, daß er Janes schöne Beine im Auge behielt, und blickte verstohlen zu ihr herüber.

Jane zog ihren Rock etwas herunter und vertiefte sich in ihre Zeitschrift.

Kate kam wieder herein. «Noch nichts von ihm zu sehen. Abscheulich von ihm, finde ich», sagte sie zu Jane und ließ sich in einen Sessel fallen. Sie schlug ihr Buch auf und sagte grollend: «Der kommt bestimmt zu Fuß her.»

«Sei nicht albern. Er kann doch nicht von Durham zu Fuß herkommen.»

«Das sagt Daddy auch, aber ich kenne Nicholas. Er liebt eben Wanderungen, das dumme Stück.»

Hätte Amos Crump etwas Humor besessen, hätte er vielleicht die Regel abgewandelt und sich gesagt: Versuche nie mit einer Frau anzubandeln, die Tweed und Perlen trägt und in einem Dreisterne-Hotel wohnt. Das führt zu nichts. Aber der alte Trick, sich der Mutter über das Kind zu nähern, war immerhin einen Versuch wert. Er sagte also freundlich: «Sieht ja mächtig gelehrt aus, dein Buch, junge Dame.»

Kate haßte es, von Erwachsenen ‹junge Dame› tituliert zu werden. Sie hielt das Buch hoch, so daß er den Titel auf dem Rücken lesen konnte.

«Du lieber Gott», sagte er. «Du vertust deine Zeit mit Viktorianern, Kind? In deinem Alter solltest du lieber feststellen, was junge, moderne Schriftsteller zu sagen haben.»

Unverschämtheit! dachte Jane. Aber sie ließ sich nicht in die Unterhaltung hineinziehen. Amos sprach zwar zu Kate, aber seine kleinen Augen waren auf die Mutter gerichtet, in der Hoffnung, daß sie sich beteiligte.

«Daddy sagt, es ist ein guter Schriftsteller», sagte Kate. «Er sagt, wenn er mehr gelesen worden wäre, würde er auch heute noch gedruckt.»

«Dein Vater scheint viel davon zu verstehen», sagte Amos. «Hat er was mit Literatur zu tun?»

«Er rezensiert Bücher», sagte Kate, die das Besprechen von Büchern für eine blödsinnge Beschäftigung hielt. Wenn *sie* ein Buch las, wußte sie von allein, ob es ihr gefiel oder nicht, ohne daß jemand es ihr sagte.

Jetzt war Crumps Interesse erwacht. «Tatsächlich?» fragte er. «Wie heißt denn dein Vater?» Erwartungsvoll sah er Jane an, aber sie blieb in ihre Zeitschrift vertieft.

«Leonard Instone.»

Crumps gelbliche Augen flackerten unruhig. Er ließ sich nie die Chance entgehen, sich bei Spitzenkritikern beliebt zu machen. Aber Instone gehörte bestimmt nicht dazu, er hatte den Namen nie gehört. «Für welche Zeitungen schreibt er denn?» erkundigte er sich, die Augen immer noch auf Jane gerichtet.

«Für den *Danby Advertiser*.»

Du liebe Zeit, dachte Crump. Aber Kate hatte jetzt genug von dieser Unterhaltung. «Daddy?» rief sie laut.

Leonard ließ seine Zeitung zwei Zentimeter sinken und blickte vorsichtig um sich, wie immer, wenn eine Stimme plötzlich «Daddy» rief. Er liebte seine Tochter – natürlich liebte er sie, aber es war ja immerhin denkbar, daß nicht sie, sondern ein anderes Kind nach seinem Daddy rief. Doch diesmal hatte er kein Glück. Kate deutete mit dem Kopf in die Richtung von Amos Crump, der ihr gründlich mißfallen hatte, und ging hinaus, um nach Nicholas zu sehen. Daß sie damit ihrem Vater den Schwarzen Peter zuschob, machte ihr nichts aus.

Der Fremde stellte seinen Stuhl so, daß er sowohl zu Leonard wie zu Jane sprechen konnte, und setzte sich wieder. Ungläubig fragte er: «Dieser Lazarus Pike – Sie mögen ihn doch nicht wirklich, oder?»

Leonard überlegte einen Augenblick und sagte dann: «Doch, ja, ich mag ihn. Ich finde, er hat etwas von Hardys Format.»

«Na ja, wenn Sie Hardy mögen ...» sagte Crump unhöflich. «Ich bin nämlich ...» Die Grimasse, mit der er Jane anblickte, war alles, was er an Lächeln zustande brachte. «Ich bin nämlich selber im Verlagswesen, daher mein Interesse.»

Mit einem Ruck setzte sich Leonard aufrecht. Er hatte bisher an der äußersten Peripherie der Bücherwelt gelebt; jetzt saß ihm ein Verleger gegenüber, und er kam sich vor wie ein Mönch, der beim Spaziergang einem Heiligen begegnet. Außerdem hatte er noch ein besonderes Interesse. Er hatte sich schon Gedanken darüber gemacht, wie man dem großartigen Pike zu einer Neuauflage verhelfen könnte: man mußte an einen Verlag schreiben, an die BBC, an die *Times*, an den Premierminister (man denke nur daran, was Baldwin alles für Mary Webb getan hatte!). Und nun saß er hier vor einem leibhaftigen Verleger, der schlicht und einfach durch die Tür gekommen war. «Nein, wirklich?» rief er. «Darf ich fragen ...»

«Mein Name ist Crump», sagte der fremde Mann befriedigt. «Amos Crump.»

Leonard war geknickt. Wenn man einen Namen wie Macmillan oder Heinemann erwartet, dann ist ‹Amos Crump› eine bittere Enttäuschung. Denn Amos gehörte zur Avant-garde und hatte schon mehrfach vor Gericht gestanden und war nur deshalb nicht verurteilt worden, weil ein Klüngel von Literaten und Geistlichen der verstörten Jury versicherten, die Veröffentlichungen seines Verlages seien größer als ‹Krieg und Frieden›, wahrhaftiger als das Johannes-Evangelium und harmloser als ‹Bambi›. Deshalb blinzelte Leonard ein paarmal, ehe er sagte: «Als sie sagten, Sie seien Verleger, dachte ich, Sie hätten vielleicht ein Interesse daran, Lazarus Pike neu aufzulegen. Aber ich weiß natürlich ...»

«Das will ich auch hoffen», unterbrach ihn Amos. «Ich blicke in die Zukunft, ich tue etwas für die jungen ungefesselten Geister hierzulande. Aber viel einbringen tut mir das nicht», fügte er säuerlich hinzu. Und dann mit anderer Stimme: «Und dies ist Ihre Teuerste?» fragte er.

Leonard überlegte. «Meine Frau», sagte er schließlich. Er nannte zwar nicht immer alle Dinge beim einzig richtigen Namen, aber bei der Ehefrau gab es eine Grenze.

«Guten Tag», sagte Jane ohne Begeisterung.

«Ich persönlich finde diese Vor-Freudianer einfach furchtbar», sagte Crump. «Ich meine – die menschliche Natur ohne Freud! Kommt mir vor wie Ziegelsteine ohne Stroh.»

«Man fragt sich, wie Dichter wie Shakespeare überhaupt ohne ihn auskamen, nicht wahr», sagte Jane und blickte mit strahlendem Lächeln auf.

Leonard sah sie erstaunt an. Crump sagte: «Ja, weiß Gott. Wenn man sich das überlegt – ein Freud-bewußter Shakespeare! Da läuft einem doch das Wasser im Munde zusammen.»

«Ja, wirklich», sagte Jane überzeugt. Crump war angenehm überrascht. Er hatte nicht erwartet, so schnell Eindruck auf diese Frau zu machen. Gutfrisierte Frauen mit klarem Teint machten sich meist nicht viel aus Amos. Die einzigen Frauen, die von ihm Notiz nahmen, hatten lange Mähnen und große Brillengläser, hinter denen sich die Akne versteckte.

Aber seine Freude war von kurzer Dauer, denn die Dame Instone, das war unverkennbar, ließ ihn fallen wie eine heiße Kartoffel, als sie jetzt zur Rezeption hinüberblickte. Eine Gruppe von vier Leuten war eben angekommen, gefolgt vom Hotelportier mit drei aufeinander abgestimmten rotledernen Koffern und zwei Rucksäcken, von denen Becher, Bratpfannen, Stiefel und anderes Zubehör herabhingen. Zwei Männer, zwei Frauen. Die ältere so elegant, daß Jane, in ihrem Tweedkostüm und den Zuchtperlen, sich am liebsten versteckt hätte; die jüngere in einem Aufzug, als habe sie eben ihre Schicht bei der Feldarbeit beendet. Der ältere Mann mit den kantigen Zügen trug einen Kamelhaarmantel mit Samtkragen, den Filzhut hielt er in der behandschuhten Hand. Der jüngere war ... «Nicholas!» rief Jane und lief auf ihn zu.

«Mum!» sagte er strahlend. Er wandte sich an den Rest der Gruppe und sagte stolz: «Meine Mutter. Mr. und Mrs. Masters. Und Barbara Bählamm.» Wobei er und das Mädchen sich fröhlich anlachten.

Clive Masters stand an der Rezeption und nahm die Eintragung vor; er warf Jane über die Schulter einen Blick zu, grunzte und schrieb weiter. Aber Jane hatte genug gesehen. Das Gesicht kam ihr bekannt vor. Aber wer war es? Jedenfalls niemand, den sie persönlich kannte. Dann fiel es ihr ein: sie sah das Gesicht, größer, hell erleuchtet, in einem Rechteck mit abgerundeten Ecken. Clive Masters! Man sah ihn oft auf dem Bildschirm. Er redete, stritt, verhörte jemand, urteilte über alles mögliche, von Büchern bis zu Moralgesetzen und Politik. Ihr wurde schwach. Sie hatte einen der Großen unserer Tage kennengelernt, einen Propheten aus der Bruderschaft der Fernsehleute!

Antoinette lächelte und streckte ihr die Hand entgegen. «Guten Tag», sagte sie.

Jane lächelte zurück, und im Augenblick dieses Lächelns durchschauten die beiden Frauen einander. Antoinette sah eine durch und durch vernünftige Engländerin mit hellen Augen und klarem Teint, unauffällig angezogen, ganz der Typ ‹Hockeyschläger und Tennis und kalte Bäder›, aber trotzdem sehr nett. Jane sah eine zierliche funkelnde Französin mit Make-up und Nerz, elegant und teuer aufgemacht. Und obgleich sie sich plötzlich vorkam wie ein Sperling vor einem Kolibri: ihr gefiel das Gegenüber. Sie spürte die Wärme hinter der Kriegsbemalung.

«Daddy», sagte Barbara, «sieh mal – ist das nicht der Crump mit dem Hühnerblick?»

Clive Masters blickte in die Halle. «Stimmt, das ist er. Du lieber Gott, jetzt kommt er auch noch her.»

Amos, von Jane Instone schmählich im Stich gelassen, sah, wie auch Leonard den *Daily Telegraph* wie ein Rouleau wieder in die Höhe zog. Deshalb sprang er, als er die Neuankömmlinge erblickte, auf und ging grinsend auf die Rezeption zu. «Mein lieber Masters», sagte er.

«Tag, Amos. Ich muß erst mal ein Bad nehmen und mich etwas ausruhen.» Clive Masters' Gesicht war nicht gerade freundlich, als er sich brüsk abwandte. «Was machen Sie überhaupt hier im Norden?» rief er über die Schulter zurück.

«Ich bin als Gast zu der Hochzeit morgen eingeladen. Der Bräutigam gehört zu meinem Personal.»

«Wie ich Ihren Laden kenne, *ist* er Ihr Personal. Also dann bis morgen in der Kirche.»

«Ja. Ich würde Sie gern mal kurz sprechen.» Amos sah aus wie ein Huhn, dem man soeben seinen Platz in der Hackordnung zugewiesen hat und dem dieser Platz nicht sonderlich behagt.

Jane stand neben ihrem Sohn. «Du ziehst dich doch um zum Dinner, nicht wahr, Nicholas?»

«Na klar, Mum.» Wie wichtig alle Leute so was nahmen! Sie dachten anscheinend, man lebte nur in Jeans und Blouson.

«Sag mal, ich verstehe das gar nicht. Warum trägst du diese Wetterkleidung? So schlimm sind doch die Züge gar nicht.»

«Ich bin nicht mit dem Zug gekommen, sondern zu Fuß.»

«Zu Fuß?» Lieber Himmel, dachte sie, was wird Kate sagen?

«Ja, oben über den Pennine Way. Es war toll.»

«Ja, toll», sagte Barbara. «Nicky, war das nicht himmlisch, als wir heute morgen aufwachten und die Sonne aufgehen sahen, bevor die Wolken wiederkamen?»

«Ja. Toll.»

Schweigen. Dann sagte Jane. «Na, dann geh jetzt und zieh dich um, Nicholas, wir wollen früh essen. Du mußt doch halb verhungert sein.»

«Ja, bin ich. Bis dann, Mum.» Er küßte sie zärtlich.

Aber Jane blieb noch stehen. Sie wollte wissen, was da vorging. Sie wartete und sah erleichtert, daß Nicholas und das Mädchen an der Rezeption jeder für sich einen Schlüssel erhielten. Sie kehrte zu Leonard zurück. «Du bist mir ein schöner Vater», sagte sie. «Dein Sohn erscheint, und du kommst noch nicht mal dazu und sprichst ein Wort mit ihm.»

«Wer?» fragte Leonard verwirrt. «Ach so, du meinst Nicholas. Ist er da?»

«Natürlich meine ich Nicholas, und natürlich ist er da. Wenn du mal einen Augenblick von deiner Zeitung aufgeschaut hättest, dann hättest du ihn selber gesehen.»

Leonard, der stolz auf seinen Instinkt war, meinte eine leichte Ungeduld zu spüren; es war also wohl besser, die Zeitung beiseite zu legen. «Er ist doch hoffentlich in Ordnung, nicht wahr?» fragte er mit etwas übertriebener Sorge.

«Ja, in Ordnung ist er. Bloß – er ist anscheinend über den Pennine Way gewandert, und zwar mit einem Mädchen. Ich ...»

«Über den Pennine Way? Liebe Zeit, was wird Kate sagen?»

«Laß doch jetzt Kate, Leonard. Dieses Mädchen ...»

Kate stürzte herein. «Mummy, ich war am Bahnhof. Heute abend kommt kein Zug mehr. Was nun?»

«Er ist schon da, Liebes», sagte Jane. «Er ist oben und zieht sich um.»

«Er ist schon da?» Kate war den Tränen nahe. «Ich war doch die ganze Zeit am Bahnhof!»

«Er ist zu Fuß gekommen.»

Kate war sprachlos. «Also verdammt noch mal», fing sie an.

«Kate!» sagte Jane scharf.

«Entschuldige, Mummy.» Sie sah aus, als ob es ihr wirklich leid täte. «Aber ich hab zu euch *beiden* gesagt, er käme zu Fuß, und ihr habt *beide* gesagt: ‹Rede kein Blech›. Habt ihr beide gesagt.»

«Kate! Nicht so frech, bitte.»

Kate blickte ihre Mutter an und sah, daß ein Sturm

aufzog. «Ich habe doch nur zitiert», sagte sie schnell. «Daddy zitiert doch auch immer den doofen alten Shakespeare, da kann ich doch wohl auch mal Oscar Wilde zitieren.»

Der Köder war geschickt gelegt, und der arme Fisch verschlang ihn sofort. «Oscar Wilde?» sagte Leonard. «Das war nicht Wilde, Kate. Das war Shaw.»

Mit weit offenen Augen sah sie ihn an. Ach, dachte er, diese geliebten vertrauensvollen Augen, die langen Wimpern, die zart geäderte Haut, die unter den Augen in die blasse Weichheit der Wangen überging ... Anders als die meisten Bankangestellten hatte sich Leonard den staunenden Blick des Dichters bewahrt. Er war empfänglich für die zartesten Fäden der Schönheit. Jane beobachtete ihn mit der üblichen Mischung aus Belustigung und Gereiztheit und sah, wie die Festigkeit gleich einem Mantel von ihm abfiel. Er sagte: «Du kannst mir glauben, Kate, es ist aus ‹Pygmalion›, da, wo Eliza Doolittle ...»

Kate hatte ihm höflich einen Augenblick zugehört und unterbrach jetzt: «Kann ich raufgehen zu Nicholas?»

«Natürlich, mein Liebes», sagte Leonard. Seine Tochter schoß wie ein Pfeil aus der Halle. Mit schmalen Lippen sah Jane ihren Mann an und sagte: «Ein schlauer Fuchs, das ist sie.»

Sie kannte den erstaunten Ausdruck, der nun in sein Gesicht trat, nur zu gut. «Wer – Kate? Wieso? Sie hat sich doch ganz gut gemacht, finde ich. Daß es ‹Pygmalion› war, wird sie jetzt bestimmt behalten.»

«Sie hat genau gewußt, daß es ‹Pygmalion› war. Sie haben es gerade im letzten Frühjahr durchgenommen.»

Leonard war zwar ein sanftmütiger Mann, aber

manchmal, wenn auch nie lange, ließ er sich zu Entrüstung hinreißen. Jetzt nahm er einen Anlauf und fragte mit blitzenden Brillengläsern: «Warum hat sie dann ...»

«Ach Leonard, sie geht doch mit dir um wie mit einer Lokomotive. Wenn du loslegst, stellt sie einfach die Hebel um und lenkt dich auf ein kleines Nebengeleise. Das hat sie schon mit drei Jahren gekonnt.»

Er schwieg gekränkt; ärgerliche Röte stieg ihm in die Wangen. Wie ein Schuljunge, dachte sie. Lachend legte sie eine Hand auf seinen Arm. «Willst du mir einen trockenen Sherry holen, Leonard? Ich möchte gern etwas mit dir besprechen.»

Er trottete hinüber zur Bar, immer noch ein bißchen empört. Er gab ja zu, er war manchmal etwas geistesabwesend; aber wenn es darauf ankam, wußte er sehr wohl, was die Glocke geschlagen hatte, und es war hohe Zeit, daß Jane sich das merkte. Sie hatte kein Recht anzudeuten, daß seine kleine unschuldige Kate es faustdick hinter den Ohren hatte. Sollte sie etwa ... aber das war doch nicht möglich ... war sie etwa eifersüchtig auf seine warme Beziehung zu Kate? Sofort schämte er sich dieses Gedankens. Was für eine Idee! Unausgegorene Psychologie! Auch wenn man es gar nicht wollte, sie drang in die Gedanken ein wie Kohlenstaub in die Haut.

Das *Royal George* war ein stocksolides englisches Hotel: traditionelle Einrichtung, Bequemlichkeit, gutes Essen. Aber hinsichtlich der Bar hatte man einige Konzessionen gemacht: sie wurde nur von drei Lämpchen und zwei Kerzen erleuchtet. Leonard, der sich durch den schummrigen Raum tastete, war daher eine leichte Beute für Amos Crump, dessen Augen sich schon an das Dämmerlicht gewöhnt hatten. «Ah, Instone! Kommen Sie, kommen Sie. Was trinken Sie?»

«Nein, danke vielmals. Ich will bloß einen Sherry für meine Frau holen.»

«Na, holen Sie sie doch her», sagte Amos mit einer Dringlichkeit, die bei einem Warmblüter an Begeisterung gegrenzt hätte. «Sherry, sagten Sie? Und was nehmen Sie?»

«Nein, wirklich nicht, danke. Jane mag gern sehen, was sie im Glas hat. Einmal hat sie eine betrunkene Wespe in ihrem Cocktailglas gefunden», erzählte Leonard, selber beeindruckt von seiner glänzenden Improvisation.

«Ja, kann ich verstehen. Ist ja auch etwas dunkel hier.» Zu Leonards Entsetzen nahm Amos sein Glas und stand auf. «Ich komme mit rüber zu Ihnen in die Halle.» Er setzte sich in Bewegung; seine Einladung zum Drink hatte er offenbar vergessen.

Leonard erstand zwei Glas Sherry und folgte ihm. Er versuchte, Janes Blick aufzufangen, aber sie starrte ungläubig Crump entgegen. Der Kerl wollte sich doch nicht etwa zu ihnen setzen? Eben waren sie Kate losgeworden, und Jane hatte dringend etwas mit ihrem Mann zu besprechen.

«Ich dachte, wir nehmen unseren Drink hier», sagte Crump zu Jane. «Da drüben ist es etwas dunkel, wissen Sie.»

«Ich gehe aber gleich nach oben und ziehe mich um», sagte Jane.

«Ach, das ist noch nicht so eilig. Vor halb acht wird doch nicht serviert.»

Jane hätte gern etwas darauf erwidert, aber sie sagte nur knapp: «Nehmen Sie Platz, Mr. Crump.»

«Danke», erwiderte Crump, der bereits Platz genommen hatte. Und zu Leonard gewandt, fuhr er fort: «Sie haben also tatsächlich was übrig für diesen Lazarus Pike?» Der Hohn war deutlich zu hören. «Na ja.»

In Leonard brodelte es immer noch leicht. Mit ungewöhnlicher Schärfe entgegnete er: «Ich halte ihn für einen sehr guten Schriftsteller, und mir liegt viel daran, daß er neu verlegt wird. Aber für einen Verleger wie Sie ist er natürlich nicht der richtige Autor.» Er blinzelte ein paarmal, holte tief Luft und sagte dann mutig: «Viel zu sauber, nehme ich an.»

«Oh, *das* wäre kein Hindernis», sagte Crump selbstgefällig. «Ich könnte ihn groß herausbringen, wenn ich wollte, aber ich will nicht. Ich würde alles mögliche abschnipseln, und dann würde ich mir einen geschickten Kerl wie Masters besorgen, der ihn im Fernsehen vornimmt und auf die versteckte Sexualität des Mannes aufmerksam macht. Wenn einer im Fernsehen so was sagt, glaubt das jeder.»

«Bei Pike würde man von versteckter Sexualität nicht viel finden.»

«Sie können mir glauben, Instone», sagte Crump gewichtig, «Sexualität gibt's immer und überall. Und je versteckter sie ist, um so stärker ist sie vorhanden. Nehmen Sie nur *Die Schatzinsel.*»

«Ach, um Himmels willen!» rief Leonard.

«Außerdem ist es genau die Zeit, für die sich die Fernsehspielfritzen von der BBC interessieren. Soll ich Ihnen mal was sagen, Instone?»

Leonard nickte schwach, und Crump fuhr fort:

«Wenn man heute was publizieren will, dann zählen nur zwei Dinge: Fernsehen und Sex. Wenn man sie *bei-*

de hat, kann einem nichts passieren. Und wenn man sie beide *nicht* hat, wird man von einem Buch so viel Exemplare verkaufen wie Kühlschränke an Eskimos.»

Jane erhob sich. «Mein Mann wird sich Ihre Worte zu Herzen nehmen, Mr. Crump. Komm, Leonard.» Und mit eisigem Kopfneigen verließ sie den Raum.

Das Schlafzimmer war sehr behaglich. Lampenschirme, dicke Vorhänge, die die Winternacht nicht hereinließen, breite Betten und ein geräumiger Frisiertisch, an dem Jane sich niederließ, um Gesicht und Frisur in Augenschein zu nehmen. Sie überlegte, was sie tun konnte, um neben der bezaubernden Mrs. Masters zu bestehen.

Sie war nicht an so viel Luxus gewöhnt. Sie genoß ihn oder sie hätte ihn genossen, wenn sie jetzt nicht an die Rivalität mit der Französin hätte denken müssen. Und an ihren Argwohn hinsichtlich Nicholas und Barbara Masters. Über die Schulter sagte sie: «Du, Leonard, das Mädchen, mit dem Nicholas zusammen war – das ist Clive Masters' Tochter.»

Schweigen. Sie fuhr prüfend mit dem Finger unter dem linken Auge entlang. «Die beiden scheinen einen wunderbaren Sonnenaufgang erlebt zu haben, oben auf dem Pennine Way», sagte sie. Ganz so heiter, wie es sich anhörte, war ihr nicht zumute.

Schweigen. Sie fuhr herum. Das Zimmer war leer. «Leonard!» schrie sie.

Er steckte den Kopf durch die Badezimmertür. «Hast du was gesagt, Jane?»

«Ja, eine ganze Menge. Wo warst du denn?»

«Ich habe dir ein Bad eingelassen», sagte er ärgerlich. Wieder stieg der Groll in ihm hoch. Gerade hatte er sich deshalb geschämt und ihr ein schönes heißes Bad eingelassen. Und jetzt legte sie los wie Kleopatra an einem ihrer schlechtesten Tage.

«Danke», sagte sie kurz. «Ich hatte gesagt: Nicholas und die Tochter von Clive Masters waren ganz allein unter dem Sternenzelt, mindestens eine Nacht lang. Ich weiß, heutzutage bedeutet das alles gar nichts. Aber ich dachte, ich meine, wenn es schon so weit ist, dann hätte er sie wenigstens mal bei uns erwähnen können.»

«Clive Masters? Meinst du den vom Fernsehen?»

«Ja», sagte sie kurz.

«Liebe Zeit, was hat der damit zu tun?»

«Er wohnt hier im Hotel. Genau gesagt, im Nebenzimmer.»

«Liebe Zeit», wiederholte er. «Und dann noch dieser Verleger. Wir bewegen uns wirklich in erlauchten Kreisen.»

«Leonard. Laß doch das jetzt. Willst du nicht was tun?»

«Was denn?» Was tun – das war offensichtlich das letzte, was er sich wünschte.

«Das Mädchen. Ich finde, du solltest mit Nicholas reden und feststellen, wie lange das schon geht.»

«Wie lange *was* schon geht?»

«Ich weiß es doch nicht. Also gut – dann stell erst mal fest, was da los ist, und dann wie lange.» Sie sah ihn leicht gereizt an. «Was hast du denn?»

Er beklopfte seine Taschen und sah sich hilflos im Zimmer um. «Ich hab meine Brille verloren», sagte er dann.

Jane seufzte. «Oh, ich muß mich fertig machen. Paß auf, zieh du dich zuerst um. Dann holst du Nicholas und gehst mit ihm in die Bar und bestellst ihm ein Bier oder einen Shandy, um ihm die Zunge zu lösen. Dann fragst du ihn.»

«Nach dem Mädchen?»

«Ja, nach dem Mädchen.» Sie sah ihn in einem Koffer wühlen. «Was ist denn nun schon wieder?»

«Mein Gott – hast du meinen guten Anzug nicht eingepackt?» fragte er mit leichtem Vorwurf.

«Doch, habe ich, und auch schon ausgepackt. Er hängt im Schrank.»

Er war verblüfft, wie einfach und praktisch sie sein Problem gelöst hatte. Er zog sich an, verließ das Zimmer und ging nach unten in die Bar.

«Hallo, Dad!» sagte Nicholas herzlich. Er freute sich, seinen Vater zu sehen – er hatte ihn gern. Natürlich verstand er ihn nicht, das war klar. Vergrub sich den ganzen Tag in der Bank, von genau 8.57 Uhr bis irgendwann zwischen fünf und sieben. Danach saß er über einem Buch oder sah im Fernsehen die Nachrichten an; und am Wochenende stapfte er mit Wollzeug und Gummistiefeln durch den Park. War das vielleicht ein Leben? Lieber tot als sowas. Trotzdem nahm er gern einen Shandy von diesem Relikt aus einer längst vergangenen Zeit an und sagte: «Cheers.»

«Cheers», gab Leonard etwas unsicher zurück. Die Aufgabe, die er vor sich hatte, erforderte Takt und Schlauheit. Deshalb sagte er möglichst beiläufig: «Nettes Mädchen, diese – wie heißt sie noch?»

«Bar meinst du? Ja, sehr nett. Warum?»

«Na ja, ich – deine Mutter und ich, wir fanden, sie sah nett aus.»

«Ihre Mutter ist toll.»

Leonard nahm einen Schluck Whisky und fragte, wieder sehr beiläufig: «Kennst du sie schon lange?»

«Knapp vierundzwanzig Stunden.» Es klang etwas

gereizt. Also diese ältere Generation – einfach unbegreiflich, dachte Nicholas. Man brauchte ein Mädchen bloß anzusehen, dann war man schon so gut wie verheiratet oder liiert oder man lebte in Sünde, wie sie es nannten.

Leonard hatte seinen Sohn sehr gern, obgleich er ihn wenig kannte, aber er hatte auch Angst vor ihm. Sie waren sich so wenig ähnlich. Bevor Nicholas ins Internat kam, hatten sie im gleichen Haus gewohnt und bei den Mahlzeiten zusammen am Tisch gesessen – da waren sie einander näher gewesen als die meisten Väter und Söhne. Aber heute? Sie waren immer noch gute Freunde, aber er hatte inzwischen mit Nicholas so viel gemeinsam wie mit dem Mann im Mond.

Er hörte den etwas scharfen Ton in der Stimme seines Sohnes; es war also Vorsicht geboten. Dabei wußte er nicht einmal, wie er fortfahren sollte. Die Schwierigkeit war nämlich, daß er zwar aus dem *Daily Telegraph* sehr wohl über Nicholas' Generation Bescheid wußte – arrogant, unstet, immer neue Mädchen im Bett, Drogen, Zigaretten und Alkohol –, aber offen gesagt kam ihm Nicholas eher wie ein Puritaner vor, und zwar so sehr, daß Leonard jetzt schon ein schlechtes Gewissen hatte, weil er sich ausnahmsweise einen Whisky genehmigte. Er versuchte, sich auch einzureden, daß der blaue Rauch in der Bar natürlich gar nichts mit seiner Pfeife zu tun habe. Es war alles sehr verwirrend.

Aber irgend etwas mußte er Jane berichten. Nervös sagte er: «Sie ist die Tochter von Clive Masters, wie ich höre.»

«Ja.»

Leonard betrachtete seine Pfeife, die er im Aschbecher ausklopfte. «Noch ein Shandy?»

Nicholas lachte. «Nein, Dad, danke. Einer genügt.» Freundlich legte er die Hand auf seines Vaters Knie. «Aber ich hol dir gern noch einen Whisky, ja?»

Leonard hätte liebend gern noch einen Whisky getrunken, aber es war natürlich unmöglich, daß sein Sohn ihm ein Beispiel an Enthaltsamkeit gab. «Nein, nein», sagte er abwehrend. «Aber ich danke dir.»

Er kam mit seiner Aufgabe nicht weiter. Er versuchte es ein letztesmal. «Sie ist hübsch, wirklich.»

«Hmm. Ihre Mutter ist eine Schönheit». Es klang träumerisch.

Leonard gab es auf. Sollte Jane selber den Detektiv spielen.

Im Nebenzimmer stand Clive Masters und bürstete sich die Haare. Er war verstimmt. «Wo hat sie diesen Oxo bloß kennengelernt?» fragte er halblaut.

«Wie oft soll ich dir noch sagen: sprich, bitte, nicht mit mir, wenn ich Lippenstift auftrage.» Prüfend betrachtete sie ihr Spiegelbild. «Oben auf dem schrecklichen Pennine Way, nehme ich an.»

«Das paßt mir nicht, Ann. Dir hätten deine Eltern bestimmt nicht erlaubt, im Massif Central herumzuwandern und irgendeinen hinkenden Nachtschwärmer aufzusammeln, der dir gerade gefiel.»

Sie sprang vom Frisiertisch auf, wandte sich um und stand vor ihm. «Er ist kein Nachtschwärmer! Er ist ein reizender Junge.»

«So – und wie war das mit dem Sonnenaufgang, den sie zusammen betrachtet haben? Du hältst mich hoffentlich nicht für engstirnig ...»

Sie stand da wie eine rächende Furie, in ihrem Samtmantel, und richtete ihren Lippenstift wie einen Dolch

paßt, der sie so mühsam das Notwendige zum Leben abringen. Der Wind auf den Mooren hat ihnen die Haut gegerbt, der Schnee auf den Mooren hat sie geblendet, die weiche Liebkosung der Dauerregen hat ihre Gelenke rostig werden lassen. Schwer zu glauben, daß hinter diesen erdgrauen Zügen vielleicht noch ein wenig von dem Blut eines sonnenbraunen Römers floß. Und doch mußte es so sein. Das Dorf ist schon sehr alt, und wenn der Sommer trocken war, sieht es aus, als sei es jahrhundertelang nicht abgestaubt worden.

Ill Boding schmiegt sich nicht an den Boden, es steht fest auf der Erde, beherrscht von der kargen gotischen Kirche aus viktorianischer Zeit. Der Winterwind, der zwanzig Meilen lang an nichts als harten Heidewurzeln reißen kann, tobt sich hier an den Häusern aus, reißt und zerrt daran wie ein Terrier an seinem Knochen. An der «Stillen Frau» kreischt das Wirtshausschild; die Menschen drinnen hocken still vor dem Fernsehschirm. Und der Wind jagt weiter über den Peak, denn dem Dorf kann er nichts anhaben.

Doch eines Tages fing das Dorf an – auch wenn es ihm niemand ansah –, vor Aufregung zu kochen: In der Kirche sollte eine Hochzeit stattfinden – eine vornehme Hochzeit! Der Mütterbund machte sich daran, die Betkissen abzubürsten, die Leuchter zu putzen und den Boden zu fegen. Und trotzdem ... es stimmte wohl, was der Pfarrer vor sich hinmurmelte, als er die nicht gerade überwältigenden Anstrengungen sah: «Bei einer Leichenfeier krempeln alle die Ärmel hoch. Für eine Hochzeit lohnt es sich offenbar nicht.»

Wie dem auch sei, auf diesem Dorffriedhof nahm das ganze Geschehen seinen Anfang, auf diesem Friedhof, wo die Toten so eng gepackt lagen wie Sardinen, jeder mit einem tonnenschweren Stein aus dem Moor über sich; wo die Sterblichkeit fast fühlbar war: auf diesem finsteren Stück Erde kam es zu einem jener Zufälle, die jeder anständige Schriftsteller weit von sich weisen würde, die sich aber in der Wirklichkeit immer wieder ereignen.

Leonard Instone wanderte nach der kirchlichen Trauung über den kleinen Friedhof, und dabei fiel sein Blick auf einen flachen Grabstein mit der Inschrift:

LAZARUS PIKE
1820 – 1899

«Das kann nicht sein», murmelte er, aber ein Gefühl sagte ihm, daß es sehr wohl sein konnte. Er hatte es schon ein paarmal erlebt, daß ein bisher unbekannter Name aus mehreren Richtungen auf ihn zukam (was dann allerdings, das mußte er zugeben, keine bedeutsamen Folgen hatte). Eine starke Erregung überkam ihn bei dem Gedanken, daß der Autor, der alle seine Gedanken mit Tod und Vergänglichkeit erfüllt hatte, hier unter der Erde lag, sechs Fuß unter seinen Schuhen.

Weder Crump noch Masters ließen sich gern etwas entgehen. Sie traten näher, um zu sehen, wovon Leonard so gefesselt war.

«Lazarus Pike?» rief Amos. «Masters, das ist doch dieser gräßliche viktorianische Schreiber. Oder *könnte* es sein», meinte er nachdenklich.

Masters grunzte. Leonard starrte immer noch auf den Stein und sagte: «Er könnte es sein. Es ist ein ungewöhnlicher Name.»

«Jetzt bitte alle herantreten für die Aufnahme», sagte der Fotograf drängend. Er sah, daß die Nase der Braut schon blaugefroren war und daß der Rest der Gesellschaft den ungeduldig-widerwilligen Ausdruck annahm, den jeder Fotograf fürchtet. Und nun standen auch noch drei Gäste um irgendeinen Grabstein herum. «Würden Sie bitte kommen, Gentlemen.»

Sie achteten nicht auf ihn. Amos sagte: «Wenn er das wirklich ist, könnte man fast glauben, es habe so sein sollen.»

«Für einen einigermaßen intelligenten Menschen sind Sie manchmal erstaunlich beschränkt, Amos», sagte Masters.

«Wenn die Herren sich, bitte, hinten aufstellen wollen ...» flehte der Fotograf.

Die Herren hörten ihn gar nicht. Amos war wie verwandelt. Seine magere Gestalt schlotterte, der schüttere Bart wehte im kalten Wind, er starrte gierig um sich wie ein drittklassiger Moses über das Gelobte Land. Er sah die düstere Kirche, die dunklen Grabsteine, die finstere, windzerrissene Moorlandschaft. Sein Blick hatte etwas Entrücktes, seine Lippen bewegten sich. «Ein zweites Haworth, das Dorf der Brontës!» flüsterte er ehrfürchtig. «Es *könnte* sich machen lassen.»

«Bitte, in die hintere Reihe die Herren – nur einen Moment!» drängte der Fotograf.

Amos Crump redete wie in Hypnose weiter. «Haworth – das hier könnte ein zweites Haworth werden. Und ich ein zweiter Smith Elder*. Aber *ich* wüßte genau, was da rauszuholen ist.» Er wandte sich an Leonard und fügte nachdenklich hinzu: «Wissen Sie was, Instone? Smith Elder hat bestimmt keine Ahnung gehabt von versteckter Sexualität.»

«Bevor Sie sich weiter aufregen», sagte Masters, «stellen Sie lieber erst einmal fest, ob Sie hier den richti-

* Smith Elder war Charlotte Brontës Verleger in London.

gen Mann vor sich haben. Wenn Sie Ill Boding zum Wallfahrtsort machen und dann rausfinden, daß dieser Pike hier der Dorfkrämer war, dann haben Sie sich ganz schön blamiert.»

«Oh, daran habe ich schon gedacht», gab Crump zurück. «Es muß nicht nur der richtige Mann sein, sondern auch die richtige *Art* von Mann. Einer mit ein paar Skeletten im Schrank. Aber dafür können Sie ja dann sorgen, Masters.» Er feixte.

Sollte das ein Scherz sein? dachte Leonard Instone. Natürlich, was sonst. Aber Crump sah nicht aus wie ein Mann, der Scherze macht.

In der Nähe war ein Totengräber, der sich durch eine simple Hochzeit nicht von der Arbeit abhalten ließ, mit dem Ausheben eines Grabes beschäftigt. Leonard ging zu ihm und fragte: «Können Sie mir vielleicht etwas über Lazarus Pike sagen?» Er zeigte auf den Grabstein. «War er – hat er Bücher geschrieben?»

«Weiß ich nicht. Soll seine Frau umgebracht haben, das ist alles, was ich weiß.»

«Seine Frau umgebracht? Aber er ist doch hier begraben.»

«Hm.» Der Mann fuhr mit seiner Arbeit fort.

«Aber ... ist er nicht gehängt worden?»

«Dann wär er ja nicht hier begraben.» Offensichtlich hielt der Totengräber nicht viel vom Reden. Leonard ging zu den anderen zurück.

«Yoricks Schädel hat er Ihnen wohl nicht gegeben, was?» fragte Masters.

«Nein. Mit einem solchen Totengräber hätte selbst Hamlet nicht viel anfangen können. Aber ich ...»

«Ist es denn nun der richtige?» unterbrach ihn Amos ungeduldig.

«Von den Büchern und so wußte der Mann nichts. Aber er sagte etwas Merkwürdiges.»

«Was denn?»

«Er sagte – dieser Tote da habe seine Frau umgebracht. Danach kann es eigentlich nicht unser Autor sein.»

«Warum nicht? Das sehe ich nicht ein», sagte Masters. «Ich nehme an, Autoren stehen ziemlich oben auf der Liste der Gattenmörder. Wenn man bedenkt, wie oft *ich* in Versuchung gerate.» Er lachte laut und bellend, ohne daß sich seine harten Gesichtszüge veränderten.

Leonard war sich bisher ganz klein vorgekommen, weil er mit einem Mann bekannt geworden war, den ganz England kannte. Jetzt gab es ihm plötzlich einen Schock, als er dachte: Was ist das für ein unangenehmer Kerl. Aber Amos war begeistert. «Wenn das bloß unser Mann ist!» sagte er. «Die eigene Frau umgebracht! Und dann dieses Dorf! Das ist nicht nur ein verlegerisches Unternehmen, Masters – das kann eine ganz neue Industrie ins Leben rufen!»

Masters sah ihn lange und nachdenklich an. «Sie könnten recht haben, Amos. Tatsächlich, Sie könnten recht haben. Ich finde, wir sollten der Sache auf den Grund gehen.»

Leonard blickte immer noch auf den Grabstein. Erst vor kurzem hatte er Pikes Namen in einem Buch gesehen und dabei an Leere und Vergessenheit gedacht. Nun stand er hier und starrte den gleichen Namen an und dachte an den Tod. Ihn erfüllte tiefes Mitgefühl für diesen Schriftsteller (wenn er es war), dem er eines Tages in die Welt der Schatten folgen mußte. «Armer Lazarus», murmelte er. Seine Begleiter sahen ihn erstaunt und ungeduldig an: sie verstanden ihn nicht.

Leonard Instone war keine imponierende Gestalt. Wenn er ging, war es ein hastiges Schlurfen, bei dem nur die Beine bewegt wurden, ein Gehen mit hängenden Armen, hochgezogenen Schultern und spähend erhobenem Gesicht. Er trug ständig einen grauen Tweedanzug, hatte windzerzauste graue Haare, die eher an seine literarischen Ambitionen als an seine Banktätigkeit denken ließen. Im ganzen glich er ein wenig einem freundlichen, aber halbverhungerten Nagetier, das nach Nahrung sucht, und manchmal auch einem etwas geistesabwesenden Pinguin.

Jane Instone war daher verblüfft, als sie beim Hochzeitsfrühstück auf einen Herrn und eine Dame traf – er in tadellosem Smoking, sie, die behandschuhte Hand auf seinem Arm und strahlend zu ihm empor lächelnd – und erkannte, daß sie ihren Leonard vor sich hatte: ihren Mann, der oft aussah, als käme er eben vom Melken, und neben ihm die Dame, die sie in Gedanken, nicht sehr freundlich, als ‹Mademoiselle aus Armentières›* bezeichnete.

Auf den Gesichtern der beiden Damen erschien im gleichen Moment das gleiche liebreizende Lächeln. Jede wußte genau, was die andere dachte. Antoinette sah, daß Jane dachte: ‹Am liebsten würde ich sagen: Lassen Sie meinen Mann los, Sie französische Pute, aber ich bin hier auf einer Hochzeit und ich bin Britin, und ich darf mir nicht mit einem Wimperzucken anmerken lassen, daß es mir etwas ausmacht.› Und Jane wußte, daß Antoinette dachte: ‹Sehen Sie nur her, Sie Stockbritin! Im Tennis und im Golf und vielleicht sogar im Faustkampf sind Sie mir vermutlich über, aber wenn es darum geht,

* ‹Mademoiselle aus Armentières› war die Lili Marleen der Schützengräben des Ersten Weltkriegs.

einen Mann zu bezaubern: na, Sie sehen ja selbst, Ihr Mann frißt mir aus der Hand. Und ich denke nicht daran, ihn loszulassen.›

Antoinettes Begrüßung war überaus liebenswürdig. «Ah, Mrs. Instone. Ich freue mich. Ihr Gatte ist ja so *gentil*! Er hat mir erzählt von den Büchern von Lazarus Pike, und ich habe ihm erzählt von einem wundervollen Marmorgrabstein in der Kirche. Sie sehen, es ist alles ganz *comme il faut*.»

Leonards Lächeln, fand Jane, hatte etwas leicht Dämliches. Sie lächelte so aufreizend süß zurück, daß ihn ein kalter Schauer überlief. Vorsichtig versuchte er, Antoinettes Arm wegzuschieben, aber ohne Erfolg. In seiner Verzweiflung wandte er sich an den Pfarrer, der in der Nähe stand. «Ach bitte, entschuldigen Sie: Könnten Sie mir etwas über Lazarus Pike sagen?» Ein Königreich für eine Ablenkung! Außerdem wollte er das wirklich gern wissen.

«Pike?» Lächelnd trat der Pfarrer näher. «Er war Schulmeister, oben in Boding. Hat eine Menge Bücher geschrieben, die heute natürlich keiner mehr liest.»

«Doch, meine Tochter», sagte Leonard.

«Wirklich? Es freut mich, das zu hören.»

Halblaut sagte Antoinette: «*Mon dieu*! Der gräßliche Crump.» Sie stärkte sich mit einem Schluck Sekt und blickte Amos böse entgegen.

Leonard sagte triumphierend: «Er ist es tatsächlich, Mr. Crump. Der Pfarrer hat es eben gesagt.» Er sah, wie Crump und der Pfarrer sich mit dem Argwohn von zwei Engländern des bürgerlichen Mittelstandes musterten, die einander noch nicht vorgestellt worden sind. «Oh, Verzeihung», sagte er schnell. «Amos

Crump. Und dies ist der Pfarrer von Shepherd's Delight und Ill Boding.»

«Guten Tag», sagte der Pfarrer. «Gehe ich recht in der Annahme, daß Sie der Verleger Amos Crump sind?»

Amos nickte. Der Pfarrer schwieg. Auch für ihn, den Mann mit der Wärme und Verständnisbereitschaft seines heimischen Yorkshire gab es eine Grenze, und diese Grenze zog er da, wo ein Verleger obszönen Kitsch publizierte und ihn für Kunst ausgab.

Amos spürte die Ablehnung, aber sie machte ihm nichts aus. Pfarrer konnten manchmal ganz nützlich sein. Mindestens einer ließ sich immer finden, der todernst erklärte, daß er dem letzten Werk aus dem Crump-Verlag mehr zu verdanken habe als sämtlichen Evangelien. Mit diesem Mann da würde er so was natürlich gar nicht erst versuchen, der war eine zu deutliche Mischung aus guter Kamerad und Pfadfinder und gesundem Menschenverstand.

Amos hatte jetzt anderes im Sinn. Er fragte: «Wie ist das denn nun – hat er seine Frau ermordet?»

Der Pfarrer sah ärgerlich aus. «Sie haben also dieses Geschwätz auch schon gehört?» Dieser Crump mit seinem Wieselgesicht schien ihm genau der Typ zu sein, der so etwas ausgrub.

«Ihr Totengräber hat es uns gesagt», warf Leonard ein.

Der Pfarrer seufzte. «Typisch! Er war ein Mann, auf den die Gemeinde stolz sein sollte. Er hat gute Bücher geschrieben, für seine Zeit. Aber das einzige, woran sich das Dorf erinnert, ist irgendein grundloses Gerede, daß er seine Frau umgebracht haben soll.»

«Und Sie glauben nicht, daß er es getan hat?» fragte

Leonard gespannt. Er wußte selbst nicht, warum es ihm so viel bedeutete.

«Nein, ich glaube es nicht. Soweit man weiß, war er sehr glücklich verheiratet.»

«Woher wollen Sie das wissen?» fragte Crump mit erhobener Nase. «Unter Viktoria wurden viele Sünden mit Heuchelei zugedeckt.»

«Nun, wenn man an seine *Gedichte an Corinda* denkt...»

Antoinette Masters, die immer noch Leonards Arm hielt, hatte sich inzwischen mit Jane unterhalten, aber dabei mit einem Ohr auf das Gespräch der Männer gelauscht. Jetzt rief sie: «Corinda?» und ließ in der Aufregung etwas von ihrem Sekt über Leonards Ärmel laufen. «Corinda?» wiederholte sie und tupfte flüchtig an dem nassen Fleck herum. «Das Marmorgrab, in der Kirche! Das war ihr Name: Corinda. Oh, eine schöne Frau!»

«Corinda?» Amos Crump hob die Nüstern wie ein Schlachtroß, wenn es in der Ferne Kanonendonner hört, oder – vielleicht traf das auf ihn eher zu – wie ein Hund, der Verfaultes riecht.

«Ja, seine Frau», erklärte der Pfarrer. Er schob die Daumen durch den Gürtel seiner Soutane und blickte Amos mit einem Lächeln an, in dem sich Triumph und Verständnis die Waage hielten.

Amos erwiderte das Lächeln nicht. Wenn dieser Säulenheilige recht hatte und Lazarus Pike es damals unterlassen hatte, seine Frau umzubringen, dann war der gute Lazarus selber schuld, wenn es Amos Crump nicht gelang, aus seinen Büchern posthum Bestseller zu machen.

Barbara war ganz unglücklich. Da stand sie nun, in einer langen Reihe und ließ sich küssen (ziemlich flüchtig), erst von den jungen Männern, dann von den alten Herren, die richtig dankbar waren, weil sie nicht mehr oft Gelegenheit hatten, ein junges hübsches Mädchen zu küssen und es deshalb möglichst in die Länge zogen; und schließlich von den anderen Damen, die ihr pflichtgemäß einen Kuß auf die Wange hauchten. Dabei gab es nur eine einzige Person, die *sie* gern geküßt hätte: er stand als zweiter unten in der Reihe und wurde seinerseits geküßt und mußte Hände schütteln. Und als endlich die Begrüßung vorbei war und die Reihe aufgelöst wurde, hatte die andere Brautjungfer sich wie eine Klette an Barbara gehängt.

«Du, Barbara, die Zeremonienmeister müssen sich doch eigentlich jetzt um uns kümmern, nicht? Was zur Stärkung bringen, oder?»

«Das wird Nicholas schon tun», sagte Barbara und sah sich etwas besorgt um. «Wir warten einfach hier.»

«Das tut er bestimmt nicht», sagte Kate. «Er ist mein Bruder.»

«Ja, ich weiß.» Barbara sah sie neiderfüllt an. «Wie ist er denn so?»

«Och, ziemlich ekelhaft. Aber er kann auch nett sein», gab Kate zu, die ihren großen Bruder anbetete. «Aber was zu essen bringt er uns sicher nicht.» Sie stürzte fort und kam mit einem Teller Petit-fours zurück, gerade als Nicholas, der ebenfalls Gebäck herumreichte, zu ihnen herüberkommen wollte. Als er sah, daß sie schon versorgt waren, ging er mit seinem Teller zu einer Gruppe anderer Gäste.

«Du, Barbara», sagte Kate, «die Zeremonienmeister müssen doch die Brautjungfern küssen, nicht?»

«Nein, das glaube ich nicht», sagte Barbara verlegen.

Sie war rot geworden, was Kate sehr wohl bemerkte. Ihr entging so leicht nichts.

Endlich hatte Nicholas sich ganz in ihrer Nähe niedergelassen – in einem tadellosen Anzug, wie er selbst gesagt hatte. Er unterhielt sich gerade mit der Brautmutter, als Kate ihm zurief: «He, Nicholas – du mußt die Brautjungfern küssen!»

Schweigen. Alle starrten amüsiert auf die beiden Brautjungfern und auf Nicholas. Jemand lachte. Barbara wäre am liebsten in der Erde versunken. Im Gebirge, in Hosen und Wanderstiefeln, oder in der Schule beim Hockey, da war sie selbstsicher und furchtlos. Aber in der blöden Aufmachung einer Brautjungfer bei einem Hochzeitsempfang war sie schüchtern und sonderbar unsicher.

Nicholas entschuldigte sich und ging zu ihnen. Kate warf sich ihm in die Arme und küßte ihn stürmisch, dann schob sie ihn beiseite. «So, nun mußt du Barbara küssen.»

Barbara ließ den Kopf hängen und murmelte: «Nein, die Braut mußt du küssen.»

«Bitte», sagte er leise, nahm ihre Hände und zog sie vom Stuhl hoch. Beide standen jetzt, sie starrte auf den Boden, er auf ihren Scheitel. Langsam hob sie den Kopf und blickte ihn an, furchtsam und doch fordernd. Er lächelte, beugte sich zu ihr und küßte sie auf die Lippen. Lauter Applaus und Gelächter kamen auf. Barbara riß sich los und rannte in die Damentoilette. Ich benehme mich wie eine viktorianische Romanheldin, sagte sie sich erbost. Aber sie konnte nicht anders.

«Diese Corinda ist also die Frau Ihres Mr. Pike!» sagte Antoinette zu Leonard. «Sie müssen unbedingt ihren Grabstein sehen, bevor Sie abreisen.» Leonard war erleichtert, daß sie endlich seinen Arm losgelassen hatte; aber bei dem Lächeln, mit dem sie ihn ansah, schoß sein Blutdruck in die Höhe. Sie hatte seit langem schon die erfreuliche Entdeckung gemacht, daß jeder Mann zwischen neun und neunzig Symptome der Hochspannung zeigte, wenn sie die Spannung nicht herabsetzte. Und bei Leonard hatte sie es nicht getan. Er sah so unsicher aus, schien so gänzlich fehl am Platz in dieser selbstsicheren Umgebung, daß sie ihm ein bißchen was extra zukommen lassen wollte, *ce pauvre petit homme*.

Zu Janes großer Erleichterung stürmte in diesem Augenblick Kate quer durch den Raum auf sie zu und packte die Hand ihres Vaters. «Du, Daddy, das war vielleicht komisch! Nicholas hat sie bloß einmal geküßt, da ist sie schon weggelaufen und hat sich im Klo eingeschlossen. Er hat wirklich nicht versucht, sie zu verführen oder sonstwas, Daddy, ehrlich!»

«Das will ich auch hoffen, bei einem Hochzeitsempfang», sagte Jane kühl.

«Verrückt!» erklärte Antoinette. «Mädchenhafte Schüchternheit ist ja manchmal ganz gut. So tun als ob, ist nur natürlich. Aber sich dann einzuschließen – das scheint mir doch reichlich übertrieben, selbst für eine halbe Engländerin.» Hocherhobenen Hauptes verließ sie kampfbereit den Raum. Jane war, als hörte sie in der Ferne die Marseillaise erklingen.

Kate hüpfte immer noch auf und ab vor Aufregung. «Und dabei war es so ein keuscher Kuß, Mummy.»

Jetzt erschien auch Nicholas bei ihnen, er war beunruhigt. «Liebe Zeit, ich habe anscheinend die Brautjungfer erschreckt, Mum.»

«Ja, hab ich gehört, mein Junge.» Wie reimt sich das zusammen? dachte Jane. Vor zwei Tagen kampierten sie zusammen oben auf dem Pennine Way. Und jetzt wurde sie fast ohnmächtig nach einem Kuß. Merkwürdig.

«Es war ja bloß ein Scherz, Mum, wirklich.»

Aha, dachte Jane, ein Scherz. Genau daran lag es vielleicht.

Barbara stand in der Damentoilette, starrte in den Spiegel und versuchte, sich über ihre Gefühle klarzuwerden. Aber sie hatte für eine Selbstanalyse nicht mehr Talent als ein junger Hund. Sie sprach und handelte zuerst; das Nachdenken, wenn überhaupt, kam hinterher.

Warum hatte sie sich bloß so albern benommen? Sie hatte doch schon mehr Jungens geküßt. Weil sie sie mochte oder weil sie ihr leid taten oder einfach um ihnen Freude zu machen. Warum also?

Schließlich gestand sie sich ein, daß sie wohl enttäuscht gewesen war. Als sie erfuhr, daß Nicholas bei der Hochzeit als Zeremonienmeister fungierte, war ihr erster Gedanke gewesen, daß er bei dieser Hochzeit den Brautjungfern einen Kuß geben mußte. Und da hatte sie, fast unbewußt, mit einer langen, romantischen Umarmung gerechnet. Statt dessen hatte er sie leicht und obenhin geküßt, und noch dazu vor Zuschauern, die dümmlich dazu lachten. Als ob sie auf der Bühne wären! Nun gut. Es war vorüber. Und bald würden sich ihre Wege ohnehin trennen – «Schiffe, die sich nachts begegnen» – still und ohne ein Wort. Ein altes Lied fiel ihr ein: «Warum bin ich immer nur die Brautjungfer und niemals die Braut?» Barbara war immer der gute Kamerad und der prima Kumpel, zuverlässig und immer bereit, einen zweiten Rucksack zu tragen, für den Freund ein Heftpflaster aufzutreiben, ihm zuzuhören, wenn er von seiner unglücklichen Liebe oder dem letzten Schönberg-Konzert erzählte. Ein fabelhafter Kerl! Aber wenn es ums Heiraten ging, da meldete sich keiner. Das war schon jetzt sonnenklar, wo sie noch zur Schule ging.

«*Maintenant* – was höre ich da?» Das war die energische Stimme ihrer Mutter.

Barbara starrte noch immer in den Spiegel. «Ich bin so blöd!» sagte sie unglücklich.

«Nun, mein Herz, es kommt darauf an, was du erreichen wolltest. Aber wenn es etwas zu tun hat mit *le jeune Oxo*, dann war es sehr unüberlegt. Hier in den Waschraum hereinzustürzen, war ungefähr so vernünftig, wie in ein Kloster zu gehen.»

Barbara schlug mit den Fäusten auf den Tisch. «Es war überhaupt nicht überlegt, Mutter!» Sie drehte sich um und blickte Antoinette böse an. «Ich bin kein Mädchen, das sich was ausdenkt mit einem Jungen, den sie ... mag.»

«Dann möge der liebe Gott dir helfen», sagte Antoinette inbrünstig und legte ihrer Tochter die Hände auf die Schultern. «Mein armes Kleines – warum mußt du auch so englisch sein?» Sie beugte sich zu ihr herab und rieb die Wange an Barbaras Haar. «Hör mal zu, *ma petite*. Als du ein Baby warst und ich dich an der Brust hielt, war ich sehr stolz, weil ich mir sagte: Mit jedem Tropfen meiner Milch nimmt sie etwas von *la belle France* in sich auf.»

«Ach was, Mutter, das ist doch Quatsch. Du hast mich mit Alete ernährt.»

Antoinette richtete sich auf und nahm die Hände von Barbaras Schultern. Sie war verletzt. Das Bild von sich selbst als französische stillende Mutter hatte sie sehr bewegt, sie hatte sich buchstäblich in den Holzpantinen der Ammen und mit einem Trikolorehäubchen gesehen. Und diese süße Illusion hatte ihre kühl-sachliche englische Tochter gefühllos zerstört. «Nun gut», sagte sie müde, «wenn das alles ist, was du über die fernen glücklichen Tage zu sagen hast ... die vielleicht», fügte sie hinzu, als sie die Tür öffnete und hinaustrat, «die glücklichste Zeit meines Lebens waren ...» Doch plötzlich strahlte sie wieder, denn vor ihr stand *le jeune Oxo*. «Monsieur Instone – non, Nicholas – ich darf Sie doch Nicholas nennen?» Bittend legte sie eine Hand auf seinen Arm.

«Ich bitte darum», sagte Nicholas. Es hatte ihm gefallen, Monsieur Instone genannt zu werden.

«Meine kleine Barbara nennt Sie auch Nicholas, nicht wahr? Deshalb sind Sie es für mich in Gedanken ebenfalls.»

«Barbara ... sie ist doch in Ordnung, nicht wahr?» Er sah wieder besorgt aus. «Es war nämlich eigentlich nur im Spaß, aber ich hätte es natürlich nicht tun sollen. Es war sehr ungehörig von mir, aber ich hab sie ... ich habe ihr einen Kuß gegeben.»

«Mein lieber Junge.» Er bekam auf einmal die ganze Stromladung aus den großen strahlenden Augen. «Mein lieber Junge, es ist doch Ihr Vorrecht, die Brautjungfern zu küssen. Und, verzeihen Sie», sie blickte ihn mit unverhüllter Bewunderung an, «das Vorrecht der Brautjungfern ist es, von Ihnen geküßt zu werden.» Dann änderte sich ihr Ton plötzlich, und sie seufzte tief auf. «Meine arme Kleine! Nach außen so fröhlich und unbeschwert. Und innen so schrecklich empfindlich, so leicht verletzbar, Monsieur In ... Nicholas. Wie eine kleine Motte, sage ich immer.»

«Wer ist leicht verletzbar?» fragte Clive Masters, der gerade mit drei Gläsern Sekt vorbeikam.

«Barbara, Lieber.»

«Du liebe Zeit», sagte Clive und ging weiter. Sie hatte manchmal komische Ideen. Aber seine Frau ignorierte die Unterbrechung und sagte mit leichtem Tremor in der Stimme:

«Wir alle tun, was wir können, um ihr möglichst viel Liebe zu geben. Das verstehen Sie doch, Nicholas?»

«Aber ja, selbstverständlich», entgegnete Nicholas, der sich wie ein Trampeltier vorkam. Mein Gott, wie dumm und rücksichtslos hatte er sich aufgeführt! «Tut mir scheußlich leid», sagte er.

Beruhigend drückte sie seinen Arm. «Lieber Junge, welcher Mann kann schon die unendlich zarten Mechanismen begreifen, die ein junges Mädchen bewegen?» Sie sah ihn besorgt an. «Aber Sie sind mir doch nicht böse, daß ich so offen spreche?»

«Ich bin Ihnen so dankbar dafür, Mrs. Masters! Und ich werde wirklich alles tun ...»

Doch da entdeckte sie, daß Leonard *allein* stand und trübsinnig die schäumenden Perlen in seinem Glas betrachtete. «Verzeihen Sie, mein lieber Junge.» Noch ein strahlendes Lächeln, und sie war fort, um an einer anderen Stelle, neben einem anderen Mann weiter zu schwirren – wie eine schöne Libelle, dachte Nicholas.

Jane Instone gestattete ihrem Mann fünf Minuten mit Antoinette Masters. Sie war nicht kleinlich, besonders nicht nach Sekt, und sie wußte, wie sehr er es genoß. Andererseits hatte sie auch keine Lust, ein Risiko einzugehen, und bei einer Frau von Antoinettes Kaliber waren fünf Minuten ihr absolutes Limit. Nach Ablauf dieser Zeit trat sie auf den Plan, praktisch und erfahren und unnachgiebig wie ein Stemmeisen.

Antoinette, die auch nicht von gestern war, hatte mit höchstens drei Minuten gerechnet; sobald Jane erschien, verzog sie sich also, mit Charme und sehr bereitwillig.

«Ist sie nicht reizend?» sagte Jane.

«Ja, sie ist wirklich sehr attraktiv.» Leonard war dankbar, daß man ihn darauf hingewiesen hatte.

Der Blick, mit dem Jane ihren Mann ansah, war ein bißchen gereizt. Leonard war normalerweise überaus taktvoll und hätte seiner Frau gegenüber niemals zugegeben, daß er eine andere Frau reizvoll fand. Und jetzt stand er hier und sah aus wie ein Kater, der eben von der Sahne genascht hat, und fragte sich, nach fünf Minuten des Zusammenseins mit Antoinette Masters, was die Buchkritiker in den guten Sonntagsblättern eigentlich aufzuweisen hatten, was er nicht besaß.

Die Hochzeitsfeier ging weiter. Der Kuchen wurde angeschnitten, die Telegramme wurden vorgelesen, Herren in dunklen Smokings hielten fast – aber nur fast – anzügliche Reden (eindeutige Ungehörigkeiten überließ man anderen), und Braut und Brautjungfern verschwanden im Haus, um sich umzuziehen. Am späten Nachmittag des grauen Februartages fuhr das junge Paar dann ab; das Auto war behängt mit Bändern und Blechbüchsen und alten Schuhen. Und dann war plötzlich alles vorüber, platt wie ein Pfannkuchen, und alle packten ihre Sachen und verabschiedeten sich.

Die Instones und die Masters standen beieinander. «Ich muß wohl gehen und packen», sagte Jane lustlos. Zurück in die graue Monotonie der Industriestadt in den Midlands. Nichts, auf was man sich freuen konnte, bis auf die eine Urlaubswoche im Lake Distrikt und das Betriebsfest der Bank im September.

Antoinette sagte: «Wir bleiben noch bis morgen. Ein kleiner Urlaub.»

Nicholas sagte zu Barbara: «Du gehst doch nicht etwa wieder zu Fuß über den Pennine Way?»

«Nein. Ich fahre mit meinen Eltern. Schulferien.» Dabei hätte sie ihm vorschlagen können, zusammen zurückzuwandern, wenn sie diese blöde Verabredung mit ihren Eltern nicht getroffen hätte! Ganze Tage mit ihm in ihrem Element, in Regen und Nebel und Torf! Aber ihr fehlte der Mut, jetzt noch etwas zu ändern. Sie hatte sich heute schon genügend blamiert.

Sie war den Tränen nahe, und der Gedanke an das, was hätte sein können, war so bitter, daß sie sich plötzlich anders entschied. Ich gehe doch, dachte sie, es ist mir ganz egal, was die anderen denken. Sie sagte: «Ach, wo ich nun Gesellschaft habe, gehe ich eigentlich doch lieber zu Fuß zurück, Maman. Ich komme dann im Frühling zu euch nach Hause.»

«Wie du willst, mein Kind», erwiderte Antoinette. Das leise Eisklirren in der Stimme hörten nur ihre Angehörigen.

«Gesellschaft?» fragte Nicholas erstaunt.

Aber Kate hatte schon begriffen. Sie begriff fast immer, wenn es um Angelegenheiten des Herzens – vor allem des weiblichen Herzens – ging. Aber sie wollte ihren Bruder für sich haben und ihn nicht irgendwelchen heiratsfähigen Mädchen wie dieser Barbara überlassen. «Nicholas fährt mit uns nach Hause», sagte sie und schmiegte sich an ihn. «Du kommst doch mit, nicht?»

«Ja, ich denke schon», sagte er etwas unsicher und sah Barbara an. Er fühlte, daß irgend etwas im Gange war, was er nicht begriff, wofür er sich aber zum Teil verantwortlich fühlte.

Barbara starrte ihn mit einem Blick an, aus dem er nicht klug wurde. Dann sagte sie hocherhobenen Hauptes mit einer Stimme wie die Jungfrau von Orléans: «Verdammt noch mal, dann gehe ich eben allein.»

«Gut, mein Kind», sagte Antoinette. Diesmal hörte man deutlich die Eisschollen unter der Brücke krachen. Sogar Leonard hatte es gemerkt.

Amos Crump platzte in das Schweigen hinein wie ein in die Erdatmosphäre zurückkehrendes Raumschiff. Amos hatte kein Gefühl für Atmosphäre. «Wiedersehen, Masters. Wiedersehen, Instone. Ich muß zum Bahnhof, meinen Zug kriegen.»

«Beeilen Sie sich», sagte Masters. «Ich hab gehört, daß die Kälte hier die Wölfe von den Hügeln heruntertreibt.» Er lachte bellend, ohne eine Miene zu verziehen.

Amos blickte ihn an und wandte sich dann an Leonard. «Ich glaube, Sie wohnen hier irgendwo in dieser gottverlassenen Gegend, Instone. Wenn Sie irgendwas über diesen Pike herausfinden können, wäre ich Ihnen sehr dankbar. Sie sollen das nicht um ... na ja, also ich wäre Ihnen wirklich sehr dankbar.»

Er hatte sicher sagen wollen: Sie sollen das nicht umsonst tun, dachte Leonard. Kühl sagte er: «Sie meinen zweifellos, etwas Unehrenhaftes herausfinden, wie etwa Mord.»

«Gott, wissen Sie, so was ist immer nützlich», sagte Amos. Er wandte sich ab und kam dann zurück, die

Aktentasche in der Hand. Ihm war etwas eingefallen. «Sagen Sie, Masters, Sie fahren wohl nicht zufällig jetzt gleich zurück nach Sussex?»

«Nein. Wir fahren erst morgen», sagte Clive Masters, und man hörte seiner Stimme an, daß er die Frage für eine Frechheit hielt.

«Na, das würde mir glänzend passen. Sie könnten mich irgendwo absetzen. Hendon wäre, zum Beispiel, prima für mich.»

Masters überlegte hastig. «Sie würden sich sicher nicht wohlfühlen, Amos, hinten im offenen Wagen. Da reißt es Ihnen glatt den Rest Ihres zarten Bartes ab», sagte er grob.

Amos strich sich liebevoll über den dünnen Bart. Sein Lächeln war ebenso dünn. Wenn ihm die lange Eisenbahnfahrt erspart bliebe, mußte er wohl ein paar Grobheiten schlucken. «Oder ist Ihr Wagen vielleicht schon voll?»

«Sie wissen ja, daß er nicht voll ist», gab Masters zurück. «Also meinetwegen, kommen Sie mit. Wenn Sie einen steifen Nacken kriegen, haben Sie selber schuld.»

«Danke, Masters. Ich muß nur schnell zusehen, daß ich mein Zimmer noch behalten kann.» Er ging hinaus.

Clive Masters sah die schmalen Schultern durch die Tür verschwinden. «Verdammte Frechheit», murmelte er.

«Ja. Und du warst so liebenswürdig, mein Engel», sagte Antoinette zärtlich.

«Ich finde, du hättest ihm sagen müssen, er soll seinen Schmutz allein ausgraben», sagte Jane zu Leonard.

Leonard hörte gar nicht hin; ihm war etwas eingefallen. «Jane, ich habe eine Idee. Wollen wir nicht auch bis morgen hierbleiben? Das heißt, wenn unser Zimmer noch frei ist.»

«O ja, Daddy!» rief Kate entzückt.

«Ja, warum eigentlich nicht», sagte Jane etwas zweifelnd. Sie war immer schneller zu Änderungen des Programms bereit, wenn sie selber auf die Idee gekommen war. «Wenn du meinst, wir können es uns leisten», fügte sie leise hinzu.

«Wir könnten doch zusammen essen», schlug Antoinette vor. «Wenn es Ihnen recht ist, natürlich.»

«Das wäre himmlisch, Maman», sagte Barbara und bat im stillen den lieben Gott: Bitte mach, daß sie bleiben. Laß sie hierbleiben, lieber Gott.

Ja, das wäre sehr nett, sagten alle. Und Barbara dachte: ein ganzer Abend mit ihm, natürlich nicht allein, aber man kann schließlich nicht alles haben. Jedenfalls kann ich seine Stimme hören, und wer weiß, vielleicht berührt er mal meine Hand, wenn er nach dem Senf langt.

Und Nicholas dachte: Wenn ich es richtig anstelle, kann ich vielleicht neben ihr sitzen, ihr wundervolles Parfum riechen, ihr zuhören; vielleicht kann ich sogar ihre Hand berühren, wenn ich ihr das Salz reiche. Eigentlich merkwürdig, dachte er, den meisten Jungen sind unbekümmerte junge Mädchen lieber, solche wie Barbara zum Beispiel. Er war da ganz anders: Die Krone der Schöpfung für ihn war eine schöne, reife, elegante Frau von etwa vierzig Jahren. Davon war er seit etwas mehr als vierundzwanzig Stunden überzeugt.

4

Leonard Instone war gern mit Menschen zusammen, allerdings in Grenzen. Nach ein paar Stunden, wie bei dieser Hochzeitsfeier, hatte er meist ein starkes Bedürfnis nach Ruhe, frischer Landluft und sehnte sich nach der Gesellschaft des einzigen Menschen, der schweigen konnte und ihn verstand: er selber.

Er hatte noch eine Stunde, bevor er sich zum Dinner umziehen mußte. «Ich laufe mal ein bißchen draußen herum, Jane», sagte er und schlüpfte hinaus.

Vor ihm lag der Marktplatz von Shepherd's Delight. Auf der einen Seite die warm erhellten Fenster und die Eingangstür des Hotels *Royal George*, auf der anderen eine Straßenlaterne, ein einfacher Co-op-Laden und ein paar kleinere Geschäfte, und im Westen der pastellfarbene Himmel mit dem letzten Abendlicht.

Er ging am Teich vorbei, wo die Enten in der Dunkelheit weichschnarrende Klagelaute ausstießen, und stapfte den Weg ins Moor hinauf. Er genoß die Nacht und die Einsamkeit. Im Gehen sah er, wie im Osten Helligkeit aufkam, der Mond äugte über den Hügelrand und schwamm weiter hinauf in den Himmel. Schnellen Schrittes ging er weiter. Er wußte, wohin er wollte: in das Dorf zwischen Moor und Heide, nach Ill Boding.

Es war noch früh am Abend, aber das Dorf hatte sich schon auf die Nacht eingerichtet und den Tag abgeschlossen. Noch eine Stunde, dann legten die Männer ihre Zeitung beiseite, schoben den Küchenstuhl zurück, setzten die Mütze auf, grunzten der Frau ein Abschiedswort zu und machten sich auf den Weg zur ‹Stillen Frau›.

«Der Marmorgrabstein», hatte die Französin gesagt. «Sie müssen Corindas Grab sehen, in der Frauenkapelle.»

Er wollte die Kirchentür öffnen, aber sie war verschlossen. Er stand auf dem Friedhof und blickte über das Dorf; die Ärmlichkeit wurde gemildert vom Mondschein und von den erleuchteten Fenstern der kleinen Häuser. Der Sekt hatte Leonards Sinne geschärft, so daß er meinte, das Leben des Dorfes sehen und wahrnehmen zu können. Er blickte hinüber zu den Bauernhäusern und zu den Villen, die sich in manchen Dörfern in Derbyshire breitmachen und so gar nicht hinpassen. Er sah über Jahrhunderte hinweg die Römer, frierend und heimwehkrank, wie sie von der Heimat träumten, wie sie versuchten, in dem geschäftigen Fremdland ein paar Tage Urlaub herauszuschlagen. Er sah mit tiefem Respekt auch die Menschen nach dieser Zeit, die Männer, die sich zwei Jahrtausende lang mit dem harten Boden und dem widrigen Klima abgemüht hatten, die vom Leben nichts anderes kannten als Arbeit und Kinderzeugen und die zweifelhafte Geselligkeit in der ‹Stillen Frau›. Er ging ein paar Schritte zwischen den Gräbern entlang, wo sie unter der harten Erde ruhten, die sie mit schweren Stiefeln getreten, mit schwieligen Händen bearbeitet hatten, jetzt lagen sie dort, vom Leben besiegt. «Hier, Grab, ist nun dein Sieg», sagte er halblaut und tief bewegt.

Aber er sah auch andere – Männer, die sich ihr Leben

lang bemüht hatten, ein wenig menschliches Verständnis, ein wenig Anmut in das Dorf zu bringen, Pfarrer und Lehrer, deren Aufgabe es gewesen war, einen ebenso harten und unnachgiebigen Boden zu bearbeiten. Und dann stand er am Grabe von Lazarus Pike, auf das schon, wie er schnell nachrechnete, tausend Monde geschienen hatten, seit ein Steinmetz den Namen in den harten Stein meißelte. Lazarus Pike, ein verstreuter Haufen Knochen. Lazarus Pike, wahrscheinlich ein Mann wie er selber, glücklich mit seinen Kindern, verschlossen gegenüber anderen Menschen; ein Mann, der seine Corinda liebte, der sich freute am hellen Morgen und am Lampenschein zur Nacht, der die abertausend Fäden des Lebens liebte, die Jahreszeiten, die Sonnenwärme, den Regen und den Wind. Leonard seufzte. Leicht und liebevoll hob er die Hand zum Abschied und wandte sich zum Gehen. Es war seltsam, er hatte das Gefühl, einen neuen Freund gewonnen zu haben. Und während er den hellen mondbeschienenen Weg entlangging, dachte er: Wie oft muß Lazarus diesen Weg gegangen sein, zusammen mit Corinda oder allein mit seinen Gedanken und Gedichten. Vor langer, so langer Zeit. Und heute schlief Lazarus den ewigen Schlaf unter dem wandernden Mond. Ein Mörder? Nein, bestimmt nicht. Ein Mörder läge nicht hier auf dem Friedhof im stillen Mondlicht. Sein Ruheplatz wäre ein Rechteck mit gekalkter Erde auf einem Gefängnishof. Die Justiz der viktorianischen Zeit war von einer Unbarmherzigkeit, die dem sanften Leonard Instone manchmal große Bewunderung einflößte.

«Ann», sagte Clive Masters, «ich habe diesen Pfarrer eingeladen, heute abend mit uns zu essen. Ich mache mir nichts aus Pfarrern, aber ich will mal sehen, ob er mir etwas über Lazarus Pike erzählen kann.»

«*Naturellement*! Aber dann kann der arme Crump doch auch nicht ganz alleine futtern.»

Clive sah sie ablehnend an. «Wieso? Soll der vielleicht auch noch mit uns essen?»

Sie schmiegte sich an ihn. «Es macht dir doch nichts aus, mein Lieber?» fragte sie bittend, aber nicht allzu besorgt um seine Antwort. Sie hatte Amos bereits aufgefordert und ihren Mann damit vor ein *fait accompli* gestellt.

«Auf alle Fälle will ich nicht neben ihm sitzen», erklärte Clive. Antoinette setzte sich also an das eine Tischende und ihren Mann an das andere. Mit einem Lächeln, das seine Knie weich werden ließ, bat sie Nicholas, sich links neben sie zu setzen. Nachdem sie sich vergewissert hatte, daß Jane rechts von Clive und Barbara neben Nicholas saß, bat sie den Pfarrer an Clives linke Seite und ließ die anderen Damen und Herren abwechselnd Platz nehmen, so gut es ging. Noah hatte es leichter, dachte sie, er hatte die gleiche Anzahl Männlein und Weiblein.

Jane sah, wie Barbara demütig und dankbar die paar Brocken an Unterhaltung entgegennahm, die Nicholas ihr zuwarf. Sie sieht gutherzig und großzügig aus, dachte sie. Ziemlich runde Wangen, Mund und Augen ernst und nachdenklich, aber mit einer Ahnung von Lachen unter der Oberfläche. Ein liebes Ding. Aber immerhin – frühmorgens allein mit einem Jungen, den sie gerade erst kennengelernt hatte? Vielleicht etwas reichlich gutherzig und großzügig ... Sie blickte zu ihrem Sohn hinüber, der, bewundernd wie ein Kind beim ersten Feuerwerk, die lebensprühende Antoinette betrachtete. Dann sah sie ihren Mann an, dessen Blick ebenfalls nachdenklich an Antoinette hing. Was sehen sie bloß in uns, dachte sie. Sind wir nicht aus Fleisch und Blut, wie sie? Bluten wir nicht, wenn sie uns stechen? Und doch können mein Mann und mein Sohn die Augen nicht von dieser schillernden Gestalt abwenden.

Jetzt blickte der Pfarrer zu ihrem Mann hinüber. Offenbar gefiel er ihm. «Haben Sie Corindas Grabmal gesehen, Mr. Instone?»

«Nein. Aber Mrs. Masters sagt, ich müßte es mir ansehen.»

«Ja, das sollten Sie. Ich glaube, Sie sind ein Mann, der es zu schätzen weiß.»

«Danke. Ich sah, daß ihr Name nicht auf dem Grabstein stand.»

«Ja, das stimmt. Er wollte mehr als einen Stein für seine geliebte Corinda. Es heißt, daß er alle seine Einnahmen dafür ausgab.»

«Mr. Instone, Sie *müssen* es sehen», sagte jetzt Antoinette. «Es ist wirklich wunderschön. Als ich es heute morgen sah, mußte ich an Matthäus denken, an das Glas mit köstlichem Wasser. Was für eine Vergeudung!»

Leonard war plötzlich tief bewegt. Da hatte ein Mann seinen ganzen Besitz für das Grabmal seiner jungen Frau ausgegeben und sich selber im Tode mit einem flachen häßlichen Stein begnügt.

«Wissen Sie was, Masters und Instone», sagte Amos Crump, «ich habe mir etwas überlegt: Wenn wir drei die Sache gemeinsam starten, können wir vielleicht etwas daraus machen: Die Bücher neu herausbringen, einen Fernsehfilm, vielleicht sogar eine Serie, Wallfahrten zum Schrein – nein, noch besser zu dem Ort, wo der Mord verübt wurde. Souvenirs, und so weiter.»

Leonard wurde fast schlecht. Das waren nun die ersten berühmten Leute, die er kennenlernte! Und innerhalb von knapp vierundzwanzig Stunden forderten sie ihn zur Mitarbeit an einem großen Projekt auf. Es war fast, als hätten der Premierminister und der Kanzler ihn eingeladen, den nächsten Haushalt mit aufzustellen.

Doch seine Schüchternheit und seine Bescheidenheit gewannen sofort die Oberhand. «Furchtbar nett von Ihnen», begann er, «aber ich glaube nicht ...»

Aber Crump war jetzt nicht mehr zu halten. «Instone wohnt hier in der Gegend. Er hat die Möglichkeit, die Informationen zu besorgen, die wir brauchen, und er kann auch mit den Einheimischen in ihrer Sprache reden und so weiter.»

Jane blickte ihren Mann mit hochgezogenen Augenbrauen an. Er würde doch nicht etwa auf den Plan dieses Clowns eingehen?

«Ja, aber ...» begann Leonard von neuem.

«Und Sie nehmen alles in die Hand, was die Medien betrifft, Masters. Den Rest mache ich dann.»

«Ich weiß wirklich nicht ...» versuchte Leonard es noch einmal, aber er wurde von Crump einfach unterbrochen.

«Ich habe einen Vetter bei ‹Kultouristik›, der macht bestimmt auch mit. Er hat immer gesagt, es wäre ein Jammer, daß es nichts zwischen Stratford und der Brontë-Gegend in Yorkshire gibt.»

«Ich fürchte nur, die Toiletten in Ill Boding sind nicht gerade eine touristische Attraktion», sagte der Pfarrer trocken.

«Ach, das läßt sich schnell ändern», sagte Amos, der für Ironie und Sarkasmus kein Ohr hatte. «Es kostet ja nicht die Welt, ein paar ordentliche Klos einzurichten.»

Jetzt reichte es Jane. «Mein Mann hat leider sehr viel zu tun», sagte sie. Und zu Leonard gewandt: «Ich kann mir auch nicht vorstellen, daß dich das interessiert, nicht wahr, Leonard?»

«Nein», erwiderte Leonard. «Allerdings würde ich gern sehen, daß man Pikes Bücher neu herausbringt. Ich meine, das hat er verdient.»

Also dann, meinetwegen, dachte Jane. Dann laß dich nur da mit hineinziehen. Aber komm nachher nicht zu mir und sag, ich soll dir raushelfen.

«Aber ohne das ganze Drumherum», fügte Leonard hinzu.

«Und was den Mord angeht», sagte der Pfarrer, «so wäre es geradezu eine Gemeinheit, den alten Skandal wiederaufleben zu lassen.»

«Sehr richtig!» sagte Leonard.

Masters sah ihn kühl an. «Mein Gott, ich denke, Sie tun seit Jahren selber so etwas wie Schreiben. Und da glauben Sie wirklich, man könnte einen Mann wie Pike neu herausbringen, ohne ihn ein bißchen aufzumotzen?»

«Ich hatte eigentlich gedacht», sagte Leonard zögernd, «ich meine, ich würde gern eine Biographie dieses Schullehrers und seiner Frau schreiben. Natürlich nur, wenn ich die Fakten zusammenkriege, das ist klar.»

«Ja, das würde ich sehr begrüßen, lieber Mr. Instone», sagte der Pfarrer ernst und herzlich.

Amos blickte angewidert vor sich hin und sagte nichts. Masters sagte ungeduldig: «Sie wissen doch bestimmt, daß Sie heutzutage keine Biographie schreiben können, ohne den Mann als Homosexuellen hinzustellen.»

«Oder als Päderasten», fiel Crump ein.

«Oder als Sittenstrolch», sagte Masters.

«Am besten alles drei», sagte Crump und spitzte den Mund. «Auch der Mord müßte ein sexuelles Motiv haben.»

«Blödsinn», sagte der Pfarrer bündig.

Amos war verletzt und gereizt. Er war damit beschäftigt, einen Fleischrest aus zwei Backenzähnen zu entfernen. Als er es geschafft hatte, richtete er sich auf, und man sah ihm an, daß er etwas Wichtiges zu sagen hatte. «Sehen Sie selber», sagte er. «Zwei Dichter, Pike und Hardy. Der eine ist vergessen, der andere noch heute ein Bestseller. Und warum?»

Niemand antwortete. Triumphierend sagte Amos: «Weil Hardy so klug war, zwei Bücher zu schreiben, von denen er wußte, daß sie verboten werden würden. Er hat seinen Namen bekannt gemacht, und er ist bekannt geblieben.»

Das Schweigen hielt an. Es war fast lähmend. Amos lief in der Aufregung ein Speichelfaden aus dem Mund. «Und denken Sie an Shakespeare», sagte er. «Er wußte, was er tat, als er etwas von einer Dunklen Dame sagte.»

Damit war der Zauber gebrochen. Leonard, der Amos die ganze Zeit angestarrt hatte wie das Kaninchen die Schlange, lachte laut auf. Amos war wiederum tief verletzt. Masters sah hochfahrend vor sich hin.

«Ich bin sicher», sagte der Pfarrer jetzt, «der gute Pike war völlig anders. Er war ein einfacher Mann, der seine Frau liebte und den jeder gern hatte. Und ich glaube, Mr. Instone könnte so einen Mann auch darstellen.»

«Er könnte es und er sollte es auch!» rief Antoinette und blickte Leonard aufmunternd an. Für ihren Mann hatte sie nur einen abweisenden Blick.

«Das wäre reine Zeitverschwendung», sagte Crump mit saurem Gesicht.

Leonard warf Antoinette einen dankbaren Blick zu. Er fühlte, sie war eine Frau mit Zartgefühl und Verständnis. Wenn *sie* an ihn glaubte, würde ihm sein Vorhaben gelingen. Er wandte sich wieder an den Pfarrer. «Wenn ich die Sache wirklich in Angriff nähme: gibt es denn irgendwelche Unterlagen? Oder überlebende Verwandte, mit denen ich Kontakt aufnehmen könnte?»

«Ja, es gibt noch eine Großnichte, Lottie Pike, sie wohnt in der Nähe der Kirche von Boding. Cranberry Cottage. Bei ihr müßten Sie es versuchen. Aber ich muß Sie warnen: das Dorf hat kein Interesse daran. Bücherschreiben ist in Ill Boding kein Weg zu Ruhm und Respekt.»

Bis zum Ende des Dinners ließ man Lazarus Pike ruhen. Leonard saß da und dachte nach. Er konnte keine Biographie schreiben, er hatte bisher nur das kritisiert, was andere geschrieben hatten. Aber er fand die Idee seltsam erregend. Er sah im Geist diese Lottie Pike vor sich, wie sie ihm Anekdoten und Korrespondenz und Manuskripte zur Verfügung stellte. Er sah sich lesen, aussuchen, abschätzen. Und dann der große Moment, wenn er anfing zu schreiben. Wenigstens hatte er einen interessierten Verleger, das war mehr als die meisten Schriftsteller von sich sagen konnten. Und Ermutigung aus einer anderen Ecke. Denn immer wenn er aufblickte, fühlte er Antoinettes Augen auf sich ruhen. Und wenn er sie ansah, lächelte sie ihm strahlend zu. Was natürlich bedeutete, daß er bei seiner eigenen Frau weder auf ein Lächeln noch auf Ermutigung zu rechnen hatte. Jane hatte erkannt, daß die Schlachtlinien bereits feststanden oder doch festgestanden hätten, wenn Leonard nicht noch etwas unsicher gewesen wäre, ob er eine solche Aufgabe überhaupt würde meistern können.

Im ganzen verlief der Abend jedoch für alle recht angenehm. Und das war gut so, denn für einige der Gäste hatte der nächste Tag einiges in petto, was Kate zweifellos als unheimlich scheußlich bezeichnet hätte.

Zunächst mal das Wetter. Der Himmel war bedeckt, die Wolken hingen tief. Regengüsse schlugen an die Fenster, und der Ostwind drang durch die Kleider und die Haut und ließ die Seele erzittern.

Auch Barbara Masters, in wasserdichten Hosen und Wanderstiefeln, betrachtete das Wetter mit Abscheu. Sie hätte viel darum gegeben, wenn sie hätte kapitulieren und mit ihrem gebrochenen Herzen nach Sussex, nach Hause, heimkehren können. Viel, aber nicht alles. Ihr Stolz und ihr Starrsinn waren stärker. Sie wühlte in ihrem Rucksack und fand einen Pullover mit der nicht so erinnerungsträchtigen Aufschrift: *Duckham's Motor Oil*. Sie zog ihn sich schnell über den Kopf. Traurig und trotzig-resigniert tauchte ihr Gesicht wieder auf. *Schiffe, die sich nachts begegnen*. Bestimmt kam er nicht einmal mehr herunter, um sich von ihr zu verabschieden. Nicht, daß er beim Dinner gestern abend nicht freundlich gewesen wäre. Aber sie wollte keine Freundlichkeit, sie wollte ein kleines Signal, und wenn es auch noch so winzig war, daß er eine Frau in ihr sah und nicht nur den Kumpel Barbara, wie alle andern. Doch ein solches Signal hatte er ihr nicht gegeben. Wie sollte er auch, dachte sie mit gepreßtem Lächeln, wo er sich doch mehr für meine Mutter interessiert als für mich.

Antoinette trug mit der Sorgfalt eines Pointillisten ihren Lidschatten auf. Ihre Stimme klang beunruhigt, als sie jetzt sagte: «Liebling?»

«Hm?»

«Ich glaube, der junge Nicholas Instone hat sich in mich verliebt.»

«Tu doch nicht so überrascht, verdammt nochmal. Es überrascht dich doch auch nicht, wenn eine Wespe in ein Marmeladenglas taumelt, oder?»

Sie konzentrierte sich einen Augenblick schweigend auf ihre Tätigkeit, dann sagte sie: «Weißt du, das ist es, was mir an einem Engländer so gefällt: seine galante Art.»

«Mach dir nichts draus, mein Kind. Was hast du von ihm erwartet? Du hättest mit deinem Verhalten einen ganzen Greisenklub in Brand setzen können.»

«Vielleicht», gab sie zu. «Aber doch nicht so einen Jungen. Ich bin sicher zwanzig Jahre älter als er.»

«Fünfundzwanzig, mindestens.»

«Danke, mein Liebling.» Sie seufzte. «Sicher wirst du mir jetzt vorhalten, ich könnte seine Mutter sein.»

«Du könntest die Mutter seines großen Bruders sein. Um was geht's denn nun eigentlich?»

«Clive!» Sie nahm ihre Haarbürste und schlug damit ärgerlich auf den Frisiertisch. «Ich bin eine gute Frau, auch wenn du es noch nicht bemerkt hast. Ich kann nicht einen Jungen mit gebrochenem Herzen zurücklassen.»

«Das hättest du dir früher überlegen sollen.»

«Du bist ein stinkendes, selbstgerechtes englisches Schwein!»

Er sah sie nachdenklich an. «Sehr gut. Mir ist immer viel wohler, wenn du in der Defensive bist.»

Aber sie hörte ihm offenbar nicht mehr zu. Ihr war etwas eingefallen. «Und unsere arme kleine Barbara hat sich in ihn verliebt. Ich frage mich ...» sie verstummte.

«Was fragst du dich?»

Aber sie schwieg und besah sich ihr wunderhübsches Spiegelbild. Clive zuckte ungeduldig mit den Schultern und schaltete die Acht-Uhr-Nachrichten an.

Es war, als werde eine sonnenhelle Lampe angezündet, wenn Mrs. Masters in die Hotelhalle rauschte.

Vor dem Frühstück kann auch die behaglichste Hotelhalle etwas an sich haben, was einen frösteln macht. Und Nicholas war innerlich dem Gefrierpunkt nahe. Er saß in der Halle, blätterte in einer Autozeitschrift und war sich bewußt, daß er sich in die Frau eines anderen verliebt hatte, die im Begriff war, für immer nach Sussex abzureisen.

Und dann war sie plötzlich da. Sie war einfach da, und ihr Lächeln, ihr Parfum, ihre Gegenwart füllten und wärmten den kalten Raum. Er errötete und sprang auf.

Sie setzte sich und bat ihn mit einer Handbewegung, neben ihr Platz zu nehmen. Ihre strahlenden Augen sahen ihn ernst an. «Nicholas», sagte sie.

«Ja?» Er war so angespannt, daß seine Stimme ein paar Jahre zurückfiel und zu einem jungenshaften Piepsen wurde.

«Nicholas, ich mache mir Sorgen um meine kleine Barbar.» Sie warf einen Blick aus dem Fenster. «Bei diesem Wetter. Und sie besteht darauf, allein zurückzugehen, über diesen schrecklichen Pennine Way.»

Nicholas wartete. Er war geschmeichelt. Diese elegante, liebreizende Frau wollte ihn offenbar um Hilfe bitten. Ihn! Er räusperte sich und wollte etwas sagen, brachte aber kein Wort heraus.

Sie senkte die Stimme ein wenig. «Nicholas, Sie kennen sich doch offenbar in wilden Gegenden aus. Sagen Sie, ist es sehr schlimm da oben?»

«Es geht sich manchmal etwas schwer, an manchen Stellen, Mrs. Masters. Aber Barbara hat ja Erfahrung im Wandern.»

«Immerhin, sie ist ein Mädchen und ganz allein, Mr. Instone – Nicholas», verbesserte sie sich mit warmem Lächeln, aber gleich darauf sah sie wieder ernst aus.

«Könnten Sie sie nicht zurückhalten?» sagte Nicholas.

«Zurückhalten? Barbara?» Sie sah ihn erstaunt an. «Lieber Junge. Meine Tochter ist nicht nur das liebe sanfte Wesen, das Sie kennengelernt haben. Sie hat einen Kern aus Stahl.» Nachdenklich fügte sie hinzu: «Nicht, daß ich sie anders haben möchte.»

Nicholas schwieg; er wußte nicht, was er darauf sagen sollte.

«Sie geht ihren eigenen Weg, und ich versuche nicht, sie daran zu hindern.»

«Nein», sagte Nicholas.

Schweigen. Wenn Antoinette mit einem Mann – vor allem mit einem Engländer – zu tun hatte, gab sie ihm immer viel Zeit, damit das Öl der Gutherzigkeit auf die Scharniere der Eigensucht einwirken konnte. Der männliche Denkapparat arbeitete eben langsam, dafür konnten sie nichts, die Armen.

Sie wartete. Nicholas sagte: «Ich könnte natürlich mit ihr gehen, wenn es Sie beruhigt. Meine Eltern hätten sicher ...»

«Mein lieber Junge!» Sie legte ihm die Hand auf den

Arm, und seine Temperatur schoß in die Höhe. «Das geht doch aber nicht! Bei diesem Wetter! Und Sie haben doch schon längst anders disponiert ...»

«Ich habe eigentlich noch gar nicht disponiert. Ein paar Tage zu Hause, das war alles. Aber meine Mutter ...»

Sie saß da und blickte ihn unter den schön geschwungenen Brauen an. In ihrem Gesicht zeigten sich vielerlei Gefühle: Dankbarkeit, Respekt, Bewunderung – er hätte den ganzen Tag so sitzen bleiben mögen. Doch plötzlich erhob sie sich. «Ich weiß nicht, wie ich Ihnen danken soll, Nicholas.» Ernst schüttelte sie ihm die Hand. «Und – darf ich Ihnen verraten, daß ich nicht die einzige bin, die sich freut über Ihren Entschluß?» Noch einmal erschien das herzliche Lächeln, dann war sie fort. Sinnend sah Nicholas ihr nach, bis sie verschwunden war. Dann stand er auf und ging nach oben, ins Schlafzimmer seiner Eltern. Er hatte das Gefühl, seine Mutter werde nicht gerade begeistert sein.

«Hallo», sagte Jane. Sie stand über einen Koffer gebeugt und blickte nicht auf. «Hast du schon gepackt? Ich möchte gern so bald wie möglich fahren.»

«Du, Mum», sagte Nicholas zögernd, «würde es dir etwas ausmachen, wenn ich doch nicht mit euch käme?»

«Und warum nicht?» Sie richtete sich hastig auf und drehte sich zu ihm, schon jetzt in der Offensive, obwohl sie noch nicht einmal wußte, daß es etwas mit dem Mädchen zu tun hatte.

«Na ja», sagte er, «weißt du, Barbara so allein bei diesem Wetter, das ist wirklich nicht schön. Ich dachte, ich gehe vielleicht ein Stück mit ihr.»

Jane wurde wütend, viel wütender, als es der Situation angemessen war. Sie wunderte sich selber. Eifersucht? «Es ist dir doch klar», sagte sie hitzig, «daß es ihr eigener Entschluß war, nicht mit ihren Eltern nach Hause zu fahren, weil sie annahm, du gingst über den Pennine Way zurück? Und als sie merkte, daß sie sich geirrt hatte, ist sie aus Trotz bei ihrem Entschluß geblieben!»

Er sagte nichts. Sie schnappte nach einem Pullover und stopfte ihn in den Koffer. «Wann hat sie dich darum gebeten?» fragte sie.

«Gar nicht. Sie ... würde so etwas nicht tun.»

Jane stand da und stopfte zwei Paar Socken in einen von Leonards Schuhen. Sie war selbst überrascht, daß sie so engherzig reagierte; sie war böse auf Leonard, der – typisch! – ausgerechnet jetzt ein heißes Bad nahm und es ihr überließ, mit dieser Krise fertig zu werden. Endlich sagte sie: «Junge, ich bin in deinen Augen sicher so altmodisch wie Lots Weib. Aber ein Junge und ein Mädchen, die zusammen losgehen, im Freien übernachten – also das ist nicht die richtige Vorbereitung auf das Leben, da kannst du sagen was du willst.»

«Mein Gott, Mum, wir schlafen doch nicht zusammen, wenn du das meinst.» Er war schockiert. Manchmal hatte die Generation seiner Eltern wirklich sehr lockere Ansichten in Moralfragen.

«Ihr habt es vielleicht nicht vor, Nicholas. Aber wenn man verliebt ist ...»

Jetzt mußte er lachen. «Wir sind aber gar nicht verliebt, Mum!»

«Und warum zieht ihr dann zusammen los?»

«Also es war so, Mum: Ich habe gesagt, ich würde mitgehen, um ihre Mutter zu beruhigen. Sie war etwas in Sorge, weil ihre Tochter bei diesem Wetter allein losgehen wollte.» Er kam sich ritterlich vor. Denn das war es, was seine Eltern ihm beigebracht hatten: zuerst an andere denken. Seine Mutter mußte zufrieden sein, wie gut er seine Lektion gelernt hatte.

Deshalb war er erstaunt, als sie mit bitterem Spott sagte: «Und darauf bist du natürlich sofort hereingefallen. Typisch Mann!»

Er wurde rot. «Wieso hereingefallen?» fragte er gereizt.

Sie legte sorgfältig ein Kleid zusammen und sagte, über den Koffer gebeugt und ohne ihn anzusehen: «Ich sehe sie förmlich vor mir, wie sie mit den Augenlidern flattert und sagt: ‹Oh, *la pauvre petite* so allein in dem eisigen Wind! Wie froh wäre ich, wenn sie einen großen starken Mann wie Sie bei sich hätte!› Und du stehst vor ihr und würdest dich am liebsten auf die Brust schlagen und röhren. Du bist natürlich enorm männlich und sagst, natürlich gehst du mit und kümmerst dich um das arme hilflose Ding.» Jane richtete sich auf und sah ihren Sohn mit kriegerisch blitzenden Augen an. «Das arme hilflose Ding! Meiner Ansicht nach würde sie sich selbst mitten im tiefsten Winter an der Eigernordwand wohlfühlen.»

«So war es absolut nicht», sagte Nicholas, als seine Mutter ihre lange Rede beendet hatte.

«Nein?» sagte Jane mit säuerlichem Lächeln.

«Nein. Mrs. Masters ist sehr ehrlich und aufrichtig.»

Sie starrten einander an. Jane sank der Mut, als sie hörte, daß ihr Sohn in dem gleichen ehrfurchtsvollen Ton ‹Mrs. Masters› sagte, wie Leonard ‹Iris Murdoch› aussprach. Sie setzte sich aufs Bett. «Hör zu, Nicholas. Mrs. Masters ist eine ganz reizende Frau, und ich habe sie sehr gern, soweit ich sie kenne. Aber jede Frau, die *ihren* Charme besitzt, wäre dumm, wenn sie ihn nicht benutzte, um sich durchzusetzen.» Einen Augenblick schwieg sie und fügte dann, fast zu sich selbst, hinzu: «Und dumm ist sie nun wirklich nicht.»

Aus dem Badezimmer tappte jetzt Leonard herein und rieb sich das graue Haar trocken.

«Ach, da bist du ja», sagte Jane. «Ich bin gerade mit dem Packen fertig.»

Leonard sah ein bißchen erschrocken aus. Klang da etwa Unmut durch? Hoffentlich nicht, denn er hätte gern noch etwas Zeit für sich gehabt; er wollte Corindas Grabmal ansehen und vielleicht sogar kurz mit Miss Lottie Pike sprechen. Zögernd sagte er: «Nach dem Frühstück, während du dich zurechtmachst und die letzten Sachen einpackst ...»

«Ich habe alles eingepackt», erwiderte Jane kühl, «natürlich bis auf deinen Bademantel und die Rasiersachen.»

«Oh», sagte Leonard unsicher. Sie wartete etwas ungeduldig, denn sie wußte, er wollte noch etwas sagen, und sein Kopf arbeitete manchmal im Tempo der Mühlen Gottes.

«Hoffentlich hast du nichts dagegen, Janie», sagte er, «aber ich möchte gern noch mal kurz nach Boding hinauf, bevor wir abfahren, und mir dort ein Grabmal ansehen. Dauert nicht lange», fügte er tröstend hinzu.

Sie schwieg einen Augenblick. Dann sagte sie mit tonloser Stimme: «Ja, ist in Ordnung. Nicholas geht über den Pennine Way zurück, du kannst also machen, was du willst.»

«Du könntest dir ja inzwischen die Läden ansehen», schlug er eifrig vor.

«Ja. Eine oder zwei Stunden in dem Co-op-Laden wären sicher fabelhaft.»

Ihm sank der Mut. Themawechsel war jetzt das einzige. «Du gehst also über den Pennine Way, Nicholas?»

«Ja. Du hast doch nichts dagegen, Dad?»

«Dagegen? Nein, natürlich nicht – ich bewundere dich. Bin gar nicht sicher, daß ich in deinem Alter den Mut dazu aufgebracht hätte. Was meinst du, Jane?»

«Wollen wir jetzt frühstücken?» sagte Jane.

5

Das Februarwetter hatte ein solches Tief erreicht, daß man sich nicht vorstellen konnte, daß je wieder die Sonne schien. Es sah aus, als sinke die Wolkendecke immer weiter herab und begrabe die Erde wie ein riesiger durchlöcherter Sperrballon unter sich.

Die Kirche von Ill Boding gemahnte deshalb noch mehr als sonst an Nässe, Moder und Tod. Als Leonard eintrat, knarrte das Türschloß wie der Riegel eines Gefängnisses, die Tür kreischte protestierend, und die kalte Luft innen roch nach feuchten Soutanen, gilbenden Büchern und erloschenen Kerzen. Leonard war empfänglich für Atmosphäre, und sein Mut sank. Ein Gotteshaus, und alles riecht nach Moder und Staub. «In der Frauenkapelle», hatte der Pfarrer gesagt. Er ging weiter und kam durch den Lettner in den Chorraum. Und da sah er sie – Corinda. Der weiße Marmor schien zu leuchten in der halbdunklen Umgebung. Er zog scharf die Luft ein vor Erstaunen, aber er wagte nicht näherzutreten. Womöglich hatte der viktorianische Bildhauer ihr einen allzu frommen Ausdruck und entrückt zum Himmel blickende Augen verliehen ...

Und dann trat er doch näher.

Auf dem Steinkatafalk lag, halb zurückgelehnt, eine junge Frau; die Arme waren bloß, das Kleid reichte bis zu den Füßen. In der schlanken Hand hielt sie eine Rose, das lange Haar war mit einem Band zurückgehalten.

Und welch ein Gesicht! Die Augen blickten nicht gen Himmel, sie blickten zärtlich und liebevoll nach vorn. Und Leonard wußte, daß sie so, während ihrer kurzen Ehe, ihren Mann angesehen hatte und daß jetzt, hundert Jahre später, ihr Lächeln immer noch für ihn bestimmt war und immer für ihn bestimmt bleiben würde, solange der Marmor hielt. Leonard war tief erschüttert.

Die Schrift auf dem Katafalk sagte in großen einfachen Buchstaben:

CORINDA

INNIG GELIEBTE EHEFRAU DES LAZARUS PIKE

GEBOREN 1825
GESTORBEN 1855

HERRGOTT, ES WAR GRAUSAM, SIE UNS ZU NEHMEN.

Leonard starrte ungläubig auf die letzte Zeile. Ein so trotziger Aufschrei im Jahre 1855? Ein Schulmeister, der eine solche Zeile in Stein meißeln ließ, hatte ganz sicher damit seine Stellung und seinen Ruf aufs Spiel gesetzt. Vielleicht war dieser Lazarus Pike ein viel interessanterer Charakter gewesen, als Leonard bisher angenommen hatte.

Er mußte gehen – Jane hatte die Läden sicher längst alle abgegrast. Doch er konnte sich nicht losreißen. Der Marmor, der Gesichtsausdruck der liebenden jungen Frau, der Schmerzensschrei, eingemeißelt auf dem Katafalk – das alles hielt ihn im Bann. Er war ein Mensch, der Frieden und Glück nicht in Gesellschaft der anderen fand, sondern in der Schönheit der Literatur, der Musik und der bildenden Kunst: er hätte den ganzen Tag hierbleiben und das schöne stille Gesicht betrachten können. Und als er sich endlich losriß, blickte er wieder und wieder zurück. Ihm war, als ob das Sonnenlicht längst vergangener Sommer auf Corindas Denkmal läge.

Barbara traf Nicholas an der Rezeption und sah erstaunt, daß er ebenfalls Wanderzeug trug. Argwöhnisch sah sie ihn an.

«Das brauchst du doch im Auto gar nicht, oder?»

«Ich fahre nicht mit dem Wagen. Ich komme mit dir, über den Pennine Way.»

«Was soll das heißen? Wer hat das veranlaßt? Meine Mutter?»

«Nein», sagte er nicht sehr überzeugend. «Ich hab ... ich habe mich einfach umentschlossen.»

«Oder jemand anders hat dich umentschlossen, was?» Sie dampfte davon und stürzte gleich darauf ins Schlafzimmer ihrer Eltern. Clive Masters haßte das.

«Was fällt dir ein? Auch Chauvinistenschweine haben ein Anrecht auf etwas Taktgefühl!»

Sie sah ihn kühl an. «Wieso? Du bist doch völlig angezogen. Ich hab dich doch nicht in Hosenträgern oder sonstwas überrascht.»

Antoinette sagte: «Und ein Chauvinistenschwein kann auch etwas Respekt verlangen, besonders wenn es dein Vater ist.» Ihre Stimme klang scharf. «Also entschuldige dich, meine Kleine.»

«Tut mir leid, Daddy.»

«Das ist schon besser», sagte Antoinette. «Und was ist nun eigentlich los?»

«Nicholas Instone steht unten, gestiefelt und gespornt, und will mit mir über den Pennine Way gehen. Was hat das ...»

«Tatsächlich, Liebling? *Das* ist aber nett. Ich bin sehr erleichtert.» Antoinette war begeistert.

«Kein Wunder. Du hast ihn ja darum gebeten.»

«Ich? Hat er das gesagt?»

«Nein, aber ...»

«Nun ...» Antoinette spreizte die Hände und lächelte, als sei damit alles erledigt. Doch das war es nicht. Sie kannte ihre Tochter.

«Daraus wird nichts», sagte Barbara. «Ich gehe nicht mit ihm, und damit hat sich's.»

«Oh, das tut mir leid, Bar», sagte Antoinette ruhig. Dann erhellte sich ihr Gesicht. «Aber dein Vater wird sich freuen. Er sieht es gar nicht gern, daß du, wie er sagt, mit irgendeinem Nachtschwärmer herumziehst, der dir gerade gefällt.»

Auf Barbaras rundem Gesichtchen stand Unglauben, Schreck und Entrüstung. «Nicholas ist kein Nachtschwärmer! Was soll das überhaupt heißen? Warum sollte ich nicht mit einem Jungen eine Wanderung machen?»

«Weil du ein Mädchen bist», sagte Clive Masters.

Barbara starrte ihn an und öffnete den Mund, um etwas zu sagen. Sie sah das Glitzern in den Augen ihrer Mutter, schluckte und sagte dann ruhig und feindselig: «Wenn du kein Vertrauen hast zu mir und Nicholas, dann tut's mir leid, Dad. Aber ich denke nicht daran, auf deine spießige Prüderie Rücksicht zu nehmen. Wiedersehen.» Trotz ihres schweren Gepäcks war ihr Abgang recht würdevoll. Gleich darauf hörten sie sie die Treppe hinunterlaufen und rufen: «Nicholas, geh noch nicht, warte auf mich!» Von Würde war da nicht mehr viel übrig.

Clive und Antoinette Masters sahen sich an. Antoinette schüttelte vorwurfsvoll den Kopf. «Du hast deine Karte schlecht gespielt, Darling. Sie wäre fast allein gegangen, wenn du nichts gesagt hättest.» Liebevoll tätschelte sie sein Knie. «Du mußt noch viel lernen, Lieber. Heutzutage lassen sich junge Leute nichts mehr sagen.»

Clive starrte seine Frau an. Spießige Prüderie, hatte Barbara gesagt. Er war gekränkt. Dazu kam noch das vage Gefühl, daß seine Frau ihn irgendwie ausgetrickst hatte, nur konnte er nicht sagen, wie. Es war ein Gefühl, das er während seiner ganzen Ehe immer wieder hatte, regelmäßig und sicher wie das Zeitzeichen im Radio.

Nicholas und Barbara stapften mühsam bergauf, Hand in Hand. Barbara lachte in sich hinein und sagte:

«Ich glaube, meinem Vater war es gar nicht recht, daß wir zusammen losgingen.»

«Meiner Mutter auch nicht, glaube ich.»

Schweigen. Dann sagte Nicholas nachdenklich:

«Weißt du, ich glaube, sie trauen uns nicht recht.»

«Ja, glaube ich auch.» Fröhlich liefen sie einen Abhang hinunter, wateten durch den nassen Boden und kämpften sich auf der anderen Seite wieder hoch.

«Du, da unten war es eben aber ziemlich moorig», sagte Barbara. «Wir müssen aufpassen. Es wäre scheußlich, wenn wir da versackten.» Sie blickte auf den schwarzen Morast an ihren Stiefeln.

«Scheußlich.»

Sie drückte etwas ängstlich seine Hand. «Es gibt einem ein bißchen zu denken, nicht?» sagte sie dann.

«Was?» fragte Nicholas, der nicht wußte, ob sie das Torfmoor oder die sonderbaren Gedanken ihrer Eltern meinte.

«Na ja ...» Sie biß sich auf die Lippen, wie immer, wenn sie konzentriert nachdachte. «Sie scheinen immer das Schlimmste anzunehmen. Ich muß dann immer daran denken, was *sie* wohl angestellt haben, als sie so alt waren wie wir.»

Halb unter ihnen lag jetzt eine tiefschwarze Stelle, die sich einladend weich von Heide und Büschelgras abhob. Barbara schauderte. «Ob hier wohl schon mal jemand eingesunken und einfach untergegangen ist?»

«Ist sicher schon vorgekommen», meinte Nicholas.

«Eigentlich eine prima Möglichkeit, eine Leiche loszuwerden. Hinterläßt keine Spur.»

«Aber man muß sie erst herschleppen. Nicht so einfach, so was.»

«Oder man läßt sie selber hergehen und bringt sie hier an Ort und Stelle um.»

«Ja.» Nicholas war noch am Überlegen. «Ich meine natürlich nicht meine oder deine Eltern, das ist klar», sagte er.

«Nein, natürlich nicht. Obgleich sie ...» sie machte eine Pause, um die richtigen Worte zu suchen.

«Du meinst, sie müssen mit laxen Moralbegriffen großgeworden sein?»

«Ja, Nicholas, das meine ich.» Ihr kleines Gesicht glühte vor Bewunderung und Eiseskälte. «Das müssen sie doch wirklich, nicht?»

«Ja», sagte Nicholas fest. Er war plötzlich eifersüchtig und entrüstet bei dem Gedanken an die süße Antoinette Masters, die mit siebzehn, rein und unschuldig, von allen Seiten von dekadenten, gierigen Männern bestürmt worden war. Und noch dazu in Frankreich! «Ich finde, wir sollten froh sein, daß wir in einem verständnisvolleren Zeitalter leben. Es muß scheußlich gewesen sein für Menschen wie ... wie, zum Beispiel, deine Mutter, sich immerzu gegen irgendwelche Männer zur Wehr zu setzen. So was muß doch Spuren hinterlassen.»

«Hat es wohl auch», sagte Barbara. «Dad war ganz schön sauer, weil ich mit dir losgegangen bin.»

Nicholas fühlte sich ganz als Beschützer. «Er hätte sich keine Sorgen zu machen brauchen», sagte er ritterlich.

«Jedenfalls wärst du in dem Moor da unten Hunderte von Jahren lang gut konserviert», sagte Barbara, «stell dir vor, man gräbt dich so um das Jahr dreitausend herum aus. Tolle Sache! Dann kämst du ins Museum und wärst auf einmal berühmt!»

Jane Instone saß in der kühlen Hotelhalle, Band III auf dem Schoß, und las. Lady Emily war zwar gerade im Begriff, ihre Entscheidung zu treffen, aber Jane hatte einfach keine Lust mehr, sich auf Romancharaktere zu konzentrieren. Es gab zu viel Ärger mit den lebenden Menschen. Kate hatte sich widerborstig und voller Wut in ihr Zimmer eingeschlossen. Nicholas war mit dem Mädchen in der Wildnis verschwunden. Leonard, den sie gewöhnlich mit irgendeinem kleinen Trick zur Vernunft bringen konnte, war ohne ein Wort verschwunden. Sie mußte ihn wieder fester an die Kandare nehmen.

Plötzlich schlug sie das Buch zu, sprang auf und ging nach oben in ihr Zimmer. Wozu dasitzen und ungeduldig und deprimiert sein! Sie würde die Koffer hinunterbringen und im Wagen verstauen. Damit schlug sie zwei Fliegen mit einer Klappe: Erstens sparten sie fünf Minuten Zeit, wenn Leonard endlich geruhte zu erscheinen, und zweitens würde er sich klein und häßlich vorkommen (die arme kleine Frau schleppt die schweren Koffer nach unten, während er sich mit Gräbern und Toten amüsiert). Sie war von jeher der Ansicht, daß kein Partner – auch kein zärtlich liebender – eine Gelegenheit versäumen dürfe, den anderen Partner zu beschämen. Mal sehen, vielleicht konnte sie ihm morgen früh sogar einen kleinen Hexenschuß oder Kreuzschmerzen auftischen.

Die Koffer waren tatsächlich schwer. Sie hätte natürlich ohne weiteres den Portier rufen können, war aber entschlossen, den Märtyrer zu spielen. Sie brachte das Gepäck in den Hof und ging dann in die alten Wagen- und Stallgebäude, die das Hotel jetzt als Garage benutzte.

Der Cortina stand nicht da, wo sie ihn hingestellt hatten. Einen schrecklichen Augenblick lang dachte sie, er sei weg. Dann sah sie ihn. Er stand unter einer alten Krippe, die Kühlerhaube in alle möglichen Scheinwerfer und Blinklichter und Stoßstangen von Clive Masters' Lagonda vergraben. Ein trübes Wasserrinnsal lief wie grünliches Blut aus dem Kühler des Lagonda und verschwand in einem Bodenrost.

«Ja, aber ...?» sagte Jane. «Aber ...?» Und dann begriff sie. Sie hatten den Cortina oben auf einer Erhöhung in der Wagenremise geparkt, und der liebe Leonard hatte vergessen, die Handbremse anzuziehen. Als sie weg waren, mußte sich der Wagen still und harmlos in Bewegung gesetzt haben. Er war die Anhöhe hinuntergerollt und hatte die Nase in den großen Lagonda gedrückt. Und soweit sie sehen konnte, war dem Cortina dabei nicht das mindeste passiert.

«Ich bring ihn um», hörte sie sich zu den versammelten Wagen sagen. «Ich bring ihn um.» Das war zuviel: leichtfertig einen Wagen zu beschädigen, der einem berühmten und sehr unangenehmen Mann gehörte, und – was der Sache den typisch Leonard'schen Stempel aufdrückte – weit weg zu sein, als das Malheur festgestellt wurde. Echt Leonard! Er selber hatte wieder einmal überhaupt nichts getan. *Er* hatte Masters' Wagen nicht angefahren – o nein, so positive Dinge lagen Leonard gar nicht. Er verursachte ein Chaos durch ein simples Negativum, er zog einfach die Handbremse nicht an. Den ganzen Wust an Erklärungen und Entschuldigungen lud er auf ihre Schultern ab – einfach dadurch, daß er nicht da war. «Ich bring ihn um», fauchte sie noch einmal, als sie die Garage verließ. Draußen lief sie natürlich Clive Masters in die Arme, der mit einem Koffer und seiner Reisedecke auf dem Wege zu seinem Wagen war.

Sein Blick war hart, und er lächelte nicht. Sie schluckte und sagte dringlich:

«Mr. Masters, bitte, gehen Sie da nicht rein.» Und sie dachte dabei: Ich tue ja grade so, als ob seine Frau drinnen vom Balken hängt. Aber sie hatte keine Zeit gehabt, ihre Worte zu überlegen.

Er blickte sie an wie ein lästiges Kind und fragte ungeduldig: «Warum nicht?»

«Weil . . . es ist etwas passiert. Ein Unfall.» Er sah sie erstaunt an, und sie fuhr hastig fort: «Nein, es ist niemand zu Schaden gekommen – ich meine, kein Mensch, und darauf kommt es doch schließlich an, nicht wahr? Es ist niemand verletzt», schloß sie etwas lahm. Ich rede wie ein Idiot, dachte sie, und er sieht mich so an, als ob er das auch fände. Was habe ich überhaupt damit zu tun? Es ist Leonards Schuld, mich geht es gar nichts an.

Aber wer kriegt jetzt das Donnerwetter auf den Kopf? Ich natürlich. Hoffentlich amüsiert er sich gut mit seinem Grabmal.

Clive Masters marschierte in die Garage. Jane folgte ihm wie ein Mann, der zum Galgen geht.

Ein Jammer, daß weder Shakespeare noch Euripides in der Lage waren, einen Mann zu beschreiben, der seinen Wagen als Schrotthaufen vorfindet. Man denke an den Sturm der Worte, an die vor Wut zerfetzten Kleider! Vielleicht wäre es ein Auftritt geworden, der es mit den besten Szenen in *Hamlet* oder *Elektra* hätte aufnehmen können.

Clive Masters, ein Engländer des zwanzigsten Jahrhunderts, sagte nur mit ausdrucksloser Stimme:

«Gratuliere, Mrs. Instone. Ein sauberes Stück Arbeit.» An jedem Wort hingen Eiszapfen.

«Ich war es nicht», sagte Jane.

Sein Blick war hart und feindselig. «So? Wer denn?»

«Eigentlich keiner. Der Wagen muß von selber runtergerollt sein.»

«Aha.» Er holte tief Luft; es klang wie ein Seufzer. «Mrs. Instone, seit der Jahrhundertwende hat jeder Wagen eine Handbremse. Und seit der Jahrhundertwende auch gibt es immer wieder Trottel, die vergessen, die Handbremse anzuziehen, so daß es zu Unfällen und zu Unannehmlichkeiten für andere Menschen kommt.»

Jetzt war es genug für Jane. Sie vergaß, daß sie einen Mann vor sich hatte, den allabendlich Millionen Menschen auf dem Bildschirm sahen und der mit Ministern und sogar mit Gewerkschaftlern kurzen Prozeß zu machen pflegte. Und sie vergaß, daß sie die Frau eines

Mannes war, der zu den unteren Chargen der Bankwelt gehörte. Sie fragte in drohendem Ton:

«Sie nennen meinen Mann einen Trottel?»

«Ja.»

«Wie können Sie das wagen?»

Viele Männer hätten vor diesem Blick allen Mut verloren. Clive Masters zuckte nur die Schultern und deutete auf seinen Wagen.

Das brachte Jane noch mehr in Rage. Mit funkelnden Augen sagte sie: «Verzeihen Sie, Mr. Masters, aber Sie sehen aus wie ein Kind mit einem kaputten Spielzeug.» Sie holte tief Luft. «Mann Gottes, hören Sie doch auf, sich selber zu bemitleiden. Es ist ja nichts geschehen, was nicht wieder in Ordnung gebracht werden kann. Es ist kein Fleisch und Blut – es sind bloß ein paar Metallstücke.»

Böse schweigend starrte er sie an. Dann öffnete er den Mund, doch was herauskam, war nur ein rauhes Knurren tief aus der Kehle. «Metallstücke!» brachte er hervor. «Mrs. Instone, ich habe mir immer eingebildet, keine Frau könnte mich so irritieren wie meine Frau. Ich muß feststellen, daß Sie sie noch übertreffen.»

«Sie schmeicheln mir!» sagte Jane kalt.

«Metallstücke!» sagte er noch einmal. «Ist Ihnen klar, daß diese Reparatur von Fachleuten vorgenommen werden muß? Und wie sollen wir eigentlich nach Hause kommen, wollen Sie mir das vielleicht sagen? Eine katastrophale Lage.»

«Ja, es ist Pech, das gebe ich zu», sagte Jane großmütig. «Aber sowas kommt vor, und damit wird man fertig.»

«Es ist immer leicht, Mrs. Instone, sich philosophisch auszulassen über anderer Leute ...» In diesem

Moment stürzte Amos Crump in die Garage, eine übervolle Aktentasche in der Hand. Er blieb stehen und starrte den Lagonda an. «Was ... was ist passiert? Fährt er? Ich meine ...» Er blickte hilflos auf seine Armbanduhr.

«Selbstverständlich fährt er nicht, Sie Narr.» Masters war offensichtlich erleichtert, jemand vor sich zu haben, bei dem er kein Blatt vor den Mund zu nehmen brauchte. Bei Frauen – wenn es sich nicht um seine eigene Frau handelte – hatte er immer gewisse Hemmungen.

«Aber ... verdammt, dann muß ich mich wohl um einen Zug kümmern.» Crump warf Clive Masters einen vorwurfsvollen Blick zu. Es erbitterte ihn jedesmal, wenn ihn jemand enttäuschte.

«Ich komme mit», sagte Jane schnell. Für heute hatte sie genug ungerechtfertigte Schelte einstecken müssen. Crump schien erfreut, als er neben ihr hertrottete. «Sie fahren wohl nicht irgendwo in die Nähe von London, nehme ich an?» fragte er hoffnungsvoll.

«Nein, wir fahren direkt nach Hause. Wir wohnen nur dreißig Meilen entfernt.»

«Gut. Dann ist es um so leichter für Ihren Mann, sich die Informationen über Pike zu beschaffen. Er kann das von hier aus machen, und Masters und ich nehmen uns das Britische Museum und die Bibliotheken vor. Sagen Sie ihm, er soll mit uns in Kontakt bleiben.»

«Ich höre und gehorche.»

«Was?» fragte er erstaunt.

«Ach nichts. Sorry. Wiedersehen, Mr. Crump.» Er ging eilig weiter.

Jane blickte zurück. Masters stand neben seinem Wagen und streichelte den zerbeulten Kotflügel. Aber sie fühlte kein Mitleid. Einszweiundachtzig groß, dachte sie, und fünfundneunzig Kilo schwer, gebildet, erfolgreich und hart – und tut wie ein Kind, dessen Lieblingskaninchen gestorben ist.

Leonard hatte die südliche Kirchentür fast erreicht, als sie geöffnet wurde und Antoinette Masters hereinkam, einen Chiffonschal leicht über das schwarze Haar gelegt. Lächelnd legte sie einen Finger auf die Lippen und trat auf Zehenspitzen an die Marmorfigur heran. «Schön – schön – schön», murmelte sie, den Blick auf das Gesicht geheftet, aus dem Glück und Heiterkeit sprachen.

Es war eine ganz neue Antoinette, die Leonard jetzt vor sich hatte: ehrfürchtig, bewegt. Natürlich war er mit ihr zu dem Grabstein zurückgegangen, das war nicht mehr als höflich.

Auch er war tief bewegt. Er sah, wie sie die Figur entrückt anstarrte, diese Frau und Schwester, die einen Weg gefunden hatte, die Zeit zu überdauern und die Fackel ihrer Schönheit in ferne Jahrhunderte zu tragen. Dann wandte Antoinette langsam den Kopf und sah ihn an. Er sah die dunklen nachdenklichen Augen, die glatten Brauen, die weichen Wangen, die schwach lächelnden Lippen, die edle Linie des Halses. Zögernd sagte sie: «Mr. Instone, erlauben Sie mir, etwas ganz Persönliches zu sagen?»

«Bitte», sagte er und wünschte plötzlich Jane herbei. Mit einer solchen Stromspannung kam er nicht klar. Es war beunruhigend und ziemlich beängstigend. Er war nicht daran gewöhnt, daß eine Frau ihn wirklich wahrnahm.

Sie stand schweigend da und suchte nach Worten; die

rechte Hand umfaßte Corindas schlanken Fuß. Fasziniert sah Leonard zu, wie die warme lebende Hand das weiße Marmorgelenk liebkoste. Sie sagte: «Bitte, verzeihen Sie mir, daß ich das sage, aber ich glaube, dieser Lazarus Pike muß so ähnlich gewesen sein wie Sie.» Das entschuldigende Lächeln, das die Worte begleitete, war fast flehend.

Er war zutiefst gerührt und beglückt. «Aber Sie kennen mich doch kaum», sagte er stockend. «Und ihn haben Sie überhaupt nicht gekannt.»

«Ich weiß, was Demut ist, wenn ich sie vor mir sehe», sagte sie fast ungeduldig. «Und ich weiß, daß Sie in einer ähnlichen Lage auch zu einem großen Opfer bereit wären für die Frau, mit der Sie – verzeihen Sie – alle Freuden und Leiden teilen.»

«Ich danke Ihnen», sagte er.

«Und deshalb möchte ich, daß Sie diese Biographie schreiben. Dieser Crump ... er ist wie ein kleiner Hund, der immer nach faulem Fleisch schnüffelt. Und mein Mann sieht nur das, was Erfolg bringt.» Sie zuckte die Schultern. «Und Sie, als ehrenwerter Engländer, finden jetzt sicher, ich sei nicht loyal zu meinem Mann. Aber ich habe es ihm zuerst gesagt. Er hat gar nicht zugehört.»

«Ich habe aber im Grunde noch nie etwas geschrieben, außer Buchkritiken», wandte Leonard ein. «Ich wüßte gar nicht, wie ich anfangen sollte.»

«Sie sind viel zu bescheiden», sagte sie streng. «Natürlich wissen Sie, wie Sie anfangen müssen – Sie sind ja kein Kind.» Sie beruhigte ihn mit ihrem alten strahlenden Lächeln. «Wollen wir zusammen den Hügel hinuntergehen?»

«Gern», sagte er kurz und plötzlich verlegen. Sie

machten sich zusammen auf den Weg: sie elegant und graziös und zwitschernd wie ein Vogel, er schlurfend und schweigsam, nur mal hier ein Ja und da ein Nein sagend, den Blick auf den Boden geheftet.

Und doch: Leonards Herz jubilierte, auch wenn man ihm nichts ansah. Im Geist sah er die liebliche Corinda vor sich, und neben ihm ging die liebliche Antoinette und jagte seinen Puls in die Höhe. Aber sein Herz sang vor allem deshalb, weil Antoinettes Worte ihm Jane und ihrer beider Liebe und ihre Ehe vor Augen geführt hatten.

War er wirklich bereit, für Jane ein großes Opfer zu bringen? Getan hatte er das noch nie, dachte er beschämt. Wenn er es sich recht überlegte, betrachtete er Jane als etwas Selbstverständliches; er mußte sogar zugeben, daß ihr Antreiben ihn zuweilen ärgerte, sogar Groll in ihm hervorrief. Dabei hatte sie sicher recht, wenn sie die Zügel etwas kurz hielt: Er war ein Träumer, er war oft geistesabwesend, er hatte keinerlei Ehrgeiz. Arme Jane! Für eine kluge, anziehende, extrovertierte Frau war es sicher nicht ideal, mit einer Null verheiratet zu sein. Und dabei liebte er sie! Bei dem Gedanken, wie sehr sie beide einander liebten, kamen ihm die Tränen. Seine Jane! Er wollte aufhören mit dem Träumerdasein, er wollte sich ernsthaft bemühen, ein perfekter Ehemann zu werden. Vielleicht sollte er sogar versuchen, sich um eine Beförderung in der Bank zu kümmern. Seine liebe Jane – für sie war selbst dieses Opfer nicht zu groß.

Und noch jemand war heute morgen im Paradies: Barbara.

Sie war bei Nicholas, und bei Nicholas zu sein, war

für sie das Paradies. Am Morgen hatte sie sich verlegen und töricht gefühlt. Aber Nicholas verstand sie, das wußte sie, ihrer beider Gedanken waren im Einklang. Und nicht nur die Gedanken, auch ihre Körper, die jetzt gemeinsam dem scheußlichen englischen Wetter Trotz boten, bei Wind und Regen bergauf und bergab wanderten und die eiskalte Luft in tiefen Atemzügen einatmeten. Sie lächte glücklich zu ihm auf.

Er lächelte zurück. Auch er hatte Freude an dem Unternehmen. Er fand die Gegebenheiten auf dem Pennine Way geradezu ideal: Die Wolken hingen tief und fegten über die mißhandelte Landschaft hinweg, manchmal sah man dreißig Meter weit, manchmal schob sich eine weiße Mauer vor die Augen. Die Wolken tanzten über das Moor, sie stürzten und wirbelten, griffen mit dampfenden Armen nach den Wanderern, tätschelten sie, drohten ihnen. Der Boden quietschte vor Nässe, und alles tropfte – Anoraks, Rucksäcke, Handschuhe, Barbaras Pferdeschwanz. Wassertropfen rannen auch über ihr eifriges kleines Gesicht, das immer wieder strahlend zu ihm aufsah.

Er hatte noch andere Gründe zur Freude. Der Schmerz in seinem Fuß war jetzt nur noch ein fast angenehmes Klopfen, und das kleine Wesen, das so fröhlich neben ihm herstapfte, war wirklich ein guter Kamerad. Eigentlich komisch, daß eine so weibliche Frau wie Mrs. Masters eine Tochter zur Welt gebracht hatte, die so ... asexuell war, so hieß das wohl. Ein prima Kerl, diese Barbara, und ganz unkompliziert. Es war fast, als hätte man einen Jungen neben sich.

Es war Morgen, im Morgen des Lebens. Der Wind peitschte sein Gesicht mit starken kalten Händen. Ihm war nach Laufen zumute, nach Schreien und lautem

Frohlocken, der ganze Körper verlangte nach Bewegung. Der Boden vor ihm schob sich plötzlich zu einem brodelnden Wolkenbett zusammen. «Sieh mal», sagte er und besah sich die Wanderkarte. «Das hier ist sicher Crinder's Clough.»

Barbara, Kopf an Kopf mit ihm, betrachtete ebenfalls die Karte. «Wir kommen gut voran», sagte sie. «Können wir nicht mal Rast machen? Vergiß nicht, daß meine Beine doppelt soviel leisten müssen wie deine.»

«Nein, noch nicht», sagte er. «Komm weiter.» Er nahm ihre Hand und lief bergab, so schnell es die schweren Stiefel und der durchweichte Boden zuließen.

«Nein», schrie Barbara und versuchte, ihn zurückzuhalten. «Das ist nicht der richtige Weg!»

Er ließ ihre Hand los und lief weiter. Plötzlich kam ein häßlich saugendes, glucksendes Geräusch und ein wilder Schrei: «Barbara!» Dann Schweigen. Nur ihr Herz schlug, so laut, daß es die ganze Landschaft zu füllen schien. Und unablässig riefen die Brachvögel über dem Moor.

Angsterfüllt lief sie den Abhang hinunter. Auf einmal hoben sich die Wolken, und sie sah unten einen der bösen schwarzen Moorseen, trügerisch glatt, und am Rande ihr Alles, ihr Liebster: ein junger Mann, der bereits bis zu den Knien versunken war.

Als sie in Sicht kam, griff er verzweifelt nach einem groben Grasbüschel. Sie sah die starren Augen, die ausgestreckten Finger, die das Gras erreichten und jetzt gepackt hatten. Sie sah, wie er sich anspannte, um sich mit Hilfe des Grasbüschels aus dem moorigen Untergrund zu ziehen. Jetzt! Er hielt das Büschel fest. Jetzt! Langsam – der ganze Körper spannte sich: Hände, Arme, Rumpf, Schenkel, Mut und Willenskraft und der Urtrieb zum Überleben. Doch bevor er seine ganze Kraft einsetzte, prüfte er die Stärke des Grasbüschels. Er riß daran – und der Klumpen gab nach. Er schwankte zurück, das Grasbüschel in der hocherhobenen Hand. Wie ein Betrunkener starrte er sie an. Die Beine sackten tiefer ins Moor.

«Hier!» Barbara war jetzt am Rand des trügerischen Wassers. Sie stellte die Füße fest auf einige der Grassoden, schwang ihren Rucksack zu Nicholas hinüber und behielt die Riemen fest in der Hand. Er faßte ihn, und sie zog, so stark sie konnte, aber der Sumpf hielt seine Beine fest, er konnte sie nicht bewegen. Die Soden unter ihren Füßen gaben nach. Sie blickte hinunter und sah, daß ihre Stiefel bereits verschwunden waren. Sie ließ den Rucksack los und warf sich zurück auf festen Boden. Einen Augenblick blieb sie so liegen und kämpfte mit dem überwältigenden Verlangen, laut zu heulen und zu fluchen. Dann nahm sie sich zusammen. Sie legte sich jetzt flach auf den Boden mit den Grassoden, den Kopf Nicholas zugewandt, und griff nach den Riemen des Rucksacks. Sie waren außerhalb ihrer Reichweite. Nicholas versuchte, sie ihr zuzuwerfen, aber das brachte ihn nur noch tiefer in den Morast. Und jetzt begann auch der Boden unter Barbara nachzugeben. Kalt rann das Wasser in ihren Anorak. Sie sah verzweifelt um sich. Ein toter Ast, selbst ein paar lange Schilfgräser könnten helfen, aber es war nichts da, gar nichts. Mit zitternder Stimme rief sie Nicholas zu:

«Ich krieg dich raus, Lieber. Dir geschieht nichts, bleib nur ganz still stehen.»

«Ja», sagte er tapfer. Er fühlte, wie das drohende Naß Millimeter um Millimeter an ihm höherstieg. Die Beine steckten fest wie in Schraubstöcken. Die Wolken fuhren auf ihn herab wie Lanzen auf einen eingekreisten Gegner. Doch er verhielt sich ganz still – bis er plötzlich merkte, daß auch seine Kameradin in Gefahr war, vielleicht noch mehr als er. Da begann er zu kämpfen. Und die trügerische Erde ringsum schien dadurch zum Leben zu erwachen, kämpfte mit ihm, umarmte ihn, zog ihn immer enger in ihre Arme und wollte ihn nicht mehr loslassen.

Aber plötzlich hatte sich Barbara wieder aufgerichtet, sie lehnte sich zu ihm hinüber. «Hör zu, Lieber», rief sie laut und deutlich. «Ich kann dich nicht erreichen, aber wir sind nicht weit von einer Landstraße, ich kann die Autos hören. Ich hole Hilfe. Aber beweg dich nicht! Ich bin gleich wieder da.» Sie stand aufrecht und blickte ihn an. «Verstehst du mich?»

Er nickte. «Mach schnell, ja?» rief er bittend und brachte sogar ein dankbares Lächeln zustande.

Er sah ihr zu, wie es ihr mit fast übermenschlicher Anstrengung gelang, die Füße aus dem Morast zu ziehen. Noch ein paar schwerfällige quietschende Schritte, dann stand sie anscheinend auf festem Boden und ging mit kräftigen Schritten den Abhang hinauf. Wie langsam sie vorwärts kam! Aber er wußte, daß kein Mädchen hätte schneller gehen können, und keine hätte mehr Mut und Tatkraft beweisen können. Jetzt hatte sie den Rand seiner begrenzten Welt fast erreicht. Ob sie sich umdrehte und winkte? Eine kostbare Sekunde würde dabei draufgehen. Und trotzdem hoffte er, sie werde es tun, denn er war sehr allein, und er hatte Angst.

Doch als sie oben war, kam ein Wolkenwirbel und verschlang ihr Bild. Ihm war, als sei seine einzige Hoffnung auf Rettung weggefegt und im stürmischen Himmel verschwunden. Fieberhaft versuchte er, sich aus dem Morast zu lösen, und sank dabei noch tiefer ein. Das brachte ihn zur Vernunft; er blieb jetzt bewegungslos stehen, obgleich ihn Rücken und Schultern schmerzten und seine Zähne vor Kälte zusammenschlugen. Verzweifelt horchte er zur Landstraße hinüber, wo Barbara das Geräusch von Autos gehört hatte. Er hörte nichts. Wenn nur die Brachvögel nicht so laut riefen und der Wind nicht so stöhnte! Kein in Seenot geratener Seemann, kein in der Wüste umherirrender Reisender konnte je eine so schreckliche Einsamkeit erlebt haben wie jetzt Nicholas Instone, den das Moor hier mit eisernen Klammern festhielt – vielleicht für den Rest seines kurzen Erdenlebens.

Barbaras Beine fühlten sich zentnerschwer an. Und nicht nur, weil an ihren Stiefeln und Hosen noch dicke Klumpen Moor klebten. Es gab noch andere Gründe. Sie war schon vor dem Unfall müde gewesen, denn es war sehr anstrengend, mit einem Jungen Schritt zu halten. Und dann hatte sie bei dem Versuch, Nicky zu helfen, ihre ganzen Kräfte eingesetzt, und auch jetzt trieb sie sich weiter und weiter, halb laufend, keuchend, ächzend, nach Luft ringend. Sie setzte einen schweren Fuß vor den anderen, ohne aufzuhören, ohne nachzudenken. Als der Sumpf vorhin unter ihrem Gewicht nachzugeben begann, hatte sie eine ganze Menge faulig verkrautetes Sumpfwasser geschluckt. Doch schwerer als das Gewicht ihrer Beine war das Gewicht, das ihr auf dem Herzen lag. Das einzige, was sie sich vom Leben erhoffte, war, mit Nicky zusammenzusein, ihn zu lieben und zu umsorgen. Und jetzt hatte sie ihn in größter Gefahr zurücklassen müssen, in einer feindlichen Umwelt! Ein fürchterlicher Gedanke. Wieviel lieber wäre sie hineingewatet in das Moor, hätte ihn in die Arme genommen und zusammen mit ihm ihr weiteres Schicksal erwartet. Doch sogleich meldete sich ihre Vernunft: das wäre sentimentaler Unsinn gewesen, auch wenn es sich für den Augenblick reizvoll anhörte. Deshalb marschierte sie tapfer weiter, denn sie wußte, die ganze Verantwortung lag auf ihren Schultern: Sie mußte die Landstraße finden, sie mußte Hilfe holen, sie mußte den Weg zurück ins Moor finden, und jede Sekunde war lebenswichtig. Der Preis: das Leben eines ihrer liebsten Menschen, und ein glückliches Leben für sie selber. Und wenn es ihr nicht gelang: Kummer und bittere Selbstvorwürfe für den Rest ihres Lebens.

Sie hatte auf der Karte gesehen, daß sie sich nach Osten halten mußte, wenn sie die Landstraße finden wollte. Immer wieder blickte sie, obgleich es Zeit kostete, auf ihren Kompaß. Sie trat auf Sumpfstellen und Wasserlöcher und fluchte herzhaft, wenn sie Umwege machen mußte. Die tiefhängenden Wolken verwirrten sie noch mehr. Ohne den Kompaß wäre sie womöglich im Kreis gegangen, er half ihr, den richtigen Weg zu finden. Jetzt hörte sie die Autos ganz deutlich.

Bei jedem verzweifelten Atemzug fuhr es ihr wie ein Sägeblatt durch die Kehle. Vor ihren Augen tanzten grelle Lichter, und ein böser Stich riß sie fast auseinander. Doch plötzlich hoben sich die Wolken, und sie sah einen Wagen, kaum hundert Meter entfernt. Motor und Reifen gaben das schönste Geräusch von sich, das sie je gehört hatte. Ein zweiter Wagen war noch etwas weiter entfernt: Wenn sie ihre ganze Kraft aufbot, konnte sie ihn vielleicht erreichen und an der Landstraße sein, bevor er vorüberfuhr. Sie riß sich zusammen; hinter ihren Augen flammten Raketenblitze, bei jedem Atemzug spürte sie Blut im Mund, sie merkte es am salzigen Geschmack. Die letzte Senke, hinunter, hindurch, auf der anderen Seite wieder hinauf, ein paar Meter lockerer Heideboden ... Sie hatte es geschafft. Der Wagen war noch fünfzig Meter entfernt. «Halt!» krächzte sie und streckte beide Hände aus, dem Fahrer entgegen ...

Der Wagen fuhr vorbei, ohne die Fahrt zu verlangsamen.

Ungläubig sah ihm Barbara nach, als er um die Wegbiegung verschwand. «Aber ...» flüsterte sie schwach.

Die Straße war jetzt leer und still. Verzweifelt dachte sie, damit hat ein gleichgültiger Autofahrer Nicholas vielleicht zum Tode verurteilt.

Die Straße blieb leer. Barbara war erschöpft, aber sie konnte nicht stehenbleiben. Automatisch ging sie am Grasrand entlang; es war zwecklos, das wußte sie, aber sie schleppte sich weiter. Der nächste Wagen würde nicht einfach vorbeifahren; sie würde sich ihm, wenn nötig, in den Weg werfen.

Die Wolken waren jetzt aufgerissen. Aus der Ferne hörte sie ein Geräusch, sie horchte, blickte angestrengt die Straße entlang und sah, wie ein Wagen über den Hügel kam. In diesem Augenblick versagten ihre Kräfte, der Körper gehorchte ihr nicht mehr, es wurde dunkel um sie, die Beine klappten zusammen ... Sie wußte nur noch, daß sie in der Stunde der größten Not ihren Nikky und sich selber im Stich gelassen hatte.

Leonard Instone ging immer noch wie auf Wolken, als er mit Antoinette die Schwingtür des Hotels *Royal George* erreichte. Er war im Begriff, heimzukehren zu seiner geliebten Jane, und er wollte sie fortan mit all der Liebe und Zärtlichkeit umgeben, die sie so sehr verdiente. Und noch etwas war mit ihm geschehen: Während des kurzen Zusammentreffens mit Antoinette hatte sich seine Meinung von sich selber grundlegend geändert. Er war nicht mehr der kleine schüchterne bebrillte Bankangestellte. Er war ein Mann von Welt, der neben der eleganten Frau eines berühmten Mannes einherging, mit ihr sprach und mit ihr lachte. Man sah es ihm vielleicht nicht an, daß er die Schultern mehr gestrafft und das Kinn erhoben hatte, aber er kam sich hochgemut vor.

Er würde ihr mit Schwung die Tür öffnen, vergaß aber in seiner Euphorie, daß er zu den Menschen gehörte, die stets an einer Tür zogen, wenn DRÜCKEN dranstand, und umgekehrt. Diesmal zog er. Nichts geschah. Merkwürdig. «Da steht DRÜCKEN», sagte Antoinette mit liebreizendem Lächeln. Er drückte also und trat zur Seite – jedesmal ein schwieriges Manöver. Immer noch liebevoll lächelnd, schlüpfte Antoinette unter seinem Arm durch und betrat die Halle.

Jane saß da und wartete. Sie sah nicht so entzückt aus, wie er erwartet hatte, als er und die lächelnde Antoinette auf sie zugingen. Aber sie konnte ja auch nicht wissen, was für bezaubernde Dinge Mrs. Masters gesagt hatte, und sie hatte den herrlichen Marmorgrabstein nicht gesehen. Vielleicht war der Co-op-Laden nicht so nett gewesen, wie er gehofft hatte. Vielleicht hatte er sich nicht genug darum gekümmert, ob sie einen ebenso genußreichen Vormittag verbringen würde wie er.

Jane erhob sich und ging ihnen einen Schritt entgegen. Und dann passierte etwas Schreckliches. Sie, die stets Beherrschte, die immer Herrin der Lage war, brach vor ihrem Mann und vor der eleganten Französin in Tränen aus. Sie schluchzte hilflos. Mrs. Masters sah teilnahmsvoll und besorgt aus. Leonard war entsetzt. Auf so etwas war er nicht vorbereitet. Ungeschickt versuchte er, sie in die Arme zu nehmen, aber sie wehrte sich. «Ist schon gut», weinte sie, und als sie sein bekümmertes Gesicht sah, stampfte sie in plötzlichem Zorn mit dem Fuß auf und rief: «Sieh mich nicht so an! Ich hab nicht den Verstand verloren.»

«Ist es wegen des Co-op-Ladens?» fragte er völlig verwirrt.

«Nein, selbstverständlich nicht, du Dummkopf. Deinetwegen.»

«Ich?» Was konnte er getan haben? Vielleicht hätte er sie bitten sollen, mit ihm nach Ill Boding zu kommen.

Antoinette sagte taktvoll: «Ich muß noch die letzten Sachen einpacken.»

«Nein», sagte Jane und hielt sie am Arm fest. «Nein, das hier geht auch Sie an.»

Jetzt verstand auch Antoinette nichts mehr. Diese freundlich-gelassene Engländerin wollte sie doch nicht etwa der Verführung bezichtigen? Das ginge nun doch etwas zu weit, wo sie nur gemeinsam ein Grab besichtigt hatten. Ruhig, als wäre *sie* die Engländerin und Jane eine aufgeregte Romanin: «Was ist denn passiert, Mrs. Instone?»

«Mein Mann hat den Wagen in der Garage auf einer Schräge geparkt und vergessen, die Handbremse anzuziehen.»

«O mein Gott», sagte Leonard.

Antoinette nickte ruhig und sagte verständnisvoll: «Und nun ist Ihr Wagen beschädigt.»

«Nein», sagte Jane gefaßt. «Ihrer.»

«O Gott», sagte Leonard.

«*Mon Dieu*», rief Antoinette. «Wer bringt es meinem Mann bei?»

«Er weiß es. Ich hab es ihm schon gesagt.»

Erleichterung und Angst wechselten wie Sonnenschein und Schatten in Leonards Gesicht. Doch in dem Blick, mit dem Antoinette Jane ansah, standen Bewunderung, Mitleid und Staunen. Bewunderung weges ihres Mutes, Mitleid, weil sie Schlimmes durchgemacht haben mußte, und Staunen, weil sie noch heil vor ihnen stand.

Leonard fuhr sich mit der Zunge über die Lippen. «Was – was hat er gesagt?»

«Ich habe ihm gesagt, er soll mit dir sprechen. Ich sagte, ich wüßte nicht, wie lange du wegbleiben würdest, aber du würdest wohl irgendwann wiederkommen.» Sie sah ihn durchbohrend an und wandte sich zur Tür.

Antoinette schob einen Arm unter ihren. «Kommen Sie, ich bringe Sie in Ihr Zimmer. Sie brauchen ein bißchen Ruhe jetzt.»

Herablassende Person, wollte Jane denken, aber wenn sie fair war, mußte sie zugeben, daß das nicht stimmte. Antoinette Masters war, auch wenn es manchmal gar nicht danach aussah, eine durch und durch sympathische Frau.

Es gehört Mut dazu, hinzugehen und sich eine Katastrophe anzusehen, und sehr viel Mut, sich eine Katastrophe anzusehen, an der man, wie man weiß, ganz allein schuld ist.

Leonard ging hinüber in die Garage. Clive Masters sprach mit einem Mann im Monteurkittel. Leonard blieb ein paar Schritt entfernt stehen. Niemand nahm von ihm Notiz.

Sie hatten den Ford weggezogen. Bis auf ein paar Kratzer schien er nicht gelitten zu haben. Sie sprachen über den eingedrückten Kotflügel des Lagonda.

Leonard räusperte sich. «Ich kann nur sagen, daß es mir wahnsinnig leid tut.»

«Wenn Sie das übernehmen», sagte Clive zu dem Mechaniker, «dann erwarte ich anständige Arbeit, verstanden. Keine Flickschusterei. Ich kenne euch Burschen.»

«Ich fürchte», sagte Leonard, «ich habe meine Versicherungskarte nicht bei mir. Ich muß sie zu Haus vergessen haben. Aber ich schreibe Ihnen die Einzelheiten.»

«Und bitte keine Phantasiepreise, hören Sie?» sagte Clive Masters zu dem Mechaniker. «Ich kenne euch – wenn ihr einen Mann im Lagonda vor euch habt, ist das für euch gleich ein Millionär.»

«Wenn Sie mir nur bitte Ihre Adresse geben wollen», sagte Leonard.

Erst jetzt schien Clive ihn zu bemerken. Er sagte zu dem Mechaniker: «Das ist der Clown, der das gemacht hat.»

Der Mechaniker nickte.

«Ich kann nur sagen», wiederholte Leonard, der nicht sicher war, daß man ihn beim erstenmal gehört hatte, «daß es mir wahnsinnig leid tut.»

Niemand beachtete ihn.

Wie viele schüchterne und unsichere Menschen reagierte Leonard auf Impertinenz nicht mit Unterwürfigkeit, sondern mit erstaunlicher Würde. Er drehte sich auf dem Absatz um und verließ festen Schrittes die Garage.

Clive Masters blickte überrascht auf den sich entfernenden Rücken; er wollte etwas sagen, sah, daß es zu spät war und fuhr – leicht geniert – mit der Unterhaltung fort.

Jane blickte auf, als Leonard das Schlafzimmer betrat. «Nun?»

«Ein sehr unhöflicher Mann», sagte Leonard.

«Er hat auch Grund dazu. Was hat er gesagt?»

«Gar nichts.»

«Gar nichts?»

«Er sprach mit dem Mechaniker. Mich hat er einfach ignoriert.» Er sah seine Frau erstaunt an. «Als ob ich überhaupt nicht da wäre.»

«Ich weiß nicht, worüber du dich beschwerst. Ich hatte gefürchtet, er schlägt dich nieder.»

«Das hätte ich ihm nicht übelgenommen. Aber Ungezogenheit ...» In ihm kochte es noch.

Sie wartete. Schließlich sagte er: «Wir fahren, sobald er mit dem Mann in der Garage fertig ist. Solange er noch dort ist, will ich den Wagen nicht holen.»

«Wieso – du meinst, wir fahren einfach ab?»

«Was sonst?»

«Aber sie sitzen doch hier fest – durch unsere Schuld. Wir können nicht einfach abfahren und sie hier zurücklassen, ohne ihnen unsere Hilfe anzubieten. Zumindest müssen wir sie zum Bahnhof fahren.»

«Für einen solchen Mann übernehme ich keine Taxidienste.»

Sie blickte ihn schweigend an. «Du bist wirklich ein seltsamer Mensch», sagte sie endlich.

Er wußte nicht, ob er geschmeichelt oder böse sein sollte. «Wieso?» fragte er kühl.

«Ich weiß es selbst nicht so genau», sagte sie nachdenklich. «Ich glaube, viele Leute meinen, du könntest kein Wässerschen trüben, und meistens stimmt das auch. Und auf einmal schlägst du dich an die Brust und markierst den wilden Mann.»

Er war geschmeichelt, wenn auch widerwillig. «Ich kann Unhöflichkeit nicht leiden», sagte er.

«Er kann's vielleicht auch nicht leiden, wenn man ihm den Wagen kaputtfährt. Jedenfalls habe ich nicht die Absicht, mich ohne ein Wort davonzuschleichen. Ich will auch *ihr* nicht die Chance geben zu behaupten, Engländer hätten keine Manieren.»

Er runzelte die Stirn und wurde sehr rot. Sie runzelte ebenfalls die Stirn und wußte, daß sie nichts erreicht hatte. Deshalb lächelte sie jetzt, erhob sich und gab ihm einen Kuß auf die Stirn, stand dann vor ihm und streckte die Hände aus. «Nun komm schon. Ich habe den Wagen schon vollgepackt. Wir sehen die Masters beim Lunch. Wenn wir nichts für sie tun können, fahren wir gleich danach ab.»

Er blickte immer noch finster, aber sie hatte ihn wenigstens dazu gebracht aufzustehen. Sie war erleichtert. Manchmal war es nicht ganz einfach, ihren unberechenbaren Ehemann richtig zu lenken.

Das Ehepaar Masters betrat den Speisesaal. Er ging stur geradeaus blickend zu seinem Platz und setzte sich. Antoinette kam zu ihnen herüber und fragte mitfühlend: «Oh, Mrs. Instone, geht es Ihnen jetzt wieder besser?» Dann ging sie zu ihrem Tisch und nahm neben ihrem Mann Platz.

Beim Kaffee sagte Jane: «Na schön, ich denke, wir sollten jetzt abfahren. Komm.» Sie ging mit ihrem Mann und Kate hinüber zu Masters' Tisch und sagte: «Wir wollen bald fahren. Aber erst wüßte ich gern, ob wir Sie irgendwo hinbringen können – vielleicht zum Bahnhof?»

Antoinette blickte auf und lächelte. Clive erhob sich und blickte mürrisch auf die Tischdecke, dann sah er Jane an und sagte: «Sie glauben doch wohl nicht, daß ich mich *dem* in die Hände gebe?»

Jane ging nicht darauf ein. Sie sagte nur: «Es ist uns wirklich schrecklich, Sie hier zurückzulassen.» Dann kam ihr eine Idee. «Wenn wir blieben, könnten wir einen Vierer-Bridge machen. Leonard braucht erst Montag wieder im Büro zu sein.»

«Wenn ich etwas hasse», sagte Clive Masters langsam, «dann ist es mit Leuten Bridge zu spielen, die wir irgendwo in einem Hotel aufgesammelt haben.» Seine nichtssagenden steingrauen Gesichtszüge waren unfähig, Emotionen auszudrücken. Nur eine Ader, die in der Wange pulsierte, wies auf den Zorn hin, der noch in ihm kochte.

Alles schwieg. Dann streckte Jane der Französin die Hand hin und sagte: «Also dann, leben Sie wohl, Mrs. Masters. Ich freue mich sehr, daß wir uns kennengelernt haben.»

Antoinette schüttelte ihr warm die Hand. «Ich freue mich auch, Sie kennengelernt zu haben, Mrs. Instone. Auch Ihren reizenden Sohn. Und die kleine – die kleine Amöbe», schloß sie, um zu verbergen, daß sie Kates Namen nicht wußte oder vergessen hatte.

Ihr warmes Lächeln wirkte entwaffnend; Kate war hingerissen. «So klein bin ich doch gar nicht mehr, Mrs. Masters.»

Antoinette legte ihr liebevoll die Hand auf den Kopf. Dann wandte sie sich zu Leonard und schaltete auf volle Kraft. «Denken Sie an Corinda!» sagte sie.

«Das werde ich», versicherte Leonard erglühend.

«Behalten Sie lieber Ihr Lenkrad im Auge», sagte Clive grob, «damit Sie nicht noch einen zu Bruch fahren.»

«Auf Wiedersehen», sagte Jane schnell. Sie gingen hinaus und stiegen in den Cortina. Leonard ließ den Motor an, stieß die Kupplung nach unten und trat mit ganz ungewöhnlicher Vehemenz auf den Gashebel, obgleich er den Wagen sonst mit fast übertriebener Rücksicht behandelte. Und weg waren sie.

In diesem Augenblick begann irgendwo im Hotel das Telefon zu läuten.

6

Sie fuhren schweigend nach Hause.

Leonard schwieg, weil ihm vieles durch den Kopf ging. Natürlich konnte jeder mal vergessen, die Handbremse anzuziehen, aber er kam sich blamiert vor. Und auch seine Ehe kam ihm nicht mehr so schön vor wie noch heute früh. Mit Lazarus und seiner geliebten Corinda hatten er und Jane im Augenblick wenig gemein.

Ein weiterer Grund zur Sorge war, daß er sich an dieser Biographie festgebissen hatte, aber eigentlich gar kein Arbeitsmaterial besaß. Da war der Tod der jungen Frau, das kostbare Grabmal, die Gedichte. Aber, zum Henker, das reichte nicht! Er mußte sich mit den Einheimischen unterhalten, Verwandte aufspüren, nach Briefen und Tagebüchern suchen. Was hatte der Pfarrer gesagt – Lottie Pike, Cranberry Cottage? Die mußte er aufsuchen. Und jetzt fuhr er hier über die Landstraßen und entfernte sich mit jeder Meile mehr von ihr. Lächerlich. Es war höchste Zeit, daß er sich endlich behauptete. Aber vielleicht war es schon zu spät, dachte er bekümmert. Seine Unsicherheit, seine Empfindlichkeit ließen Autorität nicht zu. Er wußte genau, wie es weiterging: Er würde nach Hause kommen, und die Bank und der verdammte Garten und der Haushalt würden ihre Fangarme um ihn schlingen und ihn nicht mehr loslassen. Der Sirenengesang würde verklingen und in den kleinen Sorgen des Alltags untergehen. Und Lazarus Pike würde weiter vergessen unter seiner steinernen Decke schlafen ...

Jane schwieg, weil sie heute mit sich und der Welt gründlich zerfallen war. Sie hatte sich blamiert vor einer Frau, deren Haltung, Eleganz und, ja, Freundlichkeit sie insgeheim bewunderte. Leonard hatte sich und sie in eine Lage gebracht, in der dieser ekelhafte Masters zu Recht mit Beleidigungen um sich werfen konnte. Und sie waren abgefahren, obwohl es ihr Gewissen erheblich beruhigt hätte, wenn sie noch geblieben wären. Das einzig Gute war, daß sie die beiden Masters auf Nimmerwiedersehen hinter sich ließen. Aber der Alltag, das Gehen und Tun in ihrem kleinen Reich zu Hause würde ihre gereizte Stimmung schon wieder besänftigen, auch wenn es einige Zeit dauern würde.

Selbst Kate war ausnahmsweise schweigsam. Sie blickte hinaus auf die Hügel von Derbyshire und grübelte über ein metaphysisches Problem nach, auf das die Bemerkung von Mrs. Masters sie gestoßen hatte. Zunächst hatte sie nur gedacht, wie schön es war, daß sie als Kate Instone und nicht als Amöbe auf die Welt gekommen war. Als Amöbe zu leben, mußte scheußlich sein. Ein kleines Klümpchen aus grauer gallertartiger Masse, das auf dem Boden eines Teiches lebt und sich von faulenden Pflanzen ernährt. Auch Heirat und Ehe war für eine Amöbe nichts Besonderes, denn Kinder bekam sie durch Spaltung. Aber wenn man ein Kind durch Spaltung bekam, wurde man dann zu seiner eigenen Tochter, oder hörte man einfach auf? Als sie bei diesem Gedanken angelangt war, sagte sie: «Daddy, ich bin froh, daß ich keine Amöbe bin.»

«So, mein Herz?»

«Ja, mächtig froh Mummy?»

«Hm?»

«Mummy, wenn du Nicholas und mich durch Spaltung bekommen hättest, wärst du dann noch da? Oder wärst du jetzt Nicholas? Oder ich? Oder beide? Oder keiner von beiden?»

Jane hatte im Augenblick so viel anderes im Kopf, daß sie sich einer solchen hypothetischen Frage nicht gewachsen fühlte. Aber sie war der Ansicht, daß man Kinderfragen immer beantworten müßte. Deshalb sagte sie: «Ich kann natürlich nur als Nicht-Amöbe sprechen, Kate. Ich stelle mir vor, daß ich selber dann nicht mehr existierte, sondern zu einem Teil von euch geworden wäre.»

«Klingt sehr vernünftig, wenn man darüber nachdenkt», sagte Kate, die weiter darüber nachdachte.

«Ja, sehr», gab Jane etwas kurz zur Antwort. Die Vorstellung, daß sie dann aufgehört hätte zu existieren, bewegte sie, und sie fand, Kate hätte diesen Punkt ruhig etwas weniger sachlich behandeln können.

«Wo Nicholas jetzt wohl ist», sagte Kate und verließ damit die Metaphysik. Sie fuhren jetzt in ihre kleine Industriestadt Danby ein. Hügel, Moor und Täler lagen hinter ihnen. Sie sahen die öden Straßen vor sich, den Supermarkt, die Banken, die hartnäckig am Biedermannstraum festhaltenden Vororte. Sie hielten vor der Tür eines netten unauffälligen Reihenhauses, und Jane sagte: «So, jetzt erst mal eine Tasse Tee. Oh, da klingelt das Telefon. Lauf schnell, Kate.»

Kate riß ihrer Mutter den Hausschlüssel aus der Hand, rannte los, schloß die Tür auf, stürzte ins Haus und griff nach dem Hörer. Doch in dem Augenblick, als sie ihn von der Gabel nahm, hörte das Klingeln auf – wie bei allen Telefonen auf der Welt. Als sie den Hörer ans Ohr hielt, hörte sie nur noch den langen Summerton.

Jane setzte den Teekessel auf und kämpfte gegen die Unruhe an, die jeder vergebliche Telefonanruf hinterläßt. Leonard trug die Koffer ins Haus, schaltete die Heizung an und entzündete das Feuer im Kamin. Zehn Minuten später saßen sie behaglich in ihrem kleinen Wohnzimmer und tranken starken, lebenspendenden Tee. Jane war immer noch etwas unwirsch, aber sie tröstete sich mit dem Gedanken, daß die Masters dreißig Meilen weit weg und aus ihrem Leben verschwunden waren.

Das Telefon klingelte wieder. «Ich geh hin», sagte Jane. Sie wunderte sich. Anscheinend wollte der Anrufer sie dringend sprechen.

«Mrs. Instone?» sagte eine Stimme.

«Ja?»

«Hallo! Hier ist Antoinette Masters.» Die Stimme klang hell, aber eine Spur von Teilnahme lag darin.

«Mrs. Masters. Ist etwas passiert?»

«Ich hoffe sehr, daß nichts passiert ist. Aber ich meine, ich müßte es Ihnen mitteilen. Sie wissen doch, daß Barbara und Nicholas zusammen losgegangen sind?»

«Ja, natürlich. Und was ist?»

«Barbara wurde auf der Snake Road gefunden, in einem ziemlich mitgenommenen Zustand. Sie hat Nicholas zurückgelassen – er scheint irgendwie verletzt –, um Hilfe zu holen. Und jetzt sucht ihn die Polizei.»

Jane fuhr sich mit der Zunge über die Lippen. «Und sie haben ihn noch nicht gefunden.»

«Nein, noch nicht. Aber sie finden ihn bestimmt. Er kann ja nicht weit weg sein. Wir fahren jetzt zu Barbara ins Krankenhaus. Dann wollen wir uns an der Suche beteiligen.»

«Danke. Wir fahren sofort los.»

«Ja, ich glaube, das sollten Sie tun. Es tut mir so schrecklich leid, daß ich Ihnen solche Sorgen machen muß. Ich habe übrigens Zimmer für Sie reservieren lassen. Hier im Hotel.»

«Danke, sehr lieb von Ihnen. Sie ... wissen wohl nichts Näheres über die Verletzung?»

«Nein. Barbara hat nur etwas von ‹Crinder's Clough› oder so gesagt. Und das scheint ein Anhaltspunkt für die Polizei zu sein; aber uns wurde gesagt, es sei ein ziemlich großes Gebiet.»

«Wir kommen. Mrs. Masters, ich ...»

«Ja?»

«Es tut mir so leid – mit Ihrer Tochter.»

«Ich danke Ihnen. *Au revoir.*»

Jane legte den Hörer auf. Sie wußte, was zu tun war. «Leonard, Nicholas wird vermißt. Vielleicht ist er verletzt. Ich habe gesagt, wir fahren sofort ins Hotel zurück. Holst du schon mal den Wagen raus und stellst die Koffer wieder rein? Den weißen brauchen wir nicht, da ist das Hochzeitszeug drin. Aber nimm Wollsachen und Gummistiefel mit, tu alles in den Kofferraum. Kate, zieh dich an und hilf mir, ein paar Butterbrote zu machen. Hat keinen Sinn, daß wir mit leerem Magen losfahren. Fünf Minuten mehr machen da nichts aus.»

«Ist es ... ist es ernst?» fragte Leonard.

«Ich erzähl dir alles, während wir essen. Kümmere dich jetzt lieber um den Wagen. Ich weiß auch nichts Näheres.»

«Ich kann doch mitkommen, nicht, Mummy?» fragte Kate.

«Ja, natürlich.» Sie hatte nicht die Absicht, noch ein Kind aus den Augen zu lassen. «Wenn du gern möchtest.»

«Und ob.» Trotz der Sorge um den angebeteten Bruder war sie begeistert. «Ich werde ihn suchen.» Sie lief nach oben, raffte Gummistiefel, Anorak und Schal zusammen, eine Mütze, die wie ein Teewärmer aussah, und ein Paar grellgestreifte Wollstrümpfe, wie sie früher nur Fußballspieler trugen. Sie stopfte alles in einen Rucksack und stellte ihn in den Kofferraum, als niemand in Sicht war. Sie wünschte keine Diskussion darüber, ob man auf einer Suche im Moor in derartiger Kleidung herumlief. Sie liebte Dramatik, und es gab wenig Dramatisches in ihrem geordneten Leben. Eine solche Gelegenheit durfte sie sich nicht entgehen lassen.

Die beiden Masters erwarteten sie an der Rezeption. Beide waren jetzt passend für Moor und Nässe angezogen. Wenn man bedachte, daß sie ursprünglich zu einer Hochzeit gekommen waren, mußte man zugeben, daß Antoinette Wunder vollbracht hatte. Sie sah aus wie ein Filmstar der dreißiger Jahre, der im Begriff war, die «Sturmhöhen» zu erklimmen.

Leonard und Clive nickten einander kurz zu. Die Frauen umarmten sich herzlich. Antoinette wies auf ein Tablett mit Gläsern, das neben ihr stand. «Vier doppelte Rum. Die werden wir brauchen, nicht wahr? Und ein Glas Ingwersaft für die kleine Amöbe.» Das Lächeln für Kate war umwerfend.

«Das war *sehr* freundlich von Ihnen», sagte Jane dankbar. Sie tranken.

«Wir haben uns überlegt», sagte Antoinette, «daß wir am besten zum nächsten Parkplatz an der Landstraße fahren und von da aus zu Fuß weitergehen. Clive hat einen Kompaß und eine Taschenlampe. Die Polizei können wir dort bestimmt nicht verfehlen.» Ein teilnahmsvoller Blick zu Jane. «Es sind eine Menge Leute draußen.»

Jane schluckte. «Ja, gut. Wir sind bereit. Warme Sachen haben wir im Wagen.» Sie leerte ihr Glas. «Vielen Dank, Mr. Masters.»

Leonard wandte sich an Kate. «Ich finde wirklich, du bist im Bett viel besser aufgehoben, Kindchen. Wir wecken dich, wenn wir was Neues hören.»

Kate war außer sich. «Ich hab mir immer schon gewünscht, mal bei einer Suche mitzumachen. Bitte, Daddy. Bitte, Mummy.»

«Aber es ist so schrecklich draußen im Moor, Kate», sagte Antoinette. «Wirklich nichts für kleine Amöben.»

«Bitte», sagte Kate leise mit flehender Stimme.

«Also meinetwegen», gab Leonard nach.

«Hurra!» sagte Kate, merklich lauter.

Masters wandte sich an Jane. «Trinken Sie noch einen», sagte er barsch.

«Nein, danke.» Sie wollte so schnell wie möglich aufbrechen.

«Instone?» Aus Clive Masters' Stimme klang widerwilliges Mitgefühl.

Leonard schüttelte den Kopf. Er hätte liebend gern noch ein Glas getrunken. Er wäre gern hier stehen geblieben, in diesem freundlichen Hotel, bis der Rum seine Wirkung tat und die kalte Welt draußen keine Rolle mehr spielte. Und bis der Gedanke an seinen Sohn, der jetzt irgendwo verschwunden war in der schwarzen feindlichen Nacht, ihn nicht mehr so quälte. Doch noch stärker war das Verlangen, dort draußen im Dunkeln nach Nicholas zu rufen und seiner Jane in ihrem Kummer beizustehen.

Sie brachen auf. Es dauerte nicht lange, bis sie ein «P» im Scheinwerferlicht aufleuchten sahen. «Halten Sie hier», sagte Clive. «Von hier aus gehen wir nach Westen, dann müßten wir nach ungefähr einer halben Meile Crinder's Clough erreichen.»

Der Weg war miserabel, er führte durch Wasserlachen und moorigen Boden. Die Stiefel quietschten bei jedem Schritt, als sie vorwärtsstapften, immer wieder «Nicholas!» rufend und auf Antwort wartend, die nicht kam. Kate marschierte unermüdlich hinterihnen her. Keuchend sagte Jane: «Es ist wirklich sehr nett von Ihnen, daß Sie mitgekommen sind.»

«Es war das wenigste, was wir tun konnten», erwiderte Antoinette herzlich, und Clive grunzte.

Leonard sagte nichts; er brauchte jedes bißchen Atem zum Gehen und zum Rufen. «Nicholas! Nicholas!» Was mußte Jane jetzt durchmachen, dachte er. Er legte den Arm um sie, und sie schmiegte sich mit einer kurzen verzweifelten Bewegung an ihn – seine Jane, die so tapfer mitmarschierte und bisher keinerlei Verzweiflung hatte erkennen lassen.

Sie standen jetzt oben an einer sandigen Senke, die viel tiefer war als die kleinen Schluchten und Wasserläufe, die sie bisher durchquert hatten. «Dies wird wohl Crinder's Clough sein», meinte Clive. «Jetzt nach links. Wir gehen oben entlang.»

Es war eine lange Schlucht. Jane sagte: «Sollten wir nicht lieber unten gehen? Falls ...»

«Liebe Mrs. Instone», sagte Clive, «da kämen wir nicht durch.»

«Warum nicht?» Sie hatte Angst vor der Antwort. Vielleicht war *er* da unten ...

«Wasser. Morast. Alles Sumpfboden.»

«Bestimmt scheußlich da unten», sagte Kate fröhlich.

Sie gingen weiter, blieben jetzt etwas öfter stehen, riefen, warteten und horchten. Jane legte die Hand auf Antoinettes Arm. «Wie schrecklich von uns. Wir haben noch gar nicht nach Barbara gefragt.»

«Sie wird sich erholen. Man hat uns gesagt, daß ihr nichts Ernstliches fehlt. Es wird ihr helfen, wenn sie hört, daß wir Nicholas gefunden haben.»

«*Wenn* wir ihn finden», sagte Jane bedrückt.

In der Ferne sah man, wie auf den Hügeln Autoscheinwerfer auftauchten und wieder verschwanden. Ein Flugzeug dröhnte über ihnen, es zog mit roten und grünen Blinklichtern seine Bahn nach Osten. Von der Landstraße, weit weg, waren Verkehrsgeräusche zu hören.

Über ihnen lichteten sich die Wolken. Ein paar Sterne begannen zu blinken und ließen die schwarze Finsternis noch dunkler erscheinen.

«Was ist das?» rief Kate plötzlich.

Weit vor ihnen ein roter Schein, der aus den Tiefen der Erde zu kommen schien. «Polizei», sagte Clive knapp. Sie stapften weiter und standen bald darauf vor einer Szene, in der die Technik vorherrschte: Scheinwerfer, Tragbahren, Sprechfunk, Griffeisen und lange Stangen, die tief in das schwappende gluckernde Moor gesenkt wurden. Auf einer der Bahren lag ein langes Bündel, in wasserdichte Decken gehüllt. Wasser und grünlicher Schleim rann auf den Boden.

Jane, die Augen starr auf das Bündel gerichtet, begann blindlings den Abhang hinunterzulaufen; sie rutschte, glitt aus und lief weiter. Einer der Polizisten drehte sich um und sah den Ankömmlingen abweisend entgegen. Clive Masters rief ihnen schnell zu: «Das sind die Eltern des Jungen. Gibt es schon etwas zu berichten?»

Niemand antwortete. Alle fünf starrten wie gebannt auf die reglose Gestalt auf der Bahre. Da kam einer der Polizisten näher und frage Leonard ruhig: «Sind Sie der Vater des Jungen?»

«Ja», sagte Leonard und fuhr sich mit der Zunge über die Lippen. Es war eine Situation, von der er oft gelesen, in die er sich oft hineinversetzt hatte, jetzt erlebte er sie und sie kam ihm irgendwie unwirklich vor, so, als ob er sich selber auf einer Bühne betrachtete oder im Sessel vor dem Fernsehschirm säße.

Der Polizist öffnete den Mund, um etwas zu sagen, aber jetzt stand Jane neben ihnen und übernahm die Führung. «Ich bin die Mutter.» Sie war nicht die Frau, der man etwas schonend beibringen mußte.

Der Polizist sah, daß sie beide immer noch auf die Bahre blickten. «Das ist er nicht», sagte er. «Da können Sie ganz beruhigt sein.» Doch jetzt hielt er etwas ins helle Licht der Scheinwerfer. «Kennen Sie das vielleicht?» Die Stimme klang etwas sanfter.

Es war ein wasserdichter Hut aus Armeebeständen, wie ihn fast jeder, der über den Pennine Way ging, trug. «Ja, das ist seiner!» rief Kate. «Das ist doch seiner, nicht, Mummy? Den kenne ich genau.»

«Sei still, Kate», sagte Jane. Auf Kates Einmischung hätte sie in diesem Augenblick gern verzichtet. «Es könnte seiner sein», sagte sie zu dem Polizeibeamten.

Wieder starrten sie beide auf das tropfende Bündel auf der Bahre. «Sind Sie ganz sicher? Woher wollen Sie wissen ...?» fragte sie tonlos.

«Das wüßten Sie auch, wenn Sie den gesehen hätten. Der lag schon Jahre da drin – vielleicht Jahrhunderte. Eine Mumie.»

Jane besah sich noch einmal den Hut. «Ich glaube, es ist seiner», sagte sie. «Wo haben Sie ihn gefunden?»

«Hier, am Rand dieses Moortümpels. Deshalb haben wir uns auf dieses Stück konzentriert. Hat uns ganz schön erschreckt, als wir den Kerl da rausfischten.»

Sie blickten auf die Bahre hinab. Vielleicht war auch nach ihm einmal gesucht worden, dachte Leonard, mit Pechfackeln und Laternen, mit zentnerschweren Herzen und Angst, die schwerer wog als die Sumpfbrocken an den Beinen. Ob hier, wo er und Jane jetzt standen, damals *seine* Eltern gestanden und mit Grauen zugeschaut hatten, wie die langen Stangen ins schlammige Wasser tauchten und leer heraufkamen? War dieses jammervolle Ding dort in einem längst vergangenen Sommer vielleicht ein netter Junge gewesen, so unschuldig und liebevoll wie Kate heute war? Die Kehle wurde ihm eng bei diesem Gedanken.

«He – wir haben was!» rief einer der Polizisten.

Die Anspannung in dem blendenden Lichtkreis war nicht zu ertragen. Leonard und Antoinette machten einen Schritt auf Jane zu, aber sie schob sie fast ärgerlich beiseite und stand hochaufgerichtet da, mit starrem Blick. Dem, was jetzt kam, wollte sie allein ins Auge sehen.

Langsam, mit großer Vorsicht, zogen die Männer aus dem schwarzen Wasser etwas ans Licht. Der Polizist sah Jane an. «Könnte ein Ast sein», sagte er. «Oder ein kleiner Baumstamm. Nicht gleich das Schlimmste annehmen», fügte er beinahe böse hinzu.

Kate sagte nichts, aber sie wußte: Das war weder ein Ast noch ein Baumstamm. Ihre Lust an Sensationen war so groß, daß sie das auch gar nicht wünschte. Bei aller Sorge und Liebe für ihren Bruder war ihr klar, daß dies der aufregendste Moment ihres Lebens war – und wenn sie hundert Jahre alt wurde.

Quälend langsam holte man ein Gewirr aus Pflanzen und Schlamm zutage. Ja, es hätte alles sein können: ein Baumstamm, ein Pflanzengestrüpp, ein verwestes Schaf. Bis plötzlich etwas im Licht erschien, braun, feuchtschimmernd, die Augenhöhlen unnatürlich tief und schwarz, Zähne, die höhnisch die umstehenden Menschen angrinsten, die nur für kurze Zeit noch die Lust und die Last des Fleisches mit sich herumtrugen. «Na, das ist er jedenfalls nicht», sagte der Polizist. «Viel zu klein. Außerdem hat der auch schon lange dringelegen, genau wie der andere. Das ist entweder eine Frau oder ein Kind.» Er trat näher und kniete sich neben der Leiche auf den Boden. «Eine Frau. Sie hat noch einen Anhänger um den Hals. Allerhand, was?»

Für Jane war die kleine Lichtfläche, auf der sie standen, ein Ort des Schreckens: ein erleuchteter Fleck in der Nacht, die ganze Welt im Dunkel, und in dem Lichtkreis ein grausiger schwarzer Kessel, aus dem Dämonen Nahrung in Form von Menschenfleisch herausholten. Wen zogen sie als nächstes heraus? Ein Kind aus der Eiszeit, einen Torfgräber aus dem sechzehnten Jahrhundert? Oder einen Jungen aus dem zwanzigsten mit *Oxo*-Pullover und einem Herzen, das gerade erst aufgehört hatte zu schlagen? Plötzlich begann sich der Lichtfleck zu drehen und wurde zur Gondel in einem

Karussell, und das Karussell drehte sich immer schneller, immer schneller, es drohte die Gondel hinauszuschleudern mitten in die Sternenwelt. Aber sie blieb still stehen, aufrecht und reglos, und Leonard, der sie besorgt ansah, meinte, sie brauche keine Hilfe. Gefolgt von seinem Schatten ging er hinüber und blickte hinab auf das, was einst eine Frau gewesen war.

Er tat es nicht gern. Aber er war schließlich ein Kritiker und mußte sich mit allen menschlichen Dingen vertraut machen. Höhnisch blickten die leeren Augenhöhlen zu ihm auf. Er überwand seinen Widerwillen, beugte sich hinab und hob den Anhänger, der einst auf ihrem weichen Hals geruht hatte, ein wenig in die Höhe. Es war ein schweres Kruzifix, noch gut zu erkennen.

«Bitte, nichts anfassen, Sir», sagte der Polizist kurz. Leonard fuhr zusammen und ließ den Anhänger fallen. Mit einem rasselnden Geräusch fiel er zurück auf die pergamentartige Haut.

Leonard richtete sich auf. «Entschuldigung, Sir. Ich wollte bloß ... sehen, wer sie war.»

«Das werden wir wohl nie erfahren. Natürlich wird eine Untersuchung stattfinden, klar. Aber ... sie muß schon Jahre da dringelegen haben. Und wenn Sie mich fragen: Wir haben genug mit den Lebenden zu tun, wissen Sie.»

«Ja.» Vielleicht Mann und Frau, die beiden, unterwegs nach Lancashire, um Arbeit in den Spinnereien zu finden. Wahrscheinlich hat es niemand bemerkt, daß sie nie dort ankamen.

Eine zweite wasserdichte Decke wurde geholt und die Tote darin verpackt. Wieder griffen die Männer zu ihren langen Stangen. Leonard sagte: «Jane, kann ich dich nicht ins Hotel zurückbringen? Wir können hier doch nichts tun.»

Sie schien ihn nicht zu hören, doch dann geschah etwas Überraschendes. Clive Masters packte sie so fest am Arm, daß sie aus ihrer Trance erwachte, und sagte mit befehlender Stimme: «Mrs. Instone, wir bringen Sie zurück. Das hier ist kein Ort für Sie.»

Zu Kates Entrüstung nickte Jane. Sie wandte sich an den Polizisten und sagte: «Nicht wahr, Sie geben uns sofort Nachricht, wenn ... Wir sind im *Royal George*.»

«Natürlich! Aber wenn Sie mich fragen: Er ist bestimmt schon meilenweit weg und trinkt irgendwo ein Glas. Sie glauben nicht, wie oft wir das erleben.»

«Das tut er ganz bestimmt nicht!» sagte Kate empört. «Er ist bestimmt noch irgendwo hier draußen und fleht um Rettung.»

Aber Jane sagte: «Danke. Sie sind sehr freundlich.»

Sie stiegen den steilen Abhang hinauf und blickten immer wieder zurück zu den Männern in den orangefarbenen Jacken, die die schwarzweißen Stangen ins Moor senkten und wieder herauszogen, langsam und bedächtig, zurück zu den beiden Toten, die geduldig warteten, bis ein neues Grab für sie bereitet wurde.

Auch auf dem Rückweg riefen sie wieder und wieder: «Nicholas!» Aber niemand antwortete.

Als sie wieder im Hotel waren, sagte Leonard: «Könnten wir wohl noch etwas zu trinken haben, und vielleicht ein paar Sandwiches?»

Das Mädchen an der Rezeption sah ihn bedauernd an: «Die Bar ist leider schon geschlossen, Sir, und in der Küche ist auch keiner mehr.»

Mit unbewegtem Gesicht trat Clive Masters heran

und sagte: «Seien Sie so gut und rufen Sie den Manager.»

«Ja, aber ...»

Clive sah das Mädchen an. Das Mädchen sah Clive an.

Zehn Minuten später lag Kate zornerfüllt im Bett, und die anderen saßen vor einem frisch entfachten Kaminfeuer, aßen Sandwiches und tranken Rum. Clive sagte zu dem Manager: «Mr. und Mrs. Instone haben die Polizei gebeten, hier anzurufen, wenn irgend etwas ... Neues geschieht. Sie werden also kaum die Nacht oben in ihrem Zimmer verbringen wollen. Was schlagen Sie vor?» Sein Blick war so drohend, daß der junge Manager etwas zurückwich. Nach weiteren zehn Minuten war neues Holz geholt, wurden Kissen und Dekken gebracht, Wärmflaschen gefüllt, die bequemsten Sessel ans Feuer geschoben und das Telefon von der Rezeption neben Jane hingestellt. «Im Korb ist noch genug Holz – falls es zu kalt wird», sagte der Manager. «Vielleicht möchten Sie abwechselnd hinaufgehen und sich etwas bequemer anziehen. Gute Nacht – und ich hoffe für Sie auf gute Nachricht.» Er ging mit einer Verbeugung hinaus und sah Antoinette dabei bewundernd an.

Antoinette küßte Jane. «Gute Nacht. Versuchen Sie, etwas zu schlafen, Jane.»

Clive sagte: «Sagen Sie uns Bescheid, wenn wir irgendwas tun können.» Er berührte Leonards Arm.

Leonard sagte: «Vielen Dank – für alles. Ohne Sie beide hätten wir ohne Abendessen nach oben gehen müssen.»

«Schon gut. Man muß bloß verstehen, mit diesen Leuten zu reden. Sie müssen wissen, daß sie mit einem gehörigen Krach zu rechnen haben, wenn sie nicht tun, was man verlangt.»

«Ja. Ich mache ihnen bloß nicht gern Mühe», gab Leonard zurück.

«Dafür sind die ja da», sagte Clive kurz und verließ mit seiner Frau den Raum.

Jane blickte ins flackernde Kaminfeuer. Sie hörte die Uhr eins und dann zwei schlagen und starrte immer wieder angstvoll auf das rote Telefon, das neben ihr stand. Sie sah die Nummer auf der Wählscheibe: 3099. Vielleicht steckte in diesem Augenblick jemand auf dem Polizeirevier einen Finger in die Drei und drehte, dann in die Null, herum und wieder zurück, das dauerte Zeit, und dann kamen noch die beiden Neunen ..., die langsamen Neunen, das laute Klingeln, ihre Hand, die den Hörer von der Gabel riß, die Nachricht, gut oder böse, Leben oder Tod, eine Nachricht, die ein Teil ihres Lebens blieb, so lange ihr Leben währte. Jetzt, dachte sie. Der Finger ist in der zweiten Neun. Gleich klingelt es, und unser Leben wird nie mehr so sein wie vorher.

Das Telefon blieb stumm. Jane blickte zu ihrem Mann hinüber. Er schlief. Leonard, der so nervös und empfindsam war, konnte immer schlafen. Doch sie wußte nicht, daß er in einer Hieronymus-Bosch-Welt war, wo totenköpfige Dämonen sich mit Heugabeln aus brodelnden Sümpfen zogen und schoben, eine Hölle, deren Licht ihn blendete, so daß er jede Einzelheit dieser scheußlichen Moor-Szene sah, jedes Grinsen der Teufelsfratzen, jedes Zucken der Schwänze, jede Bewegung der rötlichen Klauen ...

Leonard schlief. Aber es war schon fast drei Uhr, bevor die Funken des ausgehenden Feuers vor Janes Augen verschwammen und sie in einen unruhigen Schlaf sank. Da schrillte das Telefon.

Jane war noch nicht wach, als sie den Hörer ans Ohr drückte und sich atemlos und heiser sagen hörte: «Jane Instone.»

«Ist dort das Hotel *Royal George*? Wohnen bei Ihnen Mr. und Mrs. Instone, bitte?»

«Ja, am Apparat. Ist dort die Polizei?»

Leonard erwachte. «Das Telefon klingelt. Wer ist es denn?» fragte er so laut, daß Jane die Antwort auf ihre Frage nicht hören konnte. Sie machte eine heftige Handbewegung zu ihm. «Wer? Die Polizei?»

«Nein, nein, Mum. Ich bin's, Nicholas. Ich hab gerade herrlich heiß gebadet.»

«Nicholas? Wo bist du?»

«Nicholas?» rief Leonard. «Wo ist er? Laß mich mal mit ihm sprechen!»

«*Wo*?» schrie Jane.

«Zu Hause natürlich. Entschuldige, daß ich so mitten in der Nacht anrufe, aber mir fiel plötzlich ein, daß ihr euch vielleicht Sorgen um mich macht. Du, Mum, meine Sachen stinken ziemlich, soll ich sie in die Waschmaschine tun?»

«Nicholas», sagte Jane. «Hast du gesagt, du hättest eben heiß gebadet?»

«Ja. Es war herrlich. Ich weiß gar nicht, wieso das Wasser so heiß war, wo ihr noch gar nicht zurück seid. Ihr macht wohl noch einen Tag Urlaub?»

«Heiß gebadet?» fragte Leonard. «Soll das heißen, daß er zu Hause ist und gemütlich gebadet hat, während wir –»

«Leonard, sei doch still! Nicholas, leg jetzt auf, ich

muß die Polizei anrufen. Ruf mich in fünf Minuten ich noch mal an.»

«Die Polizei? Liebe Zeit, Mum, ist was passiert?»

Jane krachte den Hörer auf die Gabel, nahm ihn wieder auf und wählte die Nummer des Polizeireviers.

«Ich ... ich verstehe überhaupt nichts», sagte Leonard.

Jane zog die Wolldecke dicht um sich. «Hallo, hier ist Mrs. Instone. Ich hatte eben einen Anruf. Mein Sohn ist in Sicherheit. Ja, bei uns zu Hause. Ja. Ich weiß noch keine Einzelheiten, aber ich wollte es Ihnen gleich mitteilen. Vor allem bitte ich *sehr* um Entschuldigung für all die Mühe, die Sie ... Ja, das hatte er gerade getan, bevor er uns anrief. Ja, Sie haben recht, ich beneide ihn auch. Es ist aber auch wirklich kalt heute nacht. Nochmals sehr herzlichen Dank. Gute Nacht, Wachtmeister.»

«Bist du das noch mal, Mum?» fragte Nicholas vorsichtig.

«Nicholas! Ist dir eigentlich klar, welche Angst wir um dich ausgestanden haben? Aber das nur nebenbei. Es hat einen Großeinsatz der Polizei gegeben!»

«Allmächtiger.»

«Ja, das kannst du wohl sagen. Und während unsere Polizei ihre Männer in einer eisigen Februarnacht auf die Suche nach dir ins Moor schickt, schwelgst du in einem heißen Bad. Na, du wirst schon selber von ihnen hören.»

«Was denn?» fragte eine ängstliche Stimme.

«O Gott, Nicholas», sagte sie verzweifelt. «Wie oft habe ich ...Was ist denn nun überhaupt passiert, um Himmels willen?»

«Och, eigentlich nicht viel. Ich war im Moor stekkengeblieben, und Barbara ist losgegangen, um Hilfe zu holen, und dann kam da dieser Mann mit dem Kletterseil, das er zufällig bei sich hatte, und der hat mich rausgezogen und mir in seinem Wagen eine Cola gegeben. Und dann fuhr er auch noch nach Derby, und ich dachte natürlich, ihr wärt alle längst zu Hause, deshalb bin ich mitgefahren, und er hat mich ungefähr drei Meilen von zu Hause abgesetzt. Prima Kerl!»

«Ja. Na, ich bin froh, daß du heil und gesund bist», sagte Jane, immer noch grollend. «Aber –»

Nicholas, der sonst kein Opportunist war, fiel ihr ins Wort. «Weißt du, Mum, dieses Moor hatte es ganz schön in sich. Ich hätte leicht versacken können, glaube ich.»

«Sicher», erwiderte Jane trocken. «Sie haben nämlich zwei Leichen an der Stelle rausgezogen, als wir noch dabeistanden.»

«*Nein!*»

«Doch. Für eine Mutter wirklich ein ermutigender Anblick.»

Kurzes Schweigen am anderen Ende der Leitung. Dann eine reuevolle Stimme: «Du, Mum, ich hab mich doch etwas erschrocken, als ich heimkam und ihr nicht hier wart. Deshalb habe ich euch angerufen, sobald ich gebadet hatte.»

«Ungemein rücksichtsvoll von dir.»

Aber jetzt streckte Leonard mit fast gebieterischer Geste die Hand nach dem Hörer aus. Jane sah ihn erstaunt an. Leonard benahm sich selten gebieterisch. Ob sie sich geirrt hatte? Sah er vielleicht nur wegen der Dekke wie ein Römer in einer Toga aus? Nein, es war keine Einbildung. Sogar die Brillengläser ihres Mannes blitzten energisch. Sie reichte ihm den Hörer. «Nicholas?» sagte er.

«Hallo, Dad?»

«Hallo, Nicholas. Ich wollte dir nur mitteilen, daß Barbara Masters im Krankenhaus liegt wegen totaler Erschöpfung. Außerdem haben eine ganze Anzahl Polizisten, die sich mit Verbrechensbekämpfung befassen sollten, eine recht üble Nacht mit der Suche nach einem jungen Mann verbracht, der es sehr viel besser hatte als sie. Und deiner Mutter hast du mehr Angst gemacht, als das einem Jungen deines Alters zusteht.»

«Dad, es tut mir leid. Und die arme Barbara!»

Leonard ignorierte den Einwurf und redete ruhig weiter. «Vielleicht bist du nicht schuld daran. Vielleicht war es eine Reihe unglücklicher Zufälle. Tatsache ist jedoch, daß du sehr vielen Leuten sehr viele Schwierigkeiten gemacht hast. Ich wünsche, daß du so schnell wie möglich herkommst, dich bei den Masters entschuldigst und vor allem aufs Polizeirevier gehst und dort so weit Abbitte leistest, wie sie es erwarten.»

In der Leitung war deutlich zu hören, wie jemand schluckte. «Ja, Dad. Mach ich.»

«Ich dulde nicht, daß die Zeit von Leuten, die ohnehin schon überarbeitet sind, unnütz vergeudet wird. Das ist alles. Also vergiß nicht: Du erscheinst hier so schnell wie möglich.»

Er legte den Hörer auf. Jane sah ihren Mann beinahe ehrfürchtig an. Wenn zu Hause Befehle erteilt wurden, war gewöhnlich sie es, die sie erteilte. Kein Zweifel, dachte sie unsicher, der gute Leonard ist zum Revoluzzer geworden.

7

Hatte sich einst Horatius den Toscanern entgegengestellt, so war es jetzt Schwester Daisy, die dem Ehepaar Masters und Nicholas Instone trotzte. Schwer zu sagen, ob Horatius oder Schwester Daisy energischer auftrat. «Zu dritt kommen Sie nicht hinein, und damit basta», erklärte sie. «Zwei Besucher pro Patient, mehr nicht, das ist Vorschrift.»

Es gab keinen Grund, warum sie alle drei gleichzeitig hineingehen sollten. Aber für Clive war Widerstand etwas, was aus Prinzip gebrochen werden mußte. Während Antoinette es liebte, Hindernisse weich zu unterlaufen. Clive fragte kalt: «Sind Sie sich darüber klar, Schwester, daß wir ganz von Sussex heraufgekommen sind?»

«Meinetwegen können Sie aus Timbuktu gekommen sein. Aber ich weiß zufällig, daß Sie im *Royal George* wohnen, knapp zwanzig Minuten von hier entfernt.»

Antoinette sagte: «Wir möchten Ihnen keinesfalls Mühe machen, Schwester. Sie haben Ihre Vorschriften, und manche sind wahrscheinlich auch sehr vernünftig.» Sie ließ ihre Stimme eine halbe Oktave sinken und sprach jetzt in mitleiderregendem Ton: «Aber ich weiß, daß mein armes kleines Mädchen ...»

«Ihrem kleinen Mädchen geht es prima», sagte Schwester Daisy kurz. Sie hatte, gleich nachdem Barbara das Bewußtsein wiedererlangt hatte, eine Meinungsverschiedenheit mir ihr gehabt. «Und es wird ihr auch weiterhin prima gehen, wenn sie nicht zuviel Besuch bekommt.» Die ganze Macht des Nationalen Gesundheitsdienstes wogte in ihrem widerspenstigen Busen.

Clive blieb starrsinnig, aber Antoinette beherrschte die Kunst des Taktierens. Sobald sie merkte, daß eine Niederlage unvermeidlich war, änderte sie von einer Minute zur anderen die Richtung. Sie wandte sich an Nicholas. «Also lieber Junge, gehen *Sie* erst mal hinein zu ihr, von Ihnen hat sie gewiß mehr als von ihren alten Eltern. Komm, Clive, wir suchen uns irgendwo eine ruhige Bank zum Ausruhen.» Sie ging. Ohne eine Spur von Eleganz einzubüßen, brachte sie es plötzlich fertig, wie eine arme alte Mutter auszusehen, die vor der Unfallstation wartet und mit dem Schlimmsten rechnen muß.

In den letzten vierundzwanzig Stunden hatte Barbara Himmel und Hölle erlebt. In der Hölle war sie, als sie oben am Rand des Pennine merkte, wie die Kräfte sie verließen, ehe sie Hilfe für Nicholas holen konnte, und als sie zwischen Wachen und Koma lag und niemandem ihre Angst um Nicholas mitteilen konnte. Und dann als sie wieder zu Bewußtsein kam, die dunkle Nacht vor den Fenstern des Krankenhauszimmers sah und erfuhr, daß Nicholas verschwunden war. Ein Suchtrupp der Polizei sei unterwegs, hörte sie. Am Crinder's Clough, ja. Aber so was brauche seine Zeit. Zeit! Da versank ein Mensch im Sumpf, und sie redeten von Zeit! Und in der Hölle war sie auch noch, als um sechs Uhr die Patienten geweckt wurden und die Dunkelheit draußen einer grauen Februardämmerung Platz machte.

Und dann war sie plötzlich im Himmel, als Schwester Daisy hereinkam und sagte: «Also, Ihr Freund ist wohl und munter zu Hause und hat erst mal ein wohlverdientes Bad genommen. Und die Polizisten konnten auch endlich ins Bett. War auch Zeit.»

«Schwester! Ist er wirklich wohlauf? Nicht verletzt oder so?»

«Nein. Es geht ihm sehr gut, sagt seine Mutter. Wahrscheinlich werden wir hier ein paar Polizisten herkriegen, mit Lungenentzündung oder Ischias oder so was. Aber Ihr Freund ist jedenfalls wohlauf.»

«Oh, Schwester!» Schwester Daisy erschrak bis in die Tiefen ihrer gestärkten Seele, als die Patientin versuchte, sie zu umarmen. «Kann ich meine Kluft haben, Schwester?»

«*Was* wollen Sie haben?»

«Meine Kluft. Die Stiefel und die Bluse und meine lange Hose und alles. Ich muß raus.»

«Sie müssen gar nichts. Jetzt waschen Sie sich erst mal, dann essen Sie Ihr Frühstück und legen sich schön wieder hin.»

Barbara hüpfte auf dem Bett auf und nieder, ihr Mund war zu einem seligen Lächeln verzogen. «Still liegen kann ich jetzt nicht, Schwester.»

«Blödsinn», sagte Schwester Daisy grob und marschierte aus dem Schlafsaal. Als sie sich noch einmal umdrehte, sah sie Barbara auf der Bettkante sitzen und fröhlich mit den Beinen baumeln. Schwester Daisy kam zurück und sagte: «Ab ins Bett, aber sofort.»

Barbara lächelte sie an. «Und wenn ich nun Nein sage, Schwester?»

Die Schwester wußte nicht, was dann geschah. Sie wußte nur, sie mußte sich durchsetzen. Und das war ihr bisher immer gelungen. «Also los jetzt», sagte sie.

Barbara pendelte weiter mit den Beinen. «Schwester, kennen Sie *Love me Baby Like You Useter*?»

«Nein.»

«Das ist klasse. Haben Sie nie die Rock Angels damit gehört? Wenn Sie wollen, singe ich es Ihnen vor.» Und sie öffnete schon den hübschen Mund.

Aber Schwester Daisy war nicht von gestern. Leise und eindringlich sagte sie: «Miss Masters, die Patientin im übernächsten Bett ist schwerkrank. Ob sie den Tag überlebt ...» Sie schlug die Augen zum Himmel auf. «Sie wollen ihr doch gewiß nicht die letzten Stunden verderben, nicht wahr, Miss Masters?»

Barbara war zerknirscht. «Nein, natürlich nicht, Schwester.» Sie legte den Finger auf die Lippen. «Ich werde mich mucksmäuschenstill verhalten», flüsterte sie.

«Danke.» Schwester Daisy brachte ein schmales Lächeln zustande, nahm die Beine ihrer Patientin und legte sie zurück ins Bett, stopfte die Decke fest und wollte leise gehen.

«Schwester?»

Die Schwester erstarrte. «Ja?»

«Ich werde dann also gehen. Wenn Sie mir nur meine Sachen bringen wollen, bitte.» Ein rührend süßes Lächeln begleitete die Worte.

Aber Schwester Daisy blieb ungerührt. Die Kleider kamen nicht. Statt dessen kam das Frühstück und dann ein Waliser Arzt, der ihre Brust abhorchte und fröhlich sagte: «Hört sich bedenklich an, was?» Ihm folgte ein grämlich aussehender asiatischer Arzt; er klopfte sie mit einem kleinen Hammer ab, seufzte tief, schüttelte den Kopf und schien sie aufgegeben zu haben. Und schließlich kam Nicholas Instone, der sich verlegen durch den

Schlafsaal schlich. Junge Engländer werden auf ihren Schulen auf alles mögliche im Leben vorbereitet, aber selten darauf, sich plötzlich als einziger Mann zwanzig Damen verschiedenen Alters gegenüber zu sehen, die im Nachthemd im Bett liegen. Nicholas wußte nicht, wo er hinsehen sollte. Aber er *mußte* hinsehen, denn er mußte ja Barbara herausfinden.

Plötzlich merkte er, daß neunzehn der Damen still in ihren Betten lagen und nur eine aufrecht saß. Sie winkte wie wild mit beiden Armen und – das sah man der Dekke an – auch mit den Beinen. Bevor er zurückwinken konnte, war sie aus dem Bett, stürzte auf ihn zu und schlang ihm stürmisch die Arme um den Hals.

«Nicholas, Lieber! Wie himmlisch. Und ich dachte, du wärst meilenweit weg!»

Nicholas machte in diesem Augenblick eine sensationelle Feststellung: Oben auf dem Pennine war Barbara ein guter Kamerad gewesen, beinahe wie ein Junge, aber im Nachthemd, die Arme um seinen Hals gelegt, den Mund auf seine Lippen gepreßt, war sie ohne jeden Zweifel ein Mädchen. Er war ganz enttäuscht, als Schwester Daisy, schrecklich in ihrem Zorn, dafür sorgte, daß Barbara ins Bett zurückschlüpfte und er brav auf dem Stuhl daneben Platz nahm.

Sie sahen sich an. Ihre Hände fanden zueinander. In ihm erwachte der Beschützerinstinkt – sie sah wirklich schmal und blaß aus. Er sagte: «Du, ich danke dir auch, daß du die Polizei zum Crinder's Clough geschickt hast. Es hätte ... es hätte mir das Leben retten können.»

«Schon gut», sagte Barbara. Sie nahm an, es hatte ihm das Leben gerettet.

«Aber da kam dann ja dieser Mann, weißt du», erklärte Nicholas.

«Ah ja», sagte Barbara. Ihre Generation war eher bereit, eine vorhandene Situation zu akzeptieren als langweilige Erklärungen zu hören. Sie stellte die Frage, die ihr jetzt am wichtigsten war: «Wie lange bleibst du hier?»

«Keine Ahnung. Ich glaube, meine Eltern haben das Gefühl, sie müßten noch etwas bleiben, damit sie deine Eltern rumfahren können, vor allem solange du noch im Krankenhaus bist.» Er sah sie interessiert an. Arme Kleine! Ihre Mutter würde in ihrer Lage bestimmt hinreißend aussehen. «Was meinst du, wie lange du noch hierbleiben mußt?»

«Schwer zu sagen.» Wenn sie Nicholas dadurch in Derbyshire festhalten konnte, daß sie im Krankenhaus blieb, dann blieb sie eben dort. «Ich glaube, die Ärzte haben mich schon abgeschrieben.»

«So siehst du aber nicht aus!» sagte er galant. Das tat sie auch nicht. Trotz der Blässe wirkte sie wie ein gesundes, fröhliches, liebes Mädchen, in das man sich durchaus verlieben konnte, wenn man sich nicht schon in die Mutter verliebt hätte. «Deine Eltern warten draußen», sagte er. «Ich muß wohl gehen.»

Sie sah ihn unglücklich an und sagte: «Du kannst mir einen Kuß geben, wenn du willst.»

Er beugte sich zu ihr und küßte ihre weichen Lippen. Sie hob die Hand und legte sie zärtlich auf seine Schulter. «Leb wohl, Lieber.» Ihre Stimme klang nicht ganz fest; er erschrak – hoffentlich bekam sie keinen Rückfall. Tröstend lächelte er ihr zu und sagte: «Also dann, mach's gut. Wir treffen uns gewiß noch mal oben auf dem Pennine, irgendwann.»

Es war gut gemeint; er hatte ihr versichern wollen, daß *er* sie keineswegs für einen hoffnungslosen Fall hielt. Aber Barbara verstand es anders: Für sie war es ein Lebewohl für immer. Verzweifelt blickte sie ihm nach, als er durch den Schlafsaal zur Tür ging. Für sie war er genauso verloren, als wäre er im Moor versunken. An der Tür drehte er sich um, lächelte, winkte und war fort. Als gleich darauf ihre Eltern hereinkamen und Barbara sie mit einem zerbrechlich wirkenden Lächeln und tränenfeuchten Augen begrüßte, glaubten sie, Barbara habe Fieber. Doch es war kein Fieber, es war nur ein Herz, das im Begriff war zu brechen.

Leonard Instone fuhr das Ehepaar Masters und Nicholas zurück ins Hotel. «Wann können Sie sie wieder besuchen?» fragte er.

«Heute abend», sagte Antoinette.

«Gut. Ich bringe Sie hin.»

«Aber nein, warum denn. Wir nehmen ein Taxi.»

«Nein. Es ist meine Schuld, daß Sie Ihren Wagen nicht haben. Kommt nicht in Frage, daß Sie ein Taxi nehmen.»

«Aber Mrs. Instone sagte doch, Sie wollten heute nach Hause.»

«Ein Tag mehr macht nichts aus», sagte Leonard mutig. Gewöhnlich überließ er Jane solche Vereinbarungen; griff er ihr vor? Verfolgte er damit vielleicht eigene Pläne?

Ja, er mußte zugeben, daß er das tat. Er wollte noch nach Ill Boding hinauf, zu einem Gespräch mit Miss Lottie Pike; und das sah seine Frau bestimmt nicht gern. Wenn er ihr hingegen sagen konnte, er habe eine moralische Verpflichtung zu erfüllen, dann nahm ihr das sozusagen den Wind aus den Segeln.

Jane erkundigte sich nach Barbara und sagte dann: «Gut, dann können wir ja jetzt fahren.»

«Ach, Jane», sagte Leonard. «Ich fürchte, das geht nicht so ohne weiteres.»

«Wieso nicht?» fragte Jane scharf.

«Nun, ich habe den Masters versprochen, daß ich sie heute abend noch mal ins Krankenhaus fahre.»

«Leonard! Das stimmt doch nicht, oder?»

«Na, *ich* hab ja schließlich ihren Wagen zerbeult.»

«Ich finde, das ist eine moralische Verpflichtung», kam Nicholas seinem Vater zu Hilfe, in der Hoffnung, daß es vielleicht noch einmal zu einem kurzen Treffen mit der liebreizenden Mrs. Masters kam ...

Jane schwieg. Sie wollte eigentlich gar nicht unbedingt zurück. Noch eine weitere Nacht in diesem bequemen Hotel war eine recht verlockende Vorstellung. Aber sie liebte es nicht, wenn ein anderer ihre Pläne änderte. Das war etwas, worüber sie sich mit Recht entrüsten durfte, auch wenn sie insgeheim mit dem Resultat zufrieden war. So sagte sie: «Leonard, ich finde es sehr nett, daß du so viel Rücksicht auf andere Leute nimmst, aber ab und zu könntest du auch mal Rücksicht auf mich nehmen. Also gut, dann bleiben wir noch. Ist ja auch nicht mehr zu ändern, wo du es schon angeboten hast.» Sie blickte ihn scharf an. «Es ist doch wohl nicht nur ein Vorwand, damit du hierbleiben kannst, um diese Person in Boding zu besuchen?»

«Also Jane!» Daß man ihm so viel Gerissenheit überhaupt zutrauen konnte! Aber dann lenkte er ein. «Weißt du was, das wäre vielleicht gar keine schlechte Idee», sagte er dankbar.

«Gut», sagte Jane. «Es sieht so aus, als ob jeder von

deinen Plänen profitiert – bis auf mich.» Ein essigsaures Lächeln begleitete ihre Worte.

Als Leonard diesmal nach Ill Boding ging, fühlte er sich, als käme er nach Haus. Er fand das Haus, eine der steifen, ziemlich prätentiösen Villen, mit feuchten Steinmauern, mit vier Fenstern, zwei oben, zwei unten; dazwischen eine schmale Haustür.

Er ging durch eine eiserne Pforte über einen kleinen gepflasterten Weg zum Haus und klopfte an die Tür.

Er stand vor Cranberry Cottage und merkte, wie sein Herz vor Erregung schneller schlug. Gleich würde er einer Verwandten jenes längst verstorbenen Mannes gegenüberstehen, mit dem ihn so viel verband, einer Frau, die ihm den Mann durch Anekdoten und alte Geschichten noch näherbringen würde und ihm bestimmt rührende kleine alltägliche Gegenstände zeigte, die *er* einst benutzt hatte. Mit dieser Frau würde er ruhig und teilnehmend über den Mann sprechen können, den sie beide verehrten.

Die Tür ging auf, und vor ihm stand eine schmale Frau von unbestimmbarem Alter und Aussehen, die ihn argwöhnisch ansah.

«Sie werden verzeihen», sagte er höflich, «aber man hat mir gesagt, einer Ihrer Vorfahren sei Lazarus Pike, der Schriftsteller.»

«Wollen Sie reinkommen?» sagte sie. Es klang eher nach einer Frage als nach einer Einladung.

Er trat in die Diele. Aus dem Wohnraum hörte man eine Frauenstimme. «Oh, das tut mir leid», sagte er und trat einen Schritt zurück. «Ich störe. Sie haben Besuch.»

«Das ist bloß Angela», sagte sie und führte ihn etwas ungeduldig zum Wohnzimmer.

Er trat ein. Auf dem Fernsehschirm sah man Miss Angela Rippon die Nachrichten verlesen. «Hübsches Mädchen, finden Sie nicht?» sagte Lottie Pike. Mit einer Armbewegung wischte sie einen Stapel *Radio Times* von einem Stuhl und forderte ihn auf, sich zu setzen, wobei sie den Blick nicht von der Ansagerin löste.

«Ja, sehr», sagte Leonard und nahm Platz.

Miss Pikes Augen klebten am Fernsehschirm. «Die Nachrichten», sagte sie erklärend.

Leonard sagte: «Es tut mir wirklich schrecklich leid, wenn ich Sie gerade störe.»

«Schon gut», sagte sie und starrte weiter in die Röhre. «Er war mein Urgroßonkel. Nein, das stimmt nicht, es sind zweimal Ur, glaube ich. Hat sie nicht schöne Augen?»

«Haben Sie vielleicht ein paar Bilder, oder irgendwelche Briefe?»

«Nein. Dad hat sich nichts aus seinen Büchern gemacht. Er hat 'ne Menge Zeug verbrannt, als wir hier einzogen.»

«Sie meinen, dies hier war sein Haus?» Fasziniert betrachtete er die trübgemusterten Tapeten, die hohen, dunkelbraunen Schränke.

«Ja. War alles vollgestopft mit Büchern und Papieren. Onkel George hatte den ganzen Kram aufbewahrt. Damit hat Dad dann Schluß gemacht.»

«Schluß gemacht?»

«Alles verbrannt. Richard Baker, der andere Ansager, ist auch nett. Aber ich mag Angela am liebsten.»

Leonard fand die Konkurrenz erdrückend. «Ich weiß, mein Kommen ist eine Zumutung für Sie», sagte er tapfer. «Meine einzige Entschuldigung ist, daß ich über Ihren Onkel schreiben möchte.» Es klang ein bißchen großartig, das fand er selber.

Aber seine Worte hatten offenbar Eindruck gemacht. Sie nahm die Augen vom Bildschirm und blickte ihn an. «Schreiben Sie fürs Fernsehen?» fragte sie plötzlich interessiert.

«Nein. Ich bin eigentlich gar kein Schriftsteller», sagte er aufrichtig.

Bei dem Wort ‹Nein› waren ihre Augen schon wieder zum Bildschirm gewandert. Er war enttäuscht und fühlte sich fehl am Platze. Er hätte ihr gern von dem seltsamen Gefühl der Vertrautheit mit ihrem Onkel erzählt. Aber er war überzeugt, daß er ihre Aufmerksamkeit nur erringen konnte, wenn er aufhörte, ein lebendiger Mensch zu sein, und sich ihr als zweidimensionales Wesen aus 625 Zeilen auf dem Bildschirm präsentierte. Etwas ungeduldig sagte er: «Könnten Sie das nicht mal für ein paar Minuten abstellen? Ich werde Sie nicht lange aufhalten.»

Vermutlich war es Miss Pike noch nie eingefallen, daß der Fernseher noch vor dem Zubettgehen ausgeschaltet werden konnte. Es schien ein revolutionärer Vorschlag für sie zu sein, den sie sich aber immerhin überlegte. Schließlich stand sie auf und stellte wenigstens den Ton ab. Dann nahm sie ihren Platz im Sessel wieder ein und starrte die jetzt tonlose Miss Rippon an.

Leonard sagte: «Ich dachte, Sie könnten mir vielleicht etwas über Ihren berühmten Onkel erzählen.

«Von wem? Ach, von Onkel Laz. Nein.» Sie schüttelte vage den Kopf. «Er soll ein guter Lehrer gewesen sein.»

«Und was erzählt man sonst noch?»

Sie überlegte, und zwar wirklich angestrengt. «Onkel Alf hat immer gesagt, er war sehr stolz auf seine Artischocken.»

Leonard gab es auf. «Sie haben sicher kein Exemplar mehr von den *Gedichten an Corinda*?»

«Gedichte?» Sie dachte nach. «Nein.» Dann erhellte sich ihr Gesicht plötzlich.

«Ja?» fragte er gespannt.

«Ich hab gelogen. Es war sein Rosenkohl.»

Er erhob sich. «Sie können mir also gar nicht helfen? Keinerlei Papiere, keine Fotografien?»

«Nein. Bloß sein Tagebuch.»

«Sein –» Leonard hielt die Luft an. «Das existiert noch? Dürfte ich es vielleicht mal sehen?»

«Sehen? Das können Sie haben. Ich brauch's nicht. Ist ein ganz zerknittertes altes Ding.» Sie ging zum Fernseher und drehte den Ton wieder an, als Miss Rippon gerade mit den Nachrichten fertig war. «Jetzt kommt ‹Aus der alten Mühle›», verkündete sie.

«Das Tagebuch ... Sie wollten ...» sagte Leonard entschuldigend.

«Ach ja, stimmt.» Sie stand auf und blieb einen Augenblick nachdenklich stehen. Dann trat sie an die Couch und schob ein Kissen zur Seite, ein Stapel Zeitungen kam zum Vorschein, den sie jetzt durchwühlte. «Ah, da ist es», sagte sie schließlich. Sie hielt ein schwarz eingebundenes dickes Heft in der Hand, reichte es Leonard, setzte sich und konzentrierte sich wieder auf die alte Mühle.

«Ich danke Ihnen», sagte Leonard aus tiefstem Herzen. «Und Sie wollen es mir wirklich leihen?»

«Behalten Sie es ruhig. Für mich hat es keinen Wert, nimmt mir nur Platz weg. Sehen *Sie* sich die Alte Mühle auch an?»

«Nicht sehr oft», sagte er. «Verzeihen Sie, ich habe noch eine Frage. Es gibt da eine Art Legende um Ihren Onkel: Er soll seine Frau umgebracht haben. Ich nehme an, daran ist nichts Wahres, nicht wahr?»

Lottie nahm tatsächlich den Blick vom Bildschirm und schenkte dem Problem ihre volle Aufmerksamkeit. «Glaub ich nicht», sagte sie dann, überlegte und schüttelte den Kopf. «Wär eigentlich nett, wenn es stimmte. Dann hätte man doch mal was in der Familie. Aber ... nein, ich glaub's nicht. Vater sagte immer, er hätte gehört, Onkel Laz könnte keiner Fliege was zuleide tun.»

«Danke», sagte Leonard. «Das freut mich zu hören.» Er verabschiedete sich. Unerwartet höflich ließ sie den Fernseher allein und brachte ihn zur Haustür. Dann kehrte sie eilig und zufrieden zur *wirklichen* Welt außerhalb von Boding zurück.

Leonard machte die Gartenpforte hinter sich zu. Er war in gehobener Stimmung. Pikes einzige überlebende Verwandte hatte, wenn auch etwas zögernd, bestätigt, daß Pike kein Mörder war. Das genügte ihm. Das tat ihm gut. Und außerdem hatte er das Tagebuch, ein Tagebuch, für das der widerwärtige Crump allerhand geben würde. Mehr noch: Hätte Crump sich das Tagebuch verschafft, wäre es ihm und auch Masters durchaus zuzutrauen gewesen, daß sie irgendeine harmlose Eintragung verzerrt oder verfälscht wiedergegeben hätten. Heutzutage brauchte ja nur jemand zu schreiben: «Ich traf Walter», dann war er als Homosexueller gebrandmarkt. Andere Beweise waren gar nicht nötig. Wenn dann Corinda dazukam, war der Bisexuelle fertig. Leonard sah im Geist schon die Worte vor sich:

‹Aus mehreren Eintragungen in seinem Tagebuch geht hervor, daß Pike homosexuell war. Es ist nicht bekannt, ob und wie dadurch seine Beziehung zu der schönen Corinda berührt wurde; es gibt jedoch Gründe für die Annahme, daß die Ehe niemals vollzogen wurde.› Plötzlich empfand er Ekel vor seinen schmierigen Zeitgenossen, die sich so eifrig auf die schmutzige Wäsche großer Geister stürzten. Wen man nicht erreicht, den zieht man herunter auf das eigene schäbige Niveau. Armer Barrie, armer Ruskin, armer harmloser Lewis Carroll!

«Mister!» hörte er eine Stimme. Er blickte sich um. Lottie Pike stand an der Pforte. Er ging zu ihr zurück, und sie gab ihm ein dünnes Büchlein. «Die Gedichte», sagte sie. «Ich hatte es vergessen – sie lagen oben im Bord, bei der Bibel.»

«Oh, vielen herzlichen Dank, Miss Pike. Aber ... können Sie sie wirklich entbehren? Ich schicke sie Ihnen natürlich zurück, das ist selbstverständlich.»

«Nicht nötig. Ich lese nicht viel. Wiedersehen!» Er hatte sie offenbar doch tief beeindruckt, denn sie lächelte ihn freundlich an, bevor sie die Pforte schloß.

Gedichte an Corinda. Von Lazarus Pike. In Buxton herausgegeben, wie er sah, und vermutlich auf Kosten des Dichters. Er warf einen Blick in das dicke Tagebuch. Kleine, enge Kritzelschrift, sicher mühselig zu entziffern. Doch das machte ihm nichts aus. Er ging wie auf Wolken zum Hotel zurück.

Am nächsten Tag kam Barbara aus dem Krankenhaus. Die Instones verabschiedeten sich von den Masters und tauschten die üblichen Floskeln aus: «Besuchen Sie uns doch, wenn Sie wieder einmal nach Derbyshire kommen!» Und: «Vergessen Sie ja nicht, wenn

Sie mal im Süden sind . . .», alles aufrichtig gemeint und in bester Absicht ausgesprochen. Aber schon nach einer Woche sah man es mit anderen Augen.

Barbara lächelte ein bißchen zu mühsam, und Nicholas konnte sich nur schwer vom Anblick der liebreizenden Antoinette losreißen.

So trennten sie sich, und jeder ging seiner Wege.

8

Leonard ging in das einfache kleine Gästeschlafzimmer, das er als Arbeitszimmer benutzte, und schloß die Tür hinter sich. Ein Paket mit Rezensionsexemplaren lag ungeöffnet auf dem Schreibtisch und erinnerte ihn vorwurfsvoll an seine Abwesenheit. Es war schön, wieder hier zu sein, die Ärmel hochzukrempeln und zu arbeiten. Arbeit war irgendwie befriedigend. Wer hat mehr vom Leben, die Biene oder der Schmetterling, dachte er. Eigentlich hatte er die Biene immer verachtet, sie steckte den Kopf in jede Blüte und wakkelte wie wild mit dem Hinterteil, den ganzen Sommer lang, während der Schmetterling mit der Schönheit und Grazie einer Ballerina ausschließlich zu unserer Freude über die Blumen tanzte. Wenn er einmal eine Biene sah, die sich fünf Minuten in der Sonne aalte, wollte er den Hut vor ihr ziehen, das gelobte er sich.

Dabei bin ich genau wie die Biene, dachte er. Ich weiß, ich müßte mich hinsetzen und diese verdammten Romane lesen, aber ich würde viel lieber Pikes Tagebuch lesen und die Gedichte, oder über die schreckliche Tatsache nachdenken, daß mein Sohn hätte umkommen können, oder über die beiden Toten, die da oben aus dem Moor gezogen worden waren. Ob ich wohl je etwas von den Untersuchungsergebnissen erfahre? Bestimmt nicht. Das steht bestimmt irgendwo auf der letzten Seite eines Provinzblättchens und interessiert keinen Menschen.

Er wollte auch ein paar gute Vorsätze für seine Ehe fassen: Er wollte nicht mehr so empfindlich reagieren, wenn Jane einmal gereizt war oder einschnappte, und auch versuchen, etwas mehr Farbe in ihr Leben zu bringen, denn es hatte ihn bewegt und beunruhigt zu sehen, wie sie in der behaglichen Atmosphäre des *Royal George* aufblühte.

Aber dazu mußte er mehr Geld verdienen. Nur – *wie*? Die Biographie, selbst wenn es ihm gelang, sie zu schreiben, und wenn er einen Verleger fand, brachte ihm sicher nicht mehr als ein paar Pfund ein. Es sei denn, er zeigte sich willfährig und tat, was Crump wünschte: Er machte eine Skandalgeschichte daraus. In dem Fall würde Crump sie sicher herausbringen und ihm einen Haufen Geld bezahlen. Aber diesen Gedanken schob er beiseite. Nicht mal für Jane würde er so etwas tun.

Er konnte in der Bank vorstellig werden und sagen, es sei nun Zeit für eine kleine Beförderung. Doch das hieße, daß man ihn in eine andere Filiale versetzte. Und vor Veränderungen hatte Leonard Angst. Es sei denn, dachte er in plötzlicher Erregung, sie schickten ihn zu einer Filiale, die in einer ganz bestimmten Landschaft lag ...

Hinzu kam noch die Frage mit Kates Schule. Das war nun wirklich ein Grund zum Hierbleiben. Kates schulische Ausbildung durfte nicht unterbrochen werden. Nein, es gab keine annehmbare Lösung. Und wie immer, wenn das Leben ihn mit schwierigen Alternativen konfrontierte, flüchtete er sich in ein Buch.

Diesmal waren es die *Gedichte an Corinda*, die er aufschlug.

Als wir nach Over kamen

Von Osten blies der Wind, als wir nach Over kamen.
Hügelan ging's, da fiel er über uns her,
schlug uns und heulte und kreischte,
riß an unseren Kleidern wie ein wilder Hund.
Nicht nur uns zauste der Wind – er riß auch
an Bäumen und Büschen und Gräsern,
jagte die Vögel in den Himmel,
brüllte und tobte und stürzte über die kahlen Hügel.
Der wilde Märzwind, als wir nach Over kamen!

Und doch gab es Frieden für uns –
Das Licht der Lampe, das prasselnde Feuer im Herd,
deine und meine Stimme, so lind und so sacht.
Abendfrieden, wenn wir Brot und Bett miteinander teilten.

Noch bläst der Wind von Osten, Corinda,
Ungestüm braust er durchs stille Tal.
Wie einst wandre ich hügelan,
und er küßt mich voll Hohn auf die Lippen.
Denn der Frieden von einst wartet nimmer auf mich,
Gelöscht ist die Lampe, das Feuer ist tot,
Kalt sind Herd und Herz, die Stimmen verstummt,
Und der Wind will nicht schweigen, Corinda.

Alles um ihn her war vergessen. Leonard saß am Fenster, sah, wie die Dämmerung sich über den kleinen Garten legte, sah die Wolken wie Rauch über die Dächer steigen. Seine Gedanken gingen zu dem schweren Stein auf dem Friedhof von Boding, zu dem glatten Marmor in der Kirche. Dort hatte er eine Aura der Liebe gespürt, die er auch jetzt noch spürte. Lazarus war gewiß kein großer Dichter, um Reim und Rhythmus hatte [illegible] sich nicht weiter gekümmert. Aber Kummer und Verzweiflung hatte er zu beschreiben vermocht. Sein Gedicht war eins mit den kahlen Kalksteinhügeln, eins mit dem schwarzen Stein und dem schöngeformten Marmor, eins mit den leeren Jahren zwischen 1855 und 1899. Leonard erhob sich. «Und der Wind will nicht schweigen, Corinda.» Er kannte das Gefühl, es war, als wenn kaltes Wasser den Rücken hinunterrinnt und das Haar auf der Kopfhaut prickelt. Er hatte eine längst vergessene Tragödie vor sich, die er – koste es, was es wolle – zum Leben erwecken wollte, um dieses neuen teuren Freundes willen, Lazarus Pike, dem der einsame Instone sich so nahe fühlte. Er warf einen Blick auf ein paar der anderen Gedichte, die anscheinend auch erst nach Corindas Tod geschrieben worden waren. Aus allen sprach die gleiche Vereinsamung, die verlorene Zuflucht. Er ging an den Schreibtisch, setzte sich und schlug das Tagebuch auf. Seine Finger zitterten. Er war im Begriff, Jahre zu überschreiten und auf den Mann zuzugehen, der wie er geliebt und sich abgemüht hatte und der so tief in die menschliche Seele eingedrungen war, wie es ihm niemals gelingen würde.

Doch bevor er anfangen konnte zu lesen, klingelte das Telefon. Er lief nach unten.

«Instone? Hier Crump. Haben Sie was rausgefunden über Pike?»

«Die Gedichte sind nicht schlecht. Nicht sehr gut, aber auch nicht schlecht.»

Crump gab einen ungeduldigen Laut von sich. «Die meine ich doch nicht. Ich meine irgendwas Persönliches.»

«Nein. Hören Sie, Mr. Crump, lassen Sie mich da raus. Ich möchte nicht –»

«Haben Sie denn nicht seine Nichte aufgesucht?»

«Doch. Aber die interessiert sich mehr für Angela Rippon.»

«Für wen?»

«Angela Rippon.»

«Wer ist Angela Rippon?»

«Die Nachrichtensprecherin im Fernsehen.»

«Was hat die damit zu tun?»

Leonard hörte die Gereiztheit, die er so gut kannte. «Wenn Sie einen Augenblick still sein könnten, Mr. Crump, werde ich versuchen, es Ihnen zu erklären. Als ich zu Miss Pike kam, saß sie vor dem Fernseher. Und sie interessierte sich weit mehr für die Ansagerin als für mich oder für ihren Onkel oder die Nachrichten.»

«Haben Sie denn nicht dafür gesorgt, daß sie das verdammte Gerät abschaltet?»

«Nein.»

«Das hätte ich aber getan.»

Ich eben nicht, dachte Leonard. «Nicht jeder hat Ihren Mut, Mr. Crump», sagte er sanft.

«Und Sie haben keine Papiere oder Briefe bekommen?»

«Ich habe die Gedichte bekommen. Sie –»

«Ach, gehen Sie mir doch weg mit den blöden Gedichten. Ich möchte wissen, ob irgendwo ein Tagebuch existiert.»

«Ja, das möchte ich auch wissen», stimmte Leonard zu.

«Da findet man nämlich den wirklichen Dreck – das wirklich Interessante», verbesserte er sich.

«Ja. Ach übrigens – er hat sie nicht umgebracht.»

«Er hat sie nicht umgebracht?» Crump war wie vom Donner gerührt. «Woher wissen Sie das?»

«Seine Nichte hat es mir gesagt.»

«Klar, daß sie das behauptet. Wer will schon einen Mörder in der Familie haben.»

«*Sie* hätte es ganz nett gefunden. Dann wäre das Leben beinahe wie im Fernsehen, nehme ich an.»

Crump schwieg einen Augenblick; dann sagte er: «Sieht so aus, als müßte ich selber hinfahren und mit der alten Kuh reden», sagte er böse.

«Dann lassen Sie sich ja nicht von ihr treten», sagte Leonard, aber Amos hörte ihn nicht mehr, er hatte schon aufgelegt. Langsam legte auch Leonard den Hörer auf. Er wußte, er hatte keinen guten Eindruck gemacht. Bestimmt war Crump enttäuscht von ihm – sehr enttäuscht sogar.

«Was für ein Geburtstagsgeschenk! Das weiche schwarze Leder, das ich so liebe, weil es im Kerzenlicht so wunderbar schimmert. Und die großen Goldbuchstaben: TAGEBUCH. Und die steife weiße Karte mit dem Büttenrand: Für unseren lieben Lazarus von *– und dann die Unterschriften, alle in großer kühner Schrift –* John Martin, Elizabeth Martin, Corinda Martin, Letitia Martin. *«Das ist doch viel zu groß für mich», sagte ich halb scherzend und legte dem Pfarrer meinen Arm um die Schulter. Mir war das Weinen näher als das Lachen, die Güte meiner alten Freunde hatte mich tief gerührt. Am Vorabend meines Geburtstags hatten sie mich auch noch ins Pfarrhaus geladen und mir das Tagebuch überreicht. Zum Essen gab es ein Hühnchen und dazu Portwein, mehr als ein armer Schulmeister vertragen kann. Lettie trug ein Gedicht vor, ganz wunderschön, und*

Miss Corinda sang sehr hübsch ein schottisches Lied von einer roten, roten Rose. Von Burns sicher, alle schottischen Lieder sind von Burns.

Auf dem Heimweg funkelten und tanzten die Sterne um mich her. Das Tagebuch hielt ich an mein Herz gedrückt und dachte: Wenn ich wieder zu euch aufblicke, ihr ewigen Sterne, dann bin ich ein Mann von sechsundzwanzig Jahren. Und ich *bin nicht ewig.»*

«Und ich bin nicht ewig», murmelte Leonard vor sich hin und klappte das Tagebuch zu. «Das kannst du wohl sagen, lieber Lazarus.» Er war glücklich. Wenn sein viktorianischer Freund so fortfuhr, dann war die Biographie bereits geschrieben. Er sehnte sich danach, weiterzulesen; aber Jane rief gerade zum Abendessen.

Jane betrachtete den Abendbrottisch mit gemischten Gefühlen.

Es war herrlich gewesen, mal ein paar Tage rauszukommen. Sie warf einen Blick auf die Uhr. Ja, jetzt gingen sie im Hotel gerade zum Dinner. Sie sah im Geist die Kellner herbeieilen, um den Stuhl zu halten, sah sie mit Schwung die große Speisekarte überreichen ...

Immerhin: Hier gab es keine Antoinette, die sie zum Aschenputtel machte. Hier war sie Königin. Und doch – die Art, wie die Masters sich kleideten, ihre selbstverständliche Überlegenheit, ihr anspruchsvoller Wagen – all das hatte Jane einen Blick in ein anderes, reicheres Leben tun lassen. Sie beneidete sie nicht. Sie wollte nicht mit ihnen tauschen. Sie war vollkommen glücklich in ihrer kleinen Welt. Es war nur – na ja, interessant gewesen zu sehen, wie andere Leute lebten. Natürlich wäre es schön, wenn Leonard nur ein klein wenig mehr

Ehrgeiz besäße. Aber das hatte er nicht, und damit mußte man sich abfinden. Wenn man Leonard ein Buch und eine Pfeife gab, ihm regelmäßige Mahlzeiten vorsetzte und ihn spazierengehen ließ, dann war das für ihn der Himmel – ein stiller kleiner Himmel. Und sie hatte genügend Grund, dafür dankbar zu sein, jedenfalls meistens.

Sie lächelte ihm zu und fühlte, wie die vertraute Umgebung ihre angespannten Muskeln und ihre flatternden Nerven beruhigte. Ja: die Sache mit Nicholas und die Sache mit dem Masterschen Wagen, das brauchte seine Zeit. Aber ihr Zuhause mit der warmen vertrauten Küche war die beste Therapie, die sich denken ließ.

Sie fuhr hoch, als das Telefon klingelte. Es würde lange dauern, bis das Klingeln des Telefons sie nicht mehr aufschreckte. «Ich geh ran!» sagte Kate. Wie der Blitz verschwand der blonde Kopf in der Diele. «Hier Kate Instone.»

«Hallo, Kate. Hier ist Barbara Masters. Mein Vater möchte deinen Vater gern sprechen, aber ich hab ihm gesagt, ich würde schon die Nummer wählen, weil ich fragen wollte, wie es Nicholas geht.»

«Prima. Er ist wieder ganz obenauf.»

«Fein.» Barbara schien nicht so begeistert zu sein von der guten Nachricht, wie sie es hätte sein sollen. «Er ist wohl nicht gerade in der Nähe, daß ich ihn kurz sprechen könnte?»

«Nein.» Kate war von Natur aus wahrheitsliebend, konnte aber auch mühelos faustdicke Lügen vorbringen, wenn es ihr in den Kram paßte. «Wenn er verreist war, macht er immer erst mal eine Inspektionstour durch seinen Fan-Club. Da wird er jetzt wohl auch sein.»

«Fan-Club?»

«Seine vielen Freundinnen. Soll ich Daddy jetzt rufen?»

«Ja, bitte», sagte Barbara, und Kate fand, daß es etwas kleinlaut klang.

«Ich bin mit Crump zum Essen verabredet», sagte Clive Masters. «Wegen dieser Sache mit Pike. Er wird sicher was über Lottie Pike hören wollen. Sie haben wohl nichts aus ihr herausgekriegt, ich meine, Papiere oder so was?»

«Doch, die Gedichte», sagte Leonard, «aber das habe ich ihm schon gesagt. Er rief an, als ich gerade nach Hause kam. Wissen Sie, mir wäre es lieb, wenn Sie beide mich da ganz herausließen.»

«Woran uns liegt, ist vor allem ein Tagebuch. Damals, in der Zeit von Königin Viktoria, schrieb doch jeder Tagebuch.»

«Ja, ich weiß. Übrigens hat er sie nicht umgebracht.»

«Er hat sie nicht umgebracht? Na, macht nichts. Keiner kann uns widerlegen, wenn wir behaupten, er hätte es getan. *Nil desperandum*. Ich werde irgendwann mal rauffahren und selber mit der Nichte reden. Ach ja, Ann möchte wissen, wie es dem jungen *Oxo* geht.»

«Ausgezeichnet. Und Ihrer Tochter?»

«Ebenfalls. Ich wollte, ich könnte das auch von meinem Wagen sagen. Aber immerhin ist es wohl besser, daß es den Wagen getroffen hat als Barbara», sagte er nicht sehr überzeugt.

«Das meine ich auch», sagte Leonard. «Obwohl mir das natürlich auch sehr leid tut.» Er legte den Hörer auf und kam zurück ins Eßzimmer. «Mrs. Masters hat nach dir gefragt», sagte er zu Nicholas. «Die Tochter ist anscheinend wieder in Ordnung.»

Nicholas wurde flammend rot und blickte enttäuscht vor sich hin. Wäre *er* statt Kate ans Telefon gegangen, hätte er vielleicht ein paar Worte mit Mrs. Masters sprechen können ...

Amos Crump war ungewöhnlich verärgert.

Da hatte ihm nun der Himmel sieben leidlich gute Romane geschickt, deren Autor nicht mehr in der Lage war, Tantiemen zu verlangen, sich über Streichungen und Änderungen aufzuregen oder die vom Verleger vorgeschlagenen Buchumschläge abzulehnen! Ein idealer Autor also. Und nicht nur das: Er hatte in einer Umgebung gelebt und sein Leben beendet, die mindestens so dramatisch war wie die Umgebung der Brontës. Aber mitten in dem Bild blieb ein Vakuum, ein leerer Fleck. Die Bücher waren da, das Milieu war da. Von Pikes Geist war hier in London nichts zu spüren, und wenn er in Ill Boding zu finden war, dann hatte der dämliche Instone ihn jedenfalls nicht angetroffen. Wie immer war Amos überzeugt: Wenn man nicht alles selber tat, klappte es nicht. Es half nichts, er mußte sich selber in Derbyshire umsehen.

Also machte sich Amos Crump, der doch in London so unentbehrlich war, erneut auf die Reise. Er wollte zweierlei: erstens den Mann ausfindig machen oder notfalls selber erschaffen, der die Bücher geschrieben hatte, und zweitens an Ort und Stelle feststellen, wie man aus Ill Boding einen touristischen Wallfahrtsort machen konnte, falls es ihm, Crump, mit Hilfe von Clive Masters und den Medien gelang, den üblen und zweifellos perversen Mörder Lazarus Pike wieder zum Leben zu erwecken. Ill Boding war ganz und gar nicht der Ort, der einen großen (wenn auch vergessenen)

Dichter hervorgebracht haben konnte. Und seine Aufgabe war es jetzt, den Ort noch schrecklicher zu machen und ihm zugleich den Stempel der Persönlichkeit des Dichters aufzudrücken.

Mit diesem Ziel vor Augen ging er in die Kirche. Das Ostfenster, entschied er, war zu groß und zu farbig; vielleicht setzte man hier besser normale Glasscheiben ein. Er hatte das deutliche Gefühl, daß er von dem Pfarrer nicht viel Hilfe zu erwarten hatte. Aber er kannte mehrere Bischöfe, auf die er sich verlassen konnte, wenn es um progressives Denken ging. Der jetzige Pfründeninhaber würde bald merken, wes Lied zu singen sich lohnte.

Und natürlich mußten sie ein großes Haus kaufen, sobald eins zu haben war, und behaupten, es sei Pikes Haus gewesen. Cranberry Cottage war viel zu klein für die Mengen der Pilger und Touristen, die Crump im Geiste vor sich sah. *Das alte Schulhaus von Boding*, so könnte man es nennen. Ein paar alte Möbel mußten her ... ein bißchen weiblicher Schnickschnack auf den Frisiertisch ... Eigentlich war Corinda ein Geschenk des Himmels, fand er. Ganz gleich, wie sie in ihrem kurzen Erdendasein gewesen sein mochte – in der Reinkarnation müßte sie jedenfalls ein schmales süßes Ding sein, weich und sexy, aber natürlich in der zurückhaltenden, erregenden, viktorianischen Art. Zu Pike paßten Tabaksbeutel, Brille, Stock und Schirm. Und diese Nichte Lottie, die müßte vorn an der Tür Tickets und Postkarten verkaufen und dabei ein paar passende – oder besser unpassende – Anekdoten von Onkel Lazarus erzählen. Den Stoff konnte Masters ihr liefern.

Und in der *Stillen Frau*? Da wäre natürlich noch Pikes Bierkrug zu besichtigen, klar, und der Tisch, an dem er immer gesessen hatte, weil er von dort aus der Schankkellnerin in den Ausschnitt sehen konnte. «Solche Aussichten hatte Onkel Laz besonders gern.»

Und das Geld für all das? Hatte es Zweck, sich an das Amt für Denkmalschutz zu wenden? Nein, die waren zu etepetete. Aber Crump hatte nichts dagegen, die Sache erst mal selber zu finanzieren. Er würde es bald wieder heraushaben, das Geld – durch Sondertantiemen, Eintrittsgelder, eine Sammlung in der Kirche, durch ‹Die Freunde von Boding›, durch Provisionen von seinem Vetter, dem Reiseleiter, und vor allem durch Mitgliederbeiträge der Pike-Gesellschaft, deren Vorsitzender Amos Crump sein würde.

Es nieselte, als er die einzige Straße von Ill Boding entlangging. Es war ein verhangener Märzabend, die Wolken hingen so tief, daß sie fast an die Schornsteine stießen. Normalerweise hätte er das alles gehaßt, aber heute abend fühlte er sich beschwingt, euphorisch. Nach einiger Zeit kehrte er um und suchte Lottie Pike auf.

Miß Pike saß vor dem Fernsehschirm. Es lief gerade *Coronation Street*. Sie gab sich keine Mühe, ihren Unmut zu verbergen, als Amos kam, und bat ihn nicht einmal ins Haus.

«Onkel Laz?» fragte sie. «Nein, tut mir leid. Gestern war auch schon einer hier und hat nach ihm gefragt. Versteh gar nicht, was das soll, das Gefrage. Guten Abend.»

«Ja, aber –» setzte Crump an. Die Tür schlug zu.

Der eisige Wind trieb ihm die Tränen in die Augen, riß an seinem Bart und weckte sein Magengeschwür. Crump suchte Trost in der *Stillen Frau*.

Aber den fand er dort auch nicht. Die *Stille Frau* hatte

offenbar keine Ahnung, was Trost bedeutete. Lange Holzbänke, lange Holztische, zwei trübselige Klümpchen Kohle im Kamin, das war alles. Und das Ganze in einem grauen Braun, das an manchen Stellen unter dem Einfluß von Händen, Jacken und Hosenböden in ein fast schwarzes Braun überging. Das einzige Stück Inventar aus der Zeit *nach* 1910 war ein ungewöhnlich häßlicher Art-Deco-Lampenschirm. So, wie die *Stille Frau* jetzt aussah, war sie keine Attraktion für Touristen. Da gab es andere Sehenswürdigkeiten in der Gegend. Vielleicht konnte man eine Brauerei dazu bewegen, den Raum mit ein paar Messingkrügen und rosa Seidenschirmen ein bißchen aufzufrischen, überlegte er. Versuchen wollte er es.

«Guten Abend», sagte er so wohlwollend-freundlich, wie es ihm möglich war.

Die Antwort war ein nasales Grunzen der anwesenden Gäste. Amos nahm es für die ortsübliche Version für ‹Guten Abend›. Er bekam sein Bier und setzte sich.

Kein bemützter Kopf hatte sich zu ihm umgewandt, kein Dominospiel war auch nur für einen Augenblick unterbrochen worden. Trotzdem spürte Crump, daß einige der Knopfaugen ihn gestreift, abgeschätzt und vermutlich zu leicht befunden hatten. Die ganze Mannschaft schien gespannt dazusitzen und auf seinen nächsten Schritt zu warten, wie eine Herde Rindviecher, wenn ein Hund zu ihnen aufs Feld galoppiert. Er hob seinen Bierkrug und sagte laut: «Prost!»

Ein zögerndes Brummen antwortete ihm, das er für die lokale Abart von ‹Prost› nahm. Einige Bierkrüge wurden sogar ein paar Zentimeter vom Tisch erhoben. Amos faßte Mut und beschloß, ohne Umschweife zur Sache zu kommen. «Kann mir jemand was über Lazarus Pike erzählen, der hier 1899 gestorben ist?» fragte er.

Hätte er auf serbokroatisch gefragt, sie hätten nicht verständnisloser reagieren können. Schweigen. Die Dominosteine hörten auf zu klappern. Dann sagte eine mürrische Stimme: «Der war hier Schullehrer.»

Damit war der Höflichkeit Genüge getan. Alle schienen erleichtert. Die Dominosteine erwachten wieder zum Leben.

«Ja, das weiß ich», sagte Crump. «Aber ich meine, was war er für ein Mann?»

Tiefes Nachdenken. «Er war schon recht», sagte einer.

Allgemeine Zustimmung. «Ja, das stimmt. Der war schon recht, Laz Pike.»

Amos war enttäuscht. Woher sollte er auch wissen, daß die Aussage ‹Er war schon recht, Laz Pike› für die Leute im Dorf das höchste Lob war, das sie einem Menschen zollen konnten? Keiner von ihren Idolen, wie etwa Stuart Moss oder Lester Piggott, brachte es auf mehr als auf ein ‹schon recht›, denn mehr gab es einfach nicht.

Aber so leicht wollte Amos nicht aufgeben. «Ich habe gehört, daß er seine Frau umgebracht haben soll», sagte er zögernd.

Die Männer schwiegen. Stumm starrten sie auf die Dominosteine, auf die Bierkrüge, auf ihre schwieligen Hände – nur nicht zu Crump hinüber.

«Stimmt das?» drängte er.

«Joa», kam eine langsame Stimme.

Crump glich jetzt einem Greyhound am Start. «Aber Sie sagten doch, er war schon recht?»

«Ja, war er auch», sagte einer bestimmt.

Das mußte er genauer wissen. «Sie haben also nichts einzuwenden gegen einen Mord?» fragte er.

Längeres Brüten. Dann sagte einer: «Sie hat selber Schuld gehabt.»

«Wieso?» fragte Crump scharf.

«'ne Liebschaft.»

«Mit wem?»

«'nem anderen Schullehrer.»

«Und Sie meinen wirklich, daß sie umgebracht wurde?» fragte Crump gespannt.

«Joa.» Diesmal kam es im Chor. Und im Chor leerten sie gleich darauf die Gläser, setzten die Mützen fester auf den Kopf, kreuzten die Schals über der Brust und stapften zur Tür. Er hatte noch so viel fragen wollen, aber plötzlich fand er sich allein mit der Wirtin.

«Wissen *Sie* vielleicht etwas über diesen Pike?» fragte er sie.

«Mich brauchen Sie nicht zu fragen. Wir sind erst seit einem Monat hier.»

«So? Wo kommen Sie denn her?»

«Newcastle.»

«Na sowas.» Er betrachtete den Raum. «Ziemlich öde hier, was?»

«Die mögen das hier so. Als wir herkamen, mein Mann und ich, da haben wir es hier mit Plastikrosen auf der Theke versucht. Sah hübsch aus. Aber das wollten die nicht. Wir wollten es ein bißchen nett machen und haben allerhand Geld reingesteckt, war aber ganz umsonst.»

«Nein!»

«Doch, ich sag's Ihnen. Sie haben gesagt, sie kommen nicht wieder. Und das nahm ich ihnen ab.»

Amos wurde immer bedrückter. «Wann schließen Sie denn abends?»

«Halb elf.»

Er blickte auf den Wecker, der auf dem Schanktisch stand. «Es ist aber erst Viertel vor zehn.»

«Ja.»

«Und kein Mensch ist hier.»

«Ja.»

Crump kam eine Idee. Es mußte noch andere Skelette in Pikes Schrank geben. Bestimmt, da war noch mehr zu verbergen. Und um nicht mit einem Fremden darüber reden zu müssen, hatten die Einheimischen das Feld fast eine Stunde früher geräumt als sonst. Er hatte in spanischen Dörfern von solcher Loyalität gehört; vermutlich war es in bäuerlichen Gegenden überall in der Welt so. «Hoffentlich habe ich sie nicht vertrieben», sagte er scheinheilig.

«Sie doch nicht. Es ist jeden Samstag so. Um Viertel vor zehn rennen sie alle weg – wie eine Herde Büffel.»

«Warum denn?»

«Wegen Fußball der Woche, im Fernsehen.»

Abgekühlt an Körper und Geist verließ Crump das Lokal. Er rief Instone an.

«Ich hab was Neues für Sie, Instone. Pike hat seine Frau doch umgebracht.»

«Nein, das hat er nicht, Mr. Crump. Seine Nichte hat es mir gesagt.»

«Seine Nichte kann mich mal. Ich hab mich in Boding nach ihm erkundigt.»

«Hören Sie zu, Mr. Crump», protestierte Leonard. «Glauben Sie mir, er war ein herzensguter Mann. Nie hätte er –»

«Woher wollen Sie das wissen?» unterbrach Crump ihn scharf.

«Ich habe seine Gedichte gelesen, die er nach ihrem

Tode geschrieben hat. Sie sind düster und trostlos. Für ihn starb die Welt, als sie starb. Das kann man deutlich daraus ersehen.»

«Und ich sage Ihnen, er hat sie umgebracht», entgegnete Crump gereizt. «Sie hat nämlich eine Liebschaft gehabt. Sind Sie jetzt zufrieden?»

«Nein, das bin ich nicht, Mr. Crump.»

Crump knallte den Hörer auf. Er hatte es ja immer gesagt: Dieser Instone war eine völlige Null.

9

Leonard Instone liebte den Februar. Es war ein Monat für Einzelgänger. Er saß gern an den dunklen Abenden oben in seinem Arbeitszimmer, schrieb seine Buchkritiken, dachte über die *Gedichte an Corinda* nach und entzifferte Blatt für Blatt und Tag für Tag die vergilbten bekritzelten Seiten des Tagebuchs. Langsam nahmen der Schreiber und seine Zeit Gestalt für ihn an.

Schon die Eintragung des ersten Tages zeichnete ein lebhaftes Bild von Lazarus Pike: humorvoll, gefühlsbetont, überaus empfänglich für Zuneigung und Freundlichkeit, er war ein Mensch, der sich immer wieder freute über die veränderliche Schönheit seiner ländlichen Umgebung.

Das Leben war geruhsam gewesen in jenen fernen Tagen. Schulferien, Namenstage, Jahreszeiten; Schneeglöckchen, Maiblumen, Rosen, herbstliche Buchenholzfeuer, Saat und Ernte, Zeugung, Geburt und Tod, das waren die Maßeinheiten der Jahre, das, und das Tikken der Uhr, das Glockengeläut und der Gang der Sonne.

Und ebenso langsam kam die reizende Pfarrerstochter mehr und mehr ins Bild. Aus Miss Corinda, die ein schottisches Lied sang, wurde Miss Corinda, die auf dem Eis Schlittschuh lief, dann Corinda, die ihm bei der Suppenausgabe an die Armen half; Corry, die an einem warmen Sommerabend seine Hand nahm, um über ein paar Steine zu klettern; Corry, die glücklich lachend einer Vorstellung der Laterna magica zusah, während – o Wunder – im Dunkeln ihre Hand in seiner lag.

Endlich kam die Hochzeit.

«Meine geliebte Corinda und ich wurden gestern getraut. Wie teuer ist mir die ganze Familie Martin! Stets haben sie mich wie einen Sohn behandelt, und nun schenkten sie mir die geliebte ältere Tochter. (Ihr Vater hat uns getraut, und so sind wir nun auf ganz besondere Weise verheiratet!) Im Pfarrhaus war ein großes Abendessen vorbereitet. Danach endlich brachte ich meine Corry heim ins Schulhaus. Noch hing die Wärme des Sommerabends über dem staubigen Weg, Sonne und Mond standen gemeinsam am Himmel und sahen uns auf dem Heimweg zu (ein gutes und seltenes Omen, sagt Corinda), die Kinder umtanzten uns mit Ketten aus Tausendschön und Girlanden, alle sangen und jubelten, als ich meine junge Braut über die Schwelle trug und die Tür verschloß vor der Außenwelt.

Trotz des herrlichen Festessens tranken wir noch ein wenig Wein und aßen ein paar Kekse; wir hatten das Gefühl, ein Abendmahl zu uns zu nehmen. Dann gingen wir nach oben, wo die letzten Strahlen der Abendsonne im Zimmer lagen. Wir waren sehr scheu, alle beide, aber erfüllt von Liebe und Zärtlichkeit, während die Sonne sank und Schatten das Zimmer zu verdunkeln begannen und die ersten Sterne am Himmel erschienen.

Ich habe zu meiner Zeit viele Dinge geliebt, weil sie schön waren. Doch so wahr mir Gott helfe: Bis gestern abend habe ich nicht gewußt, wie wunderbar, wie herrlich schön der weiße Leib einer Frau ist.»

Das bekommt Crump nicht in seine schmierigen Pfoten, schwor sich Leonard. Lieber verbrenne ich es.

Dann kam ihm eine Idee, und er sprang hoch. Dieser Lazarus Pike hat sein Leben so beschrieben, wie nur er es konnte, dachte er, unendlich viel besser, als es mir je gelingen würde. Biographie? Keine Rede – ich gebe das Tagebuch heraus!

Für Jane Instone war der Februar kein guter Monat. Sie war eine Frau, die Sonne und Wärme liebte, die sich nach Farben und Geselligkeit sehnte. Sicher, sie hatte sich gefreut, als sie nach der Hochzeit wieder nach Hause kamen, aber schon nach wenigen dunklen kalten Tagen, an denen Leonard tagsüber in der Bank und abends in seinem Arbeitszimmer saß, wurde sie mißmutig. Immer wieder gingen ihre Gedanken zurück zu der behaglichen Atmosphäre des *Royal George*. Wenn Clive Masters auf dem Bildschirm erschien, fiel ihr Antoinettes Pelzmantel ein, und sie überlegte, was die Französin wohl gerade machte. Bestimmt saß sie nicht vor dem Fernseher ...

Sie wurde immer verschlossener, wenn Leonard abends herunterkam, um eine Tasse Ovaltine, seinen Schlaftrunk, zu trinken. Wäre er nicht so in Pike und seine Zeit vertieft gewesen, hätte er es vielleicht bemerkt. Wahrscheinlich wäre ihm sogar eingefallen, daß er sich seiner Frau etwas mehr widmen, ein wenig mehr Rücksicht auf sie nehmen wollte. Doch sobald er die Bank verließ, war er im neunzehnten Jahrhundert, und das, was er als das billige marktschreierische zwanzigste Jahrhundert ansah, begann ihn immer weniger zu interessieren.

Eines Abends hörte er Jane von unten im Befehlston nach sich rufen.

Er lief hinunter. Jane saß im Sessel, einen Reiseprospekt auf den Knien, mit funkelnden Augen. Sie war ganz offensichtlich im Stadium eines Kessels kurz vor dem Kochen. «Setz dich!» sagte sie. «Ich will mit dir reden.»

Er setzte sich und sah sie beunruhigt an. «Ich habe eben mit Pamela telefoniert», sagte sie.

Sein Herz sank noch weiter. Pamela Morris, die Frau eines seiner Kollegen, verband eine atemberaubende Unschuld mit dem Zerstörungspotential einer Bombe. Er wartete.

«Du hast mir noch gar nichts davon gesagt, daß du deine Ferien auf Anfang Mai und Mitte Oktober festlegen mußtest.»

«Ach ja», sagte er lahm.

«Und was dachtest du, wo wir hinfahren?»

Er hatte gar nichts gedacht. Im Mai vielleicht im Lake District zelten und im Oktober oben den Flur neu tapezieren. So etwa.

Jane pochte mit dem Finger auf den Prospekt und sagte: «Ich will auf die griechischen Inseln. Seit Jahren habe ich dir das gesagt. Diesmal fahren wir, sonst ...»

«Ich dachte, zelten macht dir Spaß», sagte er klagend.

Sie saß hoch aufgerichtet da und starrte ihn an. «Pamela und Ted fahren nach Mexiko», sagte sie.

«Ja, aber er verdient auch mehr als ich, Jane.»

Sie schwieg einen Augenblick. Dann sagte sie: «Er ist jünger als du, nicht wahr?»

«Ich ... ja, ich glaube schon.»

«Und er ist forsch und laut und ordinär und nicht sehr intelligent. Und du, mein Junge, bist hundertmal mehr wert.»

«Die Bank scheint das nicht zu finden.»

«Weil du es selber nicht findest.» Sie holte tief Luft. «Leonard!»

Das war ein Schlachtruf. Er sah sie erschrocken an.

«Ich möchte, daß du zu Mr. Revill gehst und ihm klarmachst, daß es höchste Zeit für eine Beförderung ist. Erinnere ihn daran, daß du keine Rechenmaschine bist, sondern ein Mensch, und daß du eine Frau hast, die in ihrem Alter wohl etwas mehr erwarten kann als zelten im Regen.»

«Ich glaube nicht, daß er darauf hören würde», entgegnete Leonard. «Und selbst wenn – dann müßten wir umziehen.»

«Dann müssen wir eben umziehen! Danby ist nicht gerade der Garten Eden.»

Jetzt packte ihn wirklich die Angst. Erst vor wenigen Tagen hatte er das gleiche gedacht, und ein paar Minuten lang war ihm die Aussicht verführerisch erschienen. Aber nur in der Theorie, das sah er jetzt. Bei dem Gedanken, daß er tatsächlich Schritte unternehmen sollte, brach ihm der kalte Schweiß aus.

Da kam ihm eine rettende Idee: «Wir müßten Kate aus der Schule nehmen, und ich weiß wirklich nicht –»

«Wir haben jahrelang zelten müssen, um Nickys Schulgelder aufzubringen», sagte Jane. «Wenn ich noch mal ein Zelt sehe, schreie ich. Und ich hab nicht vor, mich wegen Kates Schulbildung in Danby zu vergraben, bis ich zu alt bin, um hier wegzukommen.»

«Tut mir leid, Jane», sagte er. «Aber im jetzigen Stadium möchte ich einen Schulwechsel für Kate nicht riskieren.»

Sie sah ihn zornig an. Liebe Zeit, dachte sie, er zeigt die Zähne. Sie sah die funkelnden Brillengläser, die zusammengepreßten Lippen, die weißen Finger, die die Sessellehne umklammerten. Irgendwie habe ich es falsch angefangen, dachte sie. Es ist so leicht, mit Leonard fertig zu werden – man muß nur die Karten richtig ausspielen. Heute abend hatte sie sie offenbar falsch ausgespielt.

Ohne viel Hoffnung schaltete sie um und redete weiter. «Lieber, es war so wundervoll, die paar Tage im *Royal George*. Trotz all der Aufregungen. Es war eine andere Welt. Und ich sehne mich so nach Wärme und Sonne.»

Er ging zu ihr, setzte sich auf ihre Sessellehne und legte ihr die Hand auf die Schulter. Ihm fielen all die guten Vorsätze wieder ein, die er nach der Unterhaltung mit Antoinette Masters gefaßt hatte. Arme Jane. Er hatte kaum noch daran gedacht. Er schluckte und fragte: «Was würde es denn kosten – die griechischen Inseln?»

Sie nannte den Preis. Es war wie ein Schlag mit dem Sandsack, aber er zeigte es nicht. «Na schön», sagte er. «Wir werden sehen, was sich tun läßt.»

«Ja?» Voller Freude hob sie den Kopf und küßte ihn. «Und du wirst mal mit Revill sprechen?»

«Nein», sagte er und ging zu seinem Sessel zurück. «Den Schulwechsel für Kate riskiere ich nicht.» Aber er wußte, daß ihn noch etwas anderes davon zurückhielt: Eine tiefe selbstsüchtige Angst, die er weder Jane noch sich selber eingestehen konnte.

In Janes Freude über ihren Griechenlandsieg floß ein ganzer Bach von Wermutstropfen angesichts der Tatsache, daß sie sich auf einem anderen Gebiet nicht durchgesetzt hatte. Am nächsten Tag zur Teezeit wollte sie gerade den Angriff erneuern, als Kate nach Hause kam, und zwar anders als sonst.

Gewöhnlich sang und schwatzte sie beim Nachhausekommen, warf ihren Hut wie eine Wurfscheibe auf den Garderobenständer, ließ die schwere Schulmappe fallen wie einen Kartoffelsack, küßte ihre Mutter und umarmte stürmisch ihren Vater. Heute kam sie still und ernst ins Zimmer, als trüge sie eine schwere Last auf den Schultern. «Ich hab einen Brief bekommen», sagte sie.

«Wo ist er? Und von wem?» fragte Jane.

Kate wühlte in ihrer Schulmappe und brachte Hefte, ein Algebrabuch, ein Lineal, einen Atlas und ein französisches Lehrbuch zutage. «Irgendwo hatte ich ihn. Und ich glaube nicht – ach, da ist er ja. Nein, das ist er nicht. Also ich glaube nicht, daß es was Schlimmes ist. Ich meine, ich habe nichts angestellt, jedenfalls nicht mehr als sonst. Hallo, da ist er ja.» Sie gab den Brief ihrem Vater.

Leonard zog sein Taschenmesser heraus, klappte die Klinge heraus und schnitt den Umschlag auf. Er konnte es nicht leiden, wenn jemand den Finger in den Umschlag steckte und ihn aufriß. «Na mach schon, Daddy», sagte Kate.

Er las den Brief. «Ist es was Schlimmes?» fragte Kate. Ihre Stimme klang beunruhigt, als sei ihr jetzt doch einiges eingefallen.

«Es ist ... es ist überhaupt nichts Schlimmes.» Leonards Stimme klang belegt. Er reichte Jane den Brief, nahm die Brille ab und putzte energisch die Gläser.

Jane las den Brief schweigend. Und noch während des Lesens sah sie die griechischen Inseln am Horizont verschwinden. Sie war selber entsetzt ob dieser egoistischen Reaktion, aber dann lächelte sie, breitete glücklich die Arme aus und hörte sich sagen: «Darling, sie haben dich angenommen. An der Oberschule von St. Winifred.»

Kate schien die ausgestreckten Arme gar nicht zu sehen. Sie blieb stehen und fragte ängstlich: «Und was wird das kosten?»

«Das hat damit nichts zu tun», sagte Leonard mit unsicherer Stimme. Er stand auf, ging zu ihr und drückte sie fest an sich. «Es ist – großartig. Sie haben Hunderte von Bewerbern.

«Fein. Ich möchte nur nicht, daß du und Mummy ... daß ihr auf irgendwas verzichten müßt, bloß weil ...»

«Du Schäfchen», sagte er zärtlich und fuhr ihr durchs Haar. «Wir haben ja nicht mal gewußt, daß du dich für die Prüfung gemeldet hattest.»

«Nein?» sagte Kate. Sie war noch immer der Meinung, Eltern wüßten alles, auch wenn man ihnen nichts sagte.

«Nein, wir wußten es nicht», sagte Jane. «Du hast wohl geglaubt, du bekämst Prügel, wenn du die Prüfung nicht bestehst, was?»

«Ja, so ähnlich», sagte Kate fröhlich.

«Schaf.» Doch dann wurde Jane weich. «Was hättest du denn jetzt gern Besonderes zum Tee?»

«Toast mit weißen Bohnen, aber nur wenn es nicht zu teuer ist. Ich meine, wenn ihr jetzt gleich mit Sparen anfangen müßt ...»

Sie bekam ihre Festmahlzeit, und es war herrlich: die kleinen heißen Bohnen auf dem Nest aus Toast und Butter; das Glas Milch, köstlich und kalt aus dem Kühlschrank; aber vor allem Mummy, von der sie wie eine Prinzessin behandelt wurde, und Daddy, der in seinem

Sessel saß und sie mit großen Augen liebevoll lächelnd ansah, so als seien ihr plötzlich Flügel gewachsen.

Aber als sie dann nach oben gegangen war, um Schularbeiten zu machen, sahen Jane und Leonard einander an und lächelten nicht mehr. Lange schwiegen sie. Dann sagte Jane mit leicht bebender Stimme:

«Da sind wir also wieder bei den Cat Bells im Lake District.»

Leonards Blick war traurig, als er sagte: «Vielleicht wird es nicht mal dafür reichen. Aber ... du bist doch einverstanden?»

«Aber natürlich, Leonard. Das muß sein. Wir können ihr das nicht wegnehmen. Nur ... wir werden uns mächtig einschränken müssen.»

«Ja. Die Schulgelder sind erst der Anfang. Nun, wir sind ja lange ohne Wagen ausgekommen, das können wir jetzt auch wieder tun.» Er schwieg. Dann: «Es tut mir so leid mit Griechenland, Jane.»

Sie lächelte fröhlich, fast etwas zu fröhlich. «Damit haben wir schon mehr als das erste Semester gedeckt», sagte sie.

Zum erstenmal in seinem Leben lag Leonard wach bis zum Morgengrauen. Er wußte nicht weiter. Er mußte Schulgeld für Kate beschaffen, das war keine Frage. Aber wie? Gerade jetzt, wo er Jane das Leben ein bißchen verschönern wollte, weil sie es wirklich verdiente! Wo sie sich Ferien in der Sonne gewünscht und er sie ihr versprochen hatte! Gepeinigt von Schuld, von Furcht vor der Zukunft, von Selbstverachtung lag er da. Clive Masters wüßte bestimmt mit dieser Situation – und mit jeder anderen – fertig zu werden. Er, Leonard Instone, wurde nie mit einer Situation fertig.

Arme Jane. Sie war ein guter Kerl, auch wenn sie manchmal schimpfte. Ohne ein Wort des Selbstmitleids hatte sie den Griechenlandplan aufgegeben. Sie hatte einen besseren Mann verdient. Und dann fing er an zu rechnen: Gehalt minus Lebenshaltungskosten, minus wachsende Rechnungen, minus dies und das und jenes. Wie immer er es drehte, es blieb ein Minus. Er befand sich in einer Situation, die er gründlich haßte: Er war gezwungen, etwas zu unternehmen.

Zwei Tage später telefonierte ein Bankmanager mit einem Mann von der Personalabteilung. «... und noch etwas, was ich nie für möglich gehalten hätte: Instone war bei mir und sagte, er möchte befördert werden.»

«Na so was.»

«Er möchte gern in eine ländliche Filiale versetzt werden. Irgendwo im Norden, wenn das ginge.»

«Was halten Sie denn von ihm?»

«Ach, er ist ein guter Mann, obgleich ich glaube, er hat bis heute nicht begriffen, worum es im Bankwesen geht. Keinerlei Selbstvertrauen, aber äußerst gewissenhaft. Hoffentlich können Sie was für ihn tun.»

«Hm. Warum will er denn plötzlich höher hinaus?»

«Ach, das will er, glaube ich, gar nicht mal. Das Hauptproblem für ihn ist offenbar das Schulgeld für seine Tochter.»

«Aha. Ja, ich hatte den gleichen Eindruck von ihm. Schicken Sie ihn her, wir sehen ihn uns mal an.»

Der Mann in der Personalabteilung, er hieß Hawthorn, warf einen Blick auf das Schriftstück auf seinem Schreibtisch. «Sie möchten also in eine ländliche Filiale versetzt werden, Mr. Instone?»

Leonard schluckte und nickte stumm.

Hawthorn lächelte. «Sie interessieren sich für die landwirtschaftlichen Probleme des Bankwesens?»

Leonard überlegte. «Nein, eigentlich nicht», sagte er.

«Warum möchten Sie dann ...»

«Ich bin gern auf dem Lande.»

Mr. Hawthorn betrachtete ihn und seufzte. «Aha.» Dann fuhr er fort: «In Shepherd's Delight wird eine Stelle frei für den zweiten Mann. Leider nichts Großartiges, die Filiale hat nur drei Leute. Aber wenn der Manager abwesend ist, würden Sie die Leitung übernehmen.»

«Und wenn der dritte Mann abwesend ist, würde ich den Tee machen.»

«Ja», sagte Mr. Hawthorn leicht beschämt.

«Oh, das macht nichts.» Leonard fand die Vorstellung ganz behaglich. «Ich bin nicht stolz», sagte er mit bescheidenem Lächeln. Irgendwie rührend, dachte Hawthorn. Er erhob sich und sagte: «Gut. Dann sind Sie also einverstanden?»

«Ja. Und ich danke Ihnen. Ich danke Ihnen sehr.»

Leonard war schon halb zu Hause, als ihm einfiel, daß er überhaupt nicht nach dem Gehalt gefragt hatte.

Und das war natürlich das erste, wonach Jane ihn fragte.

«Das ... steht noch nicht fest», sagte Leonard.

«Na, ich hoffe, es reicht für dein Fahrgeld oder den Umzug.» Janes Stimme war merkwürdig sanft. Sie beobachtete ihren Mann und sah, wie bei ihm die Groschen fielen, einer nach dem anderen. Fahrgeld? Umzug? An diese beiden Posten hatte er überhaupt nicht gedacht, das sah sie sofort. «O Leonard, du bist schon ein Dummer», sagte sie müde.

Er dachte darüber nach. Hatte sie recht, war er dumm? Fairerweise mußte er die Möglichkeit zugeben. «Ja, sehr praktisch bin ich wohl nicht», sagte er kleinlaut.

Sie erhob sich, ging zu ihm und schloß ihn in die Arme. Sie drückte seinen Kopf an ihre Brust und tröstete ihn wie eine Mutter ihr Kind, das die eigene Dummheit einsieht. «O Leonard», sagt sie noch einmal. «So einfach ist es nicht. Du bist eben einfach ... du.»

«Ja. Und das ist ja wohl gerade das Schlimme», meinte er tief seufzend.

Trotz all ihrer Geldsorgen in diesem Frühjahr, trotz der vergeblichen Suche nach einem kleinen Haus in Shepherd's Delight, trotz seiner Nervosität vor dem Beginn der Arbeit in einer neuen Filiale, einem Schritt ins Unbekannte, der ihm wie eine Tour de force vorkam, der auf Jane aber offenbar keinen großen Eindruck machte, dachte Leonard gern an diesen Frühling zurück. Es war eine Zeit der stillen Freude. Immer wieder gingen seine Gedanken in eine vergessene Welt und zu einem Mann, der längst tot war und für den er täglich mehr Zuneigung und Bewunderung empfand. Pike und Corinda bei den einfachen Mahlzeiten zu beobachten, beim Gebet oder bescheidenem Zeitvertreib: Das war eine Welt wahrhaft unschuldiger Freuden für einen Mann, dem das laute Treiben der Gegenwart nicht zusagte.

Und wenn je ein Mann seine junge Frau geliebt und verehrt hatte, so war es Lazarus Pike. Das ging schon aus dem Marmorgrabstein hervor. Und die täglichen Eintragungen im Tagebuch bestätigten es.

«Gestern abend kniete ich nieder und dankte Gott von ganzem Herzen für meine geliebte Corinda.»

«Heute morgen pflückte ich die ersten wilden Rosen für Corry und schenkte sie ihr zum Mittag, und sie bereitete mir – ihren ersten Honigkuchen! Wir waren sehr fröhlich.

Beim Schachspiel hat mich Corry geschlagen, und ich gab vor, sehr zornig zu sein. Doch wer könnte wohl mit Corinda zornig sein?»

Als er die ersten Seiten über die glückliche Zeit nach der Hochzeit gelesen hatte, war Leonard fast selber in Liebe für Corinda entflammt, und für Lazarus fühlte er aufrichtige Freundschaft. Bei der nächsten Eintragung freute er sich für Lazarus genau so, wie er sich für einen noch lebenden Freund gefreut hätte.

«Heute schickte mir das Schulamt einen Hilfslehrer, William Laws. Das ist wirklich eine prächtige Neuigkeit, und Corinda ist ebenso glücklich darüber wie ich. Es ist ein junger Mann von gutem Aussehen und artigen Manieren. Ich fürchte nur, das Quartier in der Stillen Frau *wird einem so angenehmen Menschen nicht viel zu bieten haben.»*

Lazarus und Corinda waren viel zu menschenfreundlich, um den Hilfslehrer ausschließlich den kargen Freuden der *Stillen Frau* zu überlassen. Am folgenden Sonntag hieß es:
«William Laws kam zum Dinner und Tee; am Nachmittag machten wir alle zusammen einen hübschen Spaziergang über das Moor. Es war so heiß, daß ich, als wir unbeobachtet waren, meinen Hut in der Hand trug, aber Corry fürchtete einen Sonnenstich. Der Erdboden war trocken und wies viele Risse auf. Was für ein Sommer!»

Eine Woche später verbrachte William einen Tag bei ihnen.

«Es regnete. Den ganzen Nachmittag bekämpften William und Corinda einander auf dem Schachbrett. Und William gewann das Spiel! Das kommt davon, sagte ich Corry, wenn man am Feiertag Schach spielt!»

Leonard warf einen unruhigen Blick zu Jane hinüber und sagte: «Ich mach mir Sorgen um ...» Er hielt inne und nahm einen Schluck Kakao.

Jane schlug leicht mit der Hand auf die Sessellehne. «Leonard, *bitte*, laß das!»

«Was denn?» fragte er erstaunt und ein bißchen gekränkt.

«Immer machst du das. Du spannst mich auf die Folter und sagst, du machst dir Sorgen um irgendwas, und dann trinkst du deinen Kakao.»

«Ach so. Ich wollte bloß sagen, ich mach mir Sorgen um Lazarus Pike.»

«Wer ist Laza – ach, *der*. Also hör mal! Ich dachte, du meinst einen von uns, von der Familie.»

«Er gehört doch zur Familie», entgegnete Leonard vorwurfsvoll. Aber er merkte, daß Jane kein Verständnis dafür hatte. Merkwürdig, wie fest Frauen mit beiden Beinen auf der Erde standen. Außer für die Familie interessierten sie sich für nichts und niemand. Nachdenklich sagte er:

«Er ist ein so einfacher, redlicher Mensch, weißt du. Und nun taucht da dieser gutaussehende Hilfslehrer auf, da –»

«Jetzt hör mir, bitte, mal zu, Leonard», sagte Jane mit Schärfe. «Du mußt ein paar hundert Pfund im Jahr für Schulgeld aufbringen, zusätzlich, und hast bis jetzt dazu nichts unternommen, außer daß du von Ovaltine zu Kakao übergegangen bist, dich einverstanden erklärt hast, daß ich auf die Griechenlandreise verzichte, und daß man dir eine kleine Gehaltserhöhung in Aussicht gestellt hat, die vermutlich nicht mal dein Fahrgeld oder die Umzugskosten deckt. Du hast also Grund genug, dir über manches in *diesem* Jahrhundert Sorgen zu machen, du brauchst nicht ins neunzehnte zurückzugehen.»

Er kannte den entschlossenen Blick, mit dem Jane ihn ansah, und er haßte und fürchtete ihn. Als er jetzt sprach, kam es ihm vor, als klänge seine Stimme eiskalt: «Du vergißt, daß ich das Tagebuch herauszubringen hoffe. Damit werde ich sicher etwas verdienen.»

«Hoffen kann man viel. Dafür können wir Kate noch nicht mal Turnschuhe kaufen.»

10

In der großen Welt außerhalb von Danby drehte sich das Rad der Zeit viel schneller. Clive Masters arbeitete bereits an einer Fernsehfassung von *Lady Emilys Entscheidung*; Schauspieler und Schauspielerinnen – Millionen Zuschauern nicht nur von der Bühne her, sondern auch durch die Werbung für Waschpulver, Lebensmittel und Kosmetika vertraut – waren bemüht, sich in die Rollen Lady Emilys und Lord Ruperts hineinzuversetzen. Amos Crump nahm sich der beschreibenden Teile der Romane an. Er ließ manches weg, schnipselte oder hackte anderes zurecht, während subalterne Kräfte eifrig alte Zeitungen und Skandalblätter durchwühlten und nach Angaben suchten, die Masters später im Fernsehen für sein Autorenporträt gebrauchen konnte. Sie fanden nicht das geringste.

Als Clive Masters eines Morgens zwei Anrufe bekam, setzte er sich sogleich in Bewegung. Der erste Anruf war lästig: er wurde gebeten, Crump aufzusuchen, wenn er das nächste Mal in der Stadt war; der zweite war sehr willkommen: sein Wagen war endlich fertig und konnte abgeholt werden. Um den ersten Zug nach London zu erreichen, fuhr er mit dem Fahrrad zum Bahnhof, den zusammengerollten Schirm, die Aktentasche und seinen Hut – alles unerläßlich für einen Besuch in der Hauptstadt – hängte er an die Lenkstange.

Er hatte sich gerade in der Ecke eines Ersteklasse-Abteils niedergelassen und die *Times* aufgeschlagen, als die Tür aufgerissen wurde und Barbara kopfüber ins Abteil stürzte. «Oha!» sagte sie lachend. «Das war knapp!»

Er betrachtete sie mit deutlicher Mißbilligung. «Willst du mir vielleicht sagen, was du hier willst?»

«Ich komme mit dir.»

«Du kommst ganz bestimmt nicht mit mir.»

«Maman hat gesagt, ich könnte mitkommen.»

«Das ist mir völlig egal. In diesem Aufzug kommst du nicht mit mir nach London.»

Sie sah an sich herab und schien befriedigt. «Ich bin doch ganz in Ordnung.»

«Du bist keineswegs in Ordnung. Solche Hosen und Turnschuhe sind vielleicht in Ashdown Forest angebracht, obgleich ich auch das bezweifle. Aber nicht im Londoner Westend.» Er blickte sie streng an. «Steig aus, bitte.»

«Kann ich nicht. Der Zug fährt schon.»

Sie hatte recht, der Zug fuhr schon aus der Bahnhofshalle. Sie hatte gesiegt und konnte sich Großmut leisten. Sie legte die Hand auf sein Knie. «Laß nur, Daddy. Ich werde mir ein paar Sachen in der Carnaby Street kaufen.»

Er brummte nur etwas und verschanzte sich während der ganzen Fahrt hinter seiner Zeitung. Erst als er seine Sachen zusammennahm, explodierte er plötzlich. «Hast du überhaupt nichts mitgenommen?» schrie er sie an.

«Nein, dazu hatte ich keine Zeit. Als Maman mir erzählte, wo du hinfahren wolltest, bin ich einfach losgelaufen. Macht nichts – ich hol mir schnell ein Nachthemd bei Marks & Spencer und eine Zahnbürste bei Boots. Was braucht man schon mehr?»

Sie lachte. Er zog die Brauen zusammen und sagte: «Also Barbara, ich begreife deine Generation nicht mehr.»

Sie wurde plötzlich ernst. «Ich glaube, keiner begreift sie. Wir selber auch nicht», fügte sie nachdenklich hinzu.

Dann trennten sich ihre Wege: Barbara ging in die Carnaby Street, und er fuhr ins Büro des furchtlosen Avantgarde-Verlegers Amos Crump.

Crump sah aus, als sei er noch schlechter gelaunt als sonst. «Ich traue diesem Instone nicht», sagte er ohne Einleitung.

Masters sah ihn erstaunt an. «Mein Gott! Genauso gut könnten Sie sagen, Sie trauten einem Neugeborenen nicht.»

Crump überhörte das. «Diese Pike-Geschichte kann eine aussichtsreiche Sache werden. Der Fernsehfilm, die Bücher, das Buch zum Film – mit Diane Duvet auf dem Umschlag, sie ist einverstanden –, Ihr Fernseh-Feature, Instones Biographie, wenn er's je so weit bringt. Und dann ...» hier sah er etwas beschämt aus, «ich dachte, wir könnten Ill Boding vielleicht etwas aufpolieren, vielleicht den Verkehrsverein dazu bringen, den Ort als Sehenswürdigkeit ins Fahrtenprogramm aufzunehmen. Der Lazarus-Pike-Schrein und so. Aber dafür muß Pike erst mal zum Leben erweckt werden, und das ist Instones Sache. Und der weigert sich.»

«Vielleicht hat er nicht genug Material.»

Crump schob den Oberkörper über den Schreibtisch: «Vielleicht hat er auch zu viel gefunden.»

«Wie meinen Sie das?» fragte Clive Masters gelangweilt.

«Er hat sich in Boding rumgetrieben. Er muß wissen, daß Pike seine Frau umgebracht hat, aber er will's nicht zugeben. Ich glaube, er ist einer von diesen Milchjünglingen, der lieber für sich behält, wenn er was findet, was *uns* interessieren könnte.»

Jetzt sah Clive weniger gelangweilt aus. «Haben Sie mit ihm gesprochen?»

«Ja. Er redet immer nur von den Gedichten. Ich habe das bestimmte Gefühl, daß er was verbirgt.»

«Könnte sein», sagte Clive jetzt hellwach. «Zu edel für diese Welt. Lassen Sie mich die Biographie machen. Tausend als Vorschuß, plus zehn Prozent, bei weiteren Auflagen zwölfeinhalb.»

«Achthundert, und zehn für alle Auflagen.»

«Tausend, und zehn Prozent.»

«Einverstanden. Aber wenn nun Instone doch irgendwas rausbringt?»

«Dann kommt er zu spät. Ich bin ein schneller Arbeiter. Morgen hole ich meinen Wagen. Dann fahre ich gleich nach Ill Boding. Ich werde schon was rauskriegen – jedenfalls mehr als Instone, soviel ist sicher.» Er lachte hämisch.

Barbara erwartete ihn schon im Foyer des Grosvenor House, wo sie sich treffen wollten. Sie ging ihm mit strahlendem Lächeln entgegen, als sie ihn kommen sah.

Zu seinem Entsetzen sah sie genau so aus wie vorher; nur trug sie jetzt ein zusammengerolltes, mit Bindfaden verschnürtes Bündel unter dem linken Arm und eine Einkaufstasche unter dem rechten.

«Mein Gott, ich denke, du wolltest dir ein paar neue Sachen zum Anziehen kaufen!»

«Hab ich ja, Daddy. Ich habe sie an.» Sie hielt das Bündel hoch. «Das hier sind die alten.»

«Dann buche ich eben mal zwei Zimmer für uns», sagte er übellaunig. «Willst du hier warten?»

«Nein, ich komme mit.» Als sie seinen abwehrenden Blick sah, fügte sie besänftigend hinzu: «Weißt du, dann sehen sie gleich, daß du dir nicht 'ne Freundin mitgebracht hast.»

«Das dürfte allerdings stimmen», sagte er.

Als sie beim Dinner saßen, sagte Barbara zögernd: «Du, Daddy?»

«Ja?»

«Wenn wir morgen den Wagen abgeholt haben, ist es doch noch früh, nicht? Könnten wir nicht ... ich meine, findest du nicht, wir sollten auf der Rückfahrt ganz kurz mal bei den Instones reinschauen?»

«Mein Gott, nein, bestimmt nicht. Wie kommst du darauf?»

«Na ja, sie haben doch gesagt, wir könnten jederzeit –»

«Das sagt man nur so. Eine alberne Konvention, eine Redensart. Steckt nichts dahinter.»

Als sie nichts darauf sagte, wurde er argwöhnisch. «Du bist doch nicht etwa immer noch hinter dem jungen *Oxo* her?»

Mit ziemlich dünner Stimme sagte sie: «Ich dachte bloß ... es wäre schön, ihn mal wiederzusehen ... irgendwann, meine ich.»

«Hör zu, Barbara: mir liegt nichts daran, je irgendein Mitglied der Familie Instone wiederzusehen. Der Mann ist ein Schwachkopf, die Frau ist rechthaberisch, und der junge Oxo –»

«Ist der Mann, den ich immer lieben werde», sagte sie den Tränen nahe.

«Bitte, heul jetzt nicht in das ausgezeichnete Suprême de volaille, mein Kind. Und der junge Oxo selbst –»

«Du führst dich auf wie der Vater von Elizabeth Barrett Browning», sagte sie.

«Großartig! Den habe ich immer bewundert. Der einzig Vernünftige in einer idiotischen Familie.»

Barbara gelang es, die Tränen zu stoppen. Jetzt stand Empörung in ihren Augen, bei ihrem Vater ebenso.

«Wenn mich Nicholas jemals fragt, ob ich ihn heiraten will, was er wohl leider nicht tun wird, dann werde ich ihm die Arme um den Hals schlingen und ihn nicht wieder loslassen, das kannst du dir merken», sagte sie. «Du kannst also ruhig schon anfangen, für die Hochzeit zu sparen.» Damit erhob sie sich, schenkte dem Kellner, der ihr den Stuhl hielt, ihr bezauberndstes Lächeln, verließ hoheitsvoll das Hotelrestaurant La Fontaine und ging nach oben in ihr Zimmer. Clive Masters blickte ihr nach. Mit Jeans und kariertem Hemd im La Fontaine, dachte er bedrückt. Wohin ist die Welt geraten? Nur gut, daß sie wenigstens ihr Kleiderbündel nicht mehr unter dem Arm hatte. Er schob sein Suprême de volaille beiseite; der Appetit war ihm vergangen ...

Clive Masters glitt auf den Fahrersitz seines Lagonda, und mit einem Schlage war er wieder er selbst.

Es ist schon viel geschrieben worden über die mystische Beziehung zwischen Mann und Frau, aber sehr wenig über die mystische Beziehung zwischen Mann und Auto. Dabei kann ein Mann sich ohne seine Frau durchaus behaupten, er kann stark und entschieden auftreten und die Wogen des Lebens wie ein Torpedo durchschneiden. Nimmt man ihm aber seinen Wagen, dann ist er ein Simson ohne Haar. Der kraftvolle surrende Motor war Herzschlag, die federleichte Lenkung gab ihm Sicherheit in allen Fährnissen des Alltags, die gleißenden Scheinwerfer erhellten ihm die Zukunft. Ein Mann am Steuer des eigenen großen Lagonda ist doppelt so groß wie der gleiche Mann auf dem Fahrrad.

Er drehte den Zündschlüssel. «Wummh!» sagte der Motor und gab dann ein leises, gleichmäßiges Schnurren von sich.

Barbara saß zusammengekauert auf dem Beifahrersitz. «Du würdest wohl nicht bis Cape Wrath rauffahren und mich da absetzen? Ich wollte immer gern mal an der Westküste entlanggehen.»

«Nein. Bedaure.» Da konnte sie nun in diesem prachtvollen Wagen fahren und wollte zu Fuß gehen! Es sah tatsächlich so aus, als seien die jungen Leute von heute nicht ganz richtig im Kopf. Er sagte: «Ich muß noch nach Ill Boding, ich habe da was zu tun. Falls du Lust hast, inzwischen den Wagen innen ein bißchen zu putzen – du findest alles Notwendige im Kofferraum.»

«Ich gehe lieber ein bißchen übers Moor. Trotzdem vielen Dank.»

Er blickte sie unfreundlich an und murmelte: «Typisch, wirklich.»

«Was ist typisch?»

«Oh, gar nichts. Du würdest es doch nicht verstehen. Aber bleib nicht länger als eine Stunde. Und bring mir nicht wieder so einen Nachtschwärmer mit.»

Er war vor der Kirche von Boding angekommen und hielt. Ohne ein Wort oder einen Blick stieg sie aus und ging geradewegs auf das Moor zu. Sie war von Natur aus liebenswürdig, aber wenn sie sich auflehnte, dann gründlich. «Alter Knüppel», murmelte sie vor sich hin.

Wo Nicholas jetzt wohl war. Die Wanderung über den Pennine Way, die Hochzeit, wo sie sich so blamiert hatte, und dann das Erlebnis am Crinder's Clough – das alles hätte zumindest zu einer Freundschaft zwischen ihnen führen können. Statt dessen hatte sie ihn seitdem überhaupt nicht mehr gesehen. Zwei Schiffe, die sich nachts begegnet waren – und nicht nur begegnet, denn das eine war fast untergegangen, als es versuchte, das andere zu retten. Und das gerettete war dann wortlos weitergezogen ...

Schon wieder klingelte es an der Haustür und unterbrach die reizende Miss Rippon auf dem Bildschirm. Lottie Pike schimpfte vor sich hin, schlurfte über den Flur und riß die Tür auf. Wieder ein Fremder! Sie öffnete schon den Mund, um ihn kurzerhand fortzuschikken, als ihr irgend etwas auffiel. Er kam ihr bekannt vor, aber ... «Nein, so was», sagte sie atemlos. «Sie sehen genau aus wie Clive Masters. Der vom Fernsehen, wissen Sie.»

«Ich bin Clive Masters», erwiderte er kurz. Dumme Gans.

Miss Pike starrte ihn weiter an. «Tatsächlich», sagte sie schwer atmend. «Also tatsächlich.» Hätte Miss Rippon persönlich vor ihr gestanden, sie wäre nicht konsternierter gewesen.

Doch dann nahm sie sich zusammen und sagte: «Bitte, kommen Sie doch rein.» Sie führte ihn ins Wohnzimmer, fegte einen Stapel Fernsehprogramme von einem Stuhl, schaltete mit energischem Ruck Miss Rippon ab und sagte: «Setzen Sie sich, bitte. Ich mache uns erst mal eine Tasse Tee.» Und mit einer Kopfbewegung zum Fernsehapparat: «Die kennen Sie sicher.»

«Ja, sehr gut», sagte Clive. Er setzte sich und glättete seine Bügelfalten.

«Oh!» sagte Miss Pike, offensichtlich überwältigt. Dann verschwand sie in der Küche, kam zurück und blieb an der Tür stehen. «Wasser kocht gleich. Wie ist denn Ena Sharples eigentlich so? Und Alf Garnett?» Sie kicherte. «Da geht's wohl ganz schön lustig zu, was?» Anscheinend stellte sie sich vor, daß alle Leute vom Fernsehen und die Schauspieler in einer Art Feenland zusammenlebten. Und einer hatte die Szene verlassen und war zu ihr gekommen! Nicht zu fassen. Da begann der Kessel melancholisch zu flöten, und sie ging hinaus und machte den Tee.

Clive, seine Tasse in der Hand, sagte: «Ich habe den Auftrag, eine Biographie Ihres berühmten Verwandten zu schreiben.»

«Über Onkel Laz?» fragte Lottie enttäuscht.

«Ja. Und dazu brauche ich seine Tagebücher und Notizbücher –»

«Das hat *der* doch!» sagte sie. «Ich hab es ihm selber gegeben.»

«Wer?» fragte Clive scharf.

«Weiß ich nicht», sagte sie vage. «Er ist einfach hergekommen. Hatte nicht mal was mit dem Fernsehen zu tun», sagte sie abfällig.

«War es Leonard Instone? Brille, strähniges Haar?»

«Ja, stimmt. Der war das. Wie ist denn Reginald Bosanquet?»

«Sehr nett. Wann war das? Wann hat er es mitgenommen?»

«Weiß ich nicht.» Sie dachte angestrengt nach. «Die Nachrichten liefen gerade – mit Angela – ja, und es war ein Streik!» schloß sie triumphierend.

«Fabelhaft!» sagte Clive Masters grob.

«Ich glaube, es hatte was mit Elektrizität zu tun. Nein, gar nicht wahr, es war was mit Autos. Tut mir aber wirklich leid, daß ich ihm das Tagebuch gegeben habe. Wo er doch gar nichts Besonderes ist, und nun kommen Sie vom Fernsehen und brauchen es. Zu schade.»

«Ja, wirklich sehr schade», stimmte er zu. «Aber Sie haben doch sicher noch ein paar Briefe.»

«Ja, 'ne Menge. Die wollte ich ihm aber nicht geben. Wo ich ihn überhaupt nicht kannte», sagte sie wegwerfend.

Clive verließ das Haus mit einem braunen Papierbeutel voller Briefe in der Hand (dem Aussehen nach die meisten von Lieferanten) und mit kochender Wut im Bauch. Dieser hinterhältige Leonard Instone, der seinen kümmerlichen Charme dazu benutzt hatte, Miss Pike das Tagebuch abzuschwatzen und es dann für sich behielt. Crump hatte recht gehabt, dem Mann war nicht zu trauen! Es erschreckte ihn nur, wie sehr er selber sich geirrt hatte..

Er lief zu seinem Wagen zurück. Keine Barbara in Sicht. Er stieg ein, schlug die Tür zu, legte den Finger auf die Hupe und drückte, lange und anhaltend.

Das schrille Geheul hallte in dem kleinen Hügeldorf wider. Die Reaktion war typisch für den Ort: in der Tür der *Stillen Frau* erschien ein Mann, zuckte mit den Schultern und ging wieder nach drinnen, eine Katze blickte mißbilligend um die Ecke, die Kühe auf der

Weide hoben einen Augenblick die Köpfe und kehrten dann zufrieden zu ihrem grünen kühlen Gras zurück. Sonst nahm niemand Notiz von dem Lärm. Die Leute in Ill Boding hatten andere Sorgen.

Und der Pfad vom Moor herab blieb leer.

«Verdammt noch mal!» sagte Clive. Er nahm den Finger von der Hupe und zog eine Handvoll Briefe aus der Tüte. Genau wie er angenommen hatte: Eine Schlachterrechnung von Lottie Pike von 1954. Eine Fernsehbilanz von 1960. Eine Gasrechnung von 1926. Eine Lebensmittelkarte von 1918. Endlich kam dann auch ein Umschlag, adressiert an Mr. Lazarus Pike, Schulhaus, Ill Boding, Derbyshire, mit dem Poststempel «London, 1. Dezember 1895». Clive hatte sich gerade vergewissert, daß er leer war, als seine Tochter erschien. Langsam schlenderte sie den Sandweg vom Moor herunter.

Er schob die Briefe in den Beutel zurück, legte den Finger wieder auf die Hupe, winkte ihr heftig zu, damit sie sich beeilte, und ließ den Motor an. Sie lief das letzte Stück und sprang in den fahrenden Wagen.

«Wo zum Teufel bist du so lange gewesen?» fragte Clive mit gerunzelter Stirn.

«Tut mir leid», sagte sie steif. «Ich wußte nicht, daß du in Eile bist.»

«Bin ich aber.»

«Wieso? Wo fahren wir denn hin?»

«Zu den Instones natürlich.»

«Aber . . . du hast doch gesagt, du wolltest keinen von ihnen je wiedersehen.»

Sie fuhren über einen Viehrost, und Clive preßte die Zähne zusammen. «Hör auf, jedes Wort von mir auf die Goldwaage zu legen.»

«Ich hab doch nur gesagt –»

«Na, dann hör auf damit.»

Sie schwieg. Nichts haßte sie so sehr wie Unfairness und Ungerechtigkeit; doch im Augenblick war es ihr egal. Unglaublich, sie fuhren tatsächlich zu den Instones! Darauf hatte sie während der ganzen Reise gehofft. Doch anstatt selig zu sein und sich zu freuen, war sie plötzlich fast krank vor Angst. Vielleicht war Nicholas nicht da? Es waren zwar Osterferien, aber deshalb brauchte er ja nicht zu Hause zu sein. Ihr ganzes fernere Glück schien ihr von dieser prekären Frage abzuhängen.

Etwa zur gleichen Zeit verrichteten die Instones ihre üblichen samstäglichen Pflichten, ohne zu ahnen, daß ein zorniger Mann im Raketentempo zu ihnen unterwegs war. Jane war in der Küche, Kate spielte Hockey, und Leonard ...

Leonard war bei der Lektüre seines täglichen Tagebuch-Pensums und wurde immer unruhiger. Ihm schien, daß Lazarus Pike nun wirklich zu Recht von Eifersucht gepackt werden müsse, denn William und Corry verbrachten immer mehr Zeit miteinander. Sah er denn gar nicht, wie gefährlich das war? Nein, der törichte Mann sah nur die Freude in Corindas Augen.

Und dann, plötzlich, traf es ihn wie ein Geschoß.

«15. September 1855.

Die lieblichen Herbstzeitlosen, die William am letzten Sonntag mitbrachte, stehen noch immer auf Corrys Toilettentischchen. Zarte Blüten, die an die Vergänglichkeit des Herbstes gemahnen. Und doch so stark! Im Wasser werden sie vielleicht für immer leben.

Wenn sie doch sterben wollten!

Barmherziger Gott, was habe ich da geschrieben? Was haben mir diese sanften kleinen Wesen getan, daß ich sie nicht zu lieben vermag, wie ich alle Gaben des Herrgotts liebe? Und doch wünsche ich ... Nein. Ich wünsche es nicht. Ich wünsche nichts, als daß Corry und William bald aus der Kirche heimkehren. Den Pfarrer sah ich schon vor einer Stunde auf dem Heimweg. Sicher sind sie von Leuten aus dem Dorfe aufgehalten worden. Die Gemeinde liebt sie ja beide.»

Und dann in großen Buchstaben, quer über den Rest der Seite: «JESUS CHRISTUS, ERBARME DICH MEINER SEELE.»

Ein kurzes Klopfen an der Tür. Clive Masters trat ein. «Tag. Ihre Frau hat gesagt, ich könnte gleich raufgehen.»

«Ach ... guten Tag», sagte Leonard und erhob sich. «Nehmen Sie Platz. Wollen Sie eine Tasse Kaffee?» Er war verstört, und man hörte es auch. Das eben Gelesene hatte ihm die Fassung geraubt.

«Ihre Frau bringt ihn schon.» Clive setzte sich und betrachtete mißbilligend das kleine Zimmer. «Sie arbeiten wohl gern in so einem Durcheinander, was?» Er lachte laut und keckernd.

«Ich glaube schon», sagte Leonard entschuldigend. Er hatte oft Minderwertigkeitsgefühle, so auch jetzt.

Jane erschien mit dem Kaffee. Leonard erhob sich und wollte ihr das Tablett abnehmen, aber Clive hatte es schon in der Hand und fragte: «Wo soll es hin?» Die Stimme, dachte Leonard, klang wie eine zersprungene Glocke.

«Ach ... auf den Schreibtisch», sagte Leonard und

suchte verwirrt nach einem freien Platz, denn auf dem Schreibtisch war nicht mal Raum für eine Tasse, geschweige denn für ein Tablett. Er nahm einen Stapel Bücher und Zeitungen hoch und legte sie auf das Fensterbrett. Jane warf Clive einen bösen und Leonard einen ungeduldigen Blick zu und ging hinaus. Mein armer Leonard, dachte sie mit einem Seufzer. Er ist mehr wert als sie alle zusammen, aber ein einziger energischer Mann bringt ihn in tödliche Verlegenheit – beinahe zum Stottern.

Die beiden Männer setzten sich. «Schwarz oder mit Milch?» fragte Leonard.

«Schwarz.»

Leonard goß Milch in seine Tasse. «Oh, Entschuldigung.»

«Macht nichts.» Clive trank einen Schluck und sah dabei aus, als tränke er Schierling. «Könnte ich etwas Zucker haben?»

«Entschuldigen Sie, bitte», sagte Leonard nun völlig durcheinander. Er hatte nur den einen Wunsch: weiterzulesen und zu erfahren, was mit Lazarus und Corinda geschehen war.

Eine Weile schwieg Clive, dann sagte er: «Crump hat mich beauftragt, die Biographie zu schreiben. Deshalb bin ich gekommen. Ich brauche das Tagebuch, das diese Miss Pike Ihnen gegeben hat.»

«Was für ein Tagebuch?» fragte Leonard. Er fühlte, wie ihm die Röte ins Gesicht stieg.

«Ach, lassen Sie das doch, Instone. Ich weiß, daß Sie es haben, also geben Sie es mir.»

Leonard betrachtete die flachen blutleeren Wangen, die vorstehenden unfreundlichen Augen, den verächtlich herabgezogenen Mund. In diesem Augenblick war er kein erwachsener Mann mit einer tapferen Frau und eigenen Kindern, sondern ein kleiner magerer Achtjähriger, der sich um alles in der Welt seinen Lolly nicht wegnehmen lassen wollte. Der Tyrann und sein Opfer! Doch plötzlich fiel die Angst von ihm ab, und Leonard spürte so etwas wie Kampflust in sich aufsteigen. Ruhig sagte er:

«Mr. Crump hat Sie beauftragt, eine Biographie zu schreiben, sagen Sie? Aber ich hatte ja gesagt, daß *ich* eine schreibe.»

«Er hatte den Eindruck, daß Sie nicht weiterkamen damit. Ich übrigens auch.»

«Und woher hatten Sie diesen Eindruck?»

«Wir haben beide mit Ihnen telefoniert, und bei beiden Gesprächen haben Sie sich negativ geäußert. Und außerdem haben wir das Gefühl, daß Sie für diese Sache nicht der richtige Mann sind.»

«Nicht boshaft genug. Das meinen Sie doch, nicht wahr?»

Sie starrten einander an. «So könnte man es nennen», sagte Masters zögernd.

«Sie wollen also den Charakter des Mannes einfach morden, damit sich seine Bücher und Ihre Fernsehsendung besser verkaufen?»

«Seien Sie doch nicht so eingebildet», sagte Masters.

Es kam selten vor, daß Leonard der Kragen platzte; aber wenn, dann ging der Zorn mit ihm durch. Doch vorher hatte er noch einiges zu sagen. Er holte tief Luft.

«Sie und Crump – Sie wollen sich also diesen stillen, anständigen kleinen Lehrer vornehmen, ihm die Kleider vom Leibe reißen, ein Kreuz aus irgendwelchen Perversionen zusammennageln und ihn dann nackt und bloß daran aufhängen.»

«Und auf diese Weise seine Bücher, die fast hundert Jahre lang nicht gedruckt und gelesen wurden, zu Tausenden und Zehntausenden verkaufen.»

«Damit Sie und Crump Tausende und Zehntausende daran verdienen können.»

Masters war nun auch erregt. «Nennen Sie es ruhig: Charakter morden. *Ich* sage Ihnen, es ist der einzige Weg, in unserer Gesellschaft ein Interesse für den Mann zu wecken.»

«Dann möge der Himmel unserer Gesellschaft helfen.» Und nach kurzem Nachdenken: «Ich glaube fast, dieser schäbige kleine Crump ist der Geist unserer Zeit.» Er starrte Clive Masters an. «Mein Gott, was für eine Vorstellung.»

Masters starrte mit kalten Augen zurück. «Seien Sie doch bloß mal realistisch und nicht so ein sentimentaler Narr, Instone.» Fast verwundert fuhr er fort: «Wissen Sie, was Sie tun? Sie versuchen rückwärts zu kriechen. Sie flüchten aus Ihrer Zeit, weil sie real ist und scharfe Kanten hat, und das jagt Ihnen Angst ein.»

Leonard schwieg. Genau das hatte er sich vor kurzem selber eingestanden. Aber Masters gegenüber würde er es nie eingestehen.

Masters beobachtete ihn. «Geben Sie es doch zu. Sie würden gern um 1850 leben, alles süß und lieblich, lauter Unschuld und Heuchelei.»

«Das ist eine bösartige Verzerrung, das wissen Sie sehr gut», sagte Leonard. Er starrte seinen Besucher an. «Nein, ich vermute, Sie wissen es nicht. Sie können gar nicht mehr anders denken.»

Masters lief rot an. «Also los, Instone. Geben Sie mir das Tagebuch heraus.»

«Ich denke nicht daran. Erstens ist es mein Eigentum, und zweitens arbeite ich daran und habe vor, es zu veröffentlichen.»

Masters stieß sein bellendes Lachen aus. «Sie finden *nie* einen Verleger. Es sei denn», er blickte Leonard scharf an, «es enthält wirklich ein paar schmierige Stellen.»

Leonard verzog keine Miene. «Und drittens, weil es Verrat an Pike wäre, wenn ich ihn Ihnen beiden auslieferte.»

«Hören Sie doch endlich mit Ihren Moralpredigten auf. Lassen Sie es mich wenigstens mal sehen.»

«Nein.» Leonard hatte genug. Er ging zur Tür und öffnete sie. «Leben Sie wohl, Mr. Masters. Ich habe sehr viel zu tun.»

Masters erhob sich mit starrem Blick. Die blutleeren Wangen zuckten. Die vorstehenden Augen quollen noch weiter heraus. Er sah sich im Zimmer um. Dann lachte er, und es klang wie das Bellen eines Fuchses. «Es ist Ihnen doch klar, Instone, daß ich imstande wäre, Sie mit einer Hand festzuhalten und mit der anderen das Buch aufzustöbern und einfach in die Tasche zu stecken.»

Leonard nickte. «Nicht ganz, was ich von einem Mann wie Sie erwarten würde. Aber Sie haben recht: imstande dazu wären Sie.»

«Es gibt auch noch andere Mittel.» Er blickte Leonard verächtlich von oben bis unten an. «Mit Ihnen werden wir noch fertig», sagte er höhnisch und ging.

Leonard ließ sich in seinen Sessel fallen. Er schenkte sich Kaffee ein, kleckerte dabei auf die Untertasse und merkte, daß er heftig zitterte. Zorn war für ihn ein höchst unangenehmes Gefühl, das ihn physisch erschöpfte, fast lähmte und noch nach Tagen oder Wochen ein Gefühl der Selbstverachtung und Reue und ein geradezu neurotisches Verlangen nach Entschuldigung hinterließ. Doch in diesem Falle nicht, das wußte er. Er war im Recht, er kämpfte einen sauberen Kampf, um Pikes guten Namen zu retten und der infamen Lüge, Pike habe Corinda umgebracht, Einhalt zu gebieten.

Aber Pikes einzige lebende Verwandte schien an der Mordtheorie durchaus Gefallen zu finden. Warum also rege ich mich so auf? dachte er. Ist meine Aversion gegen Masters schuld? Hat er vielleicht recht? Verneine und fürchte ich meine eigene Welt so sehr, daß es mich drängt, sie zu bekämpfen? Mich in ein goldenes Zeitalter zu flüchten, das alles andere als golden war?

Nein, so war es nicht. Er glaubte wirklich, für etwas zu kämpfen, was er für die Wahrheit hielt. Doch ganz sicher war er nicht. Er wußte nur, und darüber war er selber erstaunt, und auch ein bißchen stolz, daß ihn irgend etwas zum Kämpfen drängte. Er hatte bisher immer angenommen, daß sein Platz in den großen Schlachten des Lebens irgendwo hinten auf der Galerie war und niemals in der Arena.

Dann fiel ihm wieder ein, was er gerade gelesen hatte, als Masters kam. Mit immer noch zitternden Fingern begann er nach dem Tagebuch zu suchen und fand es unter den Papieren, die er vom Schreibtisch weggenommen hatte. Noch einmal las er die schreckliche Seite, auf der eine gequälte Seele, zerrissen von Eifersucht, ihrer Qual Ausdruck verliehen hatte. War es möglich, daß Masters und Crump und die Dorfleute recht hatten und daß er im Unrecht war? Lazarus Pike hatte Leonard Instone eine lebenswichtige Frage unbeantwortet gelassen.

11

Clive Masters meinte ein Häufchen nasser Wäsche neben sich auf dem Beifahrersitz zu haben. Als er in die M 1 einbog, sagte er: «Ich nehme an, der Junge war nicht zu Hause.»

Barbara sank noch tiefer in ihren Sitz. «Wäre ich bloß nicht mitgekommen!» sagte sie kläglich. «Fahr doch, bitte, schneller, Dad.»

Er beschleunigte von neunzig auf fünfundneunzig Meilen.

«Ich muß verblödet gewesen sein», murmelte sie und kaute auf ihrem Taschentuch. «Ich hätte bloß zu Hause bleiben brauchen. Statt dessen zieh ich los und verpasse ihn.»

Ihm fehlte offenbar ein Stück in dem Puzzle, so schien es Clive. «Wovon redest du eigentlich?»

«Na, von Nicholas natürlich.»

«Bitte nicht diesen Ton, wenn du mit mir sprichst. Was soll das heißen: du hättest bloß zu Hause bleiben brauchen?»

«Er ist im Forst von Ashdown. Zelten. Wußtest du das nicht? Er wollte uns besuchen.» Sie grub sich die Nägel in die Handballen.

«Oxo? Im Forst?»

«Ja, im Forst.»

«Allmächtiger.» Der Wagen schoß vorwärts. Clive lenkte ihn auf die Schnellspur und blieb dort. Antoinette allein zu Hause, und plötzlich klopfte der Junge an die Tür! Natürlich konnte sie ihn auf Distanz halten – wenn sie wollte. Aber der Junge war ein attraktiver Bursche. Ann hatte ihm zwar nie Grund zur Eifersucht gegeben, aber Clive war – wie alle Engländer – tief innerlich der Überzeugung, daß man Franzosen nie so ganz trauen konnte. «Was will er um Himmels willen in Ashdown?»

«Meinetwegen ist er sicher nicht da», sagte sie.

«Glaub ich auch nicht.»

Die nächsten zwei Meilen fuhren sie schweigend. Dann sagte Barbara: «Kate ...»

Nach weiteren zwei Meilen fragte Clive: «Was ist mit Kate?»

«Kate sagt, er ist in Maman verliebt.»

Clive fuhr wortlos weiter.

«Das kann doch nicht sein, nicht wahr?» sagte Barbara, Trost suchend.

«Es könnte sein und es ist so. Ich bin fast sicher.»

«O Gott.»

«Na, laß nur. Die meisten Männer sind irgendwann mal in deine Mutter verliebt. Sie kommen drüber weg.»

«Können wir nicht fliegen?»

«Wir fliegen ja jetzt schon fast. Nein. Ich habe keine Lust, den Wagen in irgendeinem Flughafen stehen zu lassen.»

«Und wenn Maman seinem Drängen nachgibt? Ich hab dich gewarnt.»

«Rede doch nicht solchen Blödsinn.»

«Das ist kein Blödsinn. Ich würde nachgeben, soviel ist sicher. Nur hat er mich noch nie bedrängt, leider.»

Clive war so entsetzt, daß er mit dem Tempo heruntergging, er fuhr jetzt achtzig. «Solche Bemerkungen höre ich nicht gern, Barbara. Sie sind auch durchaus nicht witzig.»

«Ich hatte nicht die Absicht, witzig zu sein.»

Er fuhr schweigend weiter. Amos Crump, dachte er, war das der Geist der Zeit? Ja, das stimmte. Und auch er selber gehörte zum Establishment seiner Zeit. Aber was für ein Zeitgeist, dachte er, wenn man eine siebzehnjährige Tochter hat! Unsinn, dachte er in plötzlichem Zorn, als ein Wagen hinter ihm aufholte und blinkte, damit er die Bahn freigab. Unsinn! Recht und Unrecht ist eine Sache des Instinkts. So? Wirklich?

Er beschleunigte wieder auf neunzig, wich aber nicht von der Überholspur. Der andere Wagen fuhr dicht hinter ihm und blinkte unablässig, aggressiv und gefährlich. Clive dachte an Leonard Instone, der versonnen und versponnen zwischen der scharfkantigen Wirklichkeit und der himmlischen Lämmerwelt von Lazarus und Corinda Pike hin und her pendelte. Der Mann ist ein sentimentaler Narr, dachte Clive. Aber dabei hat er vielleicht ein Glück gefunden, das die meisten von uns nie kennenlernen ...

Ein hübscher, sonnengebräunter junger Mann stand an der Tür. Antoinette Masters sah ihn wohlgefällig lächelnd an. Wenn schon jemand auf der Schwelle stand, so war sie immerhin so weit Frau, daß ihr ein Mann lieber war als eine Frau, und ein junger hübscher lieber als ein unansehnlicher alter. Etwas schüchtern sagte er:

«Sie hatten gesagt, ich sollte vorbeikommen, wenn wir mal hier in der Gegend sind.»

Sie starrte ihn an. «Nicholas!» Sie streckte ihm beide Hände entgegen. «Nicholas Instone. Sie sind alle hier, ja?»

«Nein, bloß ich. Zelten», sagte er.

Ihr Lächeln verlor nichts von seiner Wärme, nur in Gedanken wurde sie plötzlich vorsichtig. Nicholas allein, und sie allein. Angst hatte sie natürlich nicht – mit einem Siebzehnjährigen wurde sie gut fertig. Aber er war nett, und sie wollte ihm nicht weh tun. Sie wollte nicht, daß er sich beschämt vorkam. Erste Regel also: laß ihn nicht ins Haus. «Ich wollte gerade auf der Terrasse Tee trinken», sagte sie. «Sie trinken doch auch eine Tasse?»

«Ja, wenn Sie wirklich ... Kann ich irgendwas helfen?»

«Nein, nein. Nehmen Sie nur Platz, es ist alles fertig.» Sie ging schnell ins Haus, um den anbetenden Blikken der braunen Jungenaugen zu entkommen.

Sie kam mit dem Tablett auf die Terrasse. Er sprang auf, und sie deckten den Tisch. Dann setzten sie sich in die tiefen Korbstühle, eingehüllt von Sonne und Glyzinien und wildem Wein.

«Wie schön es hier ist!» sagte Nicholas tief aufatmend. Sie sah mit Erleichterung, daß er sich auf die Umgebung konzentrierte.

«Ja, ich liebe es auch sehr», sagte sie ruhig. «Jeden Zentimeter hier liebe ich.»

Sie sah, daß er etwas sagen wollte. Schnell schob sie ihm den Teller zu: «Nehmen Sie noch einen Éclair.»

«Danke. Ich wollte gerade sagen –»

«Ach, da fällt mir ein, ich hätte Sie fragen sollen, ob Sie den Earl Grey mögen – die meisten Männer trinken lieber starken indischen Tee.»

Er schüttelte leicht den Kopf. «Ich wollte sagen, dieses Fleckchen Erde paßt wunderbar zu Ihnen, Mrs. Masters. Sie sind wie ... wie ein Juwel in einer makellosen

Fassung», brachte er überstürzt heraus und fügte dann hinzu: «Wenn ich das sagen darf.»

Sie lächelte ihm über den Rand ihrer Teetasse liebevoll zu. «Nein, mein Junge, das dürfen Sie nicht. Mein Mann würde es nicht sehr gern hören, und ich fühle mich nicht geschmeichelt. Ich finde mich viel interessanter und nützlicher als ein Juwel.»

«Ich meinte doch Ihre Schönheit.» Er klang, als habe sie ihm einen Schlag versetzt.

«Ich weiß, was Sie meinen, und es ist sehr lieb von Ihnen.» Plötzlich war ihr Lächeln wieder strahlend, und als er sah, daß sie ihm verziehen hatte, fühlte er sich beschwingt und wie im siebenten Himmel. «Essen Sie doch noch einen Éclair. Wo steht Ihr Zelt?»

«Unten in dem kleinen Tal. Auf einer Wiese.»

«Bon. Ich mache meist einen Spaziergang nach dem Tee. Wollen Sie mich begleiten?»

«Gern, Mrs. Masters.» Seine Augen leuchteten.

Sie ging nach oben in ihr Zimmer, machte sorgfältig ihr Gesicht zurecht und legte sich einen seidenen Schal um den Kopf. «Ganz falsch, was ich da mache», versicherte sie ihrem Spiegelbild. «Aber ich will nicht wie eine alte Schachtel aussehen.»

«Sie sehen fabelhaft aus, Mrs. Masters», sagte Nicholas fast ehrfurchtsvoll, als sie wieder herunterkam.

Sie nickte ihm dankend zu und ging ihm voran durch den Garten. Er beeilte sich, um ihr die weiße hölzerne Pforte zu öffnen, und sie schritt hindurch.

«Mr. Masters ist sicher in seinem Zimmer und schreibt?» fragte er.

Ein Ehemann im Arbeitszimmer, den man nötigenfalls herbeirufen könnte, wäre von Vorteil gewesen. Aber da sie ein ehrlicher Mensch war, sagte sie:

«Nein, er ist weggefahren, er mußte sein Auto abholen.»

Nicholas erschrak plötzlich. Mit fast flehender Stimme sagte er: «Dann sind nur Sie und Barbara hier?»

«Nein. Barbara ist mit ihm gefahren.» Das strahlende Lächeln war leicht amüsiert.

Jetzt wurde Nicholas von Panik erfaßt. Allein zu sein mit einer schönen eleganten Frau von vierzig Jahren war ein berauschendes Gefühl – vorausgesetzt, ihr Mann und ihre Tochter waren in Hörweite und verhinderten alles, was nicht Verehrung und Bewunderung war. Aber sich plötzlich mit seiner Angebeteten allein auf einem Waldweg zu befinden, nur ein leeres Haus in der Nähe: das war eine Situation, auf die ihn seine Erziehung nicht vorbereitet hatte.

Aus dem Augenwinkel sah Antoinette die Bestürzung auf dem jungen Gesicht. Der Arme fürchtet sich, dachte sie. Jetzt konnte sie beruhigt sein.

Und außerdem mußte Barbara bald zurück sein. So wie die Dinge lagen, war es sicher nicht schwierig, den Jungen in eine solche Panik zu versetzen, daß Barbaras Rückkehr ihm, wenn sie zum richtigen Zeitpunkt erfolgte, wie die Entwarnung nach einem Bombenalarm erschien.

Sie gingen weiter. «Hier ist der Boden ganz weich und sauber. Kommen Sie, wir setzen uns und lauschen auf die Stille», sagte sie und setzte sich ins Gras.

Nicholas setzte sich in sicherer Entfernung nieder. Immer noch lächelte sie ihn an, es war ein Lächeln so hell wie das Sonnenlicht. Es konnte spöttisch, amüsiert oder einfach freundlich sein – oder verführerisch. Er hätte gern gewußt, was für ein Lächeln es sein sollte.

«Sie sind aber gar nicht sehr freundlich», sagte sie.

«Wie bitte? Ach so, ja.» Er rückte etwas näher.

«Nun?» fragte sie mit demselben Lächeln. «Bin ich immer noch ein Juwel, jetzt, wo Sie mit mir allein sind im Wald?»

«Ja . . . natürlich», sagte er stockend.

Sie legte sich zurück, ihr Kopf ruhte auf den verschränkten Händen, und sah ihn ernst an. «Armes kleines Rotkäppchen», sagte sie halblaut.

Er starrte sie an. Er verstand nicht, aber er war tief verletzt. «Was . . . meinen Sie damit?»

«Armes kleines Rotkäppchen ist im dunklen Wald und hat so viel Angst vor dem bösen Wolf.» Sie lachte leise und freundlich und schob sich ein wenig näher an ihn heran.

«Meinen Sie mich?» fragte er irritiert.

Sie setzte sich auf, beugte sich etwas vor und legte ihre Hand auf seine. «Natürlich meine ich Sie, Sie braver junger Engländer! Oder haben Sie etwa keine Angst vor dem alten Franzosenwolf, der so gut Bescheid weiß über alles, über Männer und Frauen und so . . .»

Er schwieg.

«Bin ich nicht viel interessanter als ein Juwel?» fragte sie.

Er sagte immer noch nichts, sondern starrte auf den Erdboden. Sein Gesicht war tiefrot.

Sie lehnte sich noch etwas weiter vor, schob zwei kühle Finger unter sein Kinn und hob sein Gesicht, so daß er sie ansehen mußte. «Seien Sie nicht böse, lieber Junge! Ich habe –» Sie brach ab und sprang auf die Füße. «Telefon!» Er wollte sich ebenfalls erheben, doch sie legte ihm die Hand auf die Schulter und drückte ihn nach unten. «Nein, nein, Sie bleiben hier. Ich bin gleich wieder da.» Mit schnellen Schritten lief sie ins Haus.

Er blieb mit gekreuzten Beinen sitzen, um sich den

Duft des Frühlings und das Lied der Vögel und das goldene Licht der Abendsonne. Es war, als befände er sich in einem anderen Jahrhundert, in der Zeit Elisabeths oder Victorias. Er war allein mit den stillen Bäumen und dem friedlichen Himmel. Aber er fühlte sich nicht im Einklang mit dem Frieden ringsum. Am liebsten wäre er weggelaufen, zu seinem kleinen Zelt, hätte es abgebrochen und wäre in die Nacht hinausmarschiert, auf Nimmerwiedersehen. Er wußte nicht, warum. Antoinette Masters war bezaubernd gewesen, und es war unbeschreiblich schön gewesen, einfach dazusitzen und ihre Schönheit zu betrachten. Und doch wollte er am liebsten davonlaufen! Denn wenn sie zurückkäme und ihm von neuem Angst einjagte mit ihrer liebreizenden Art, ihrer Freundlichkeit und ihrer weiblichen Ausstrahlung ...

Aber er blieb. Und zwar aus drei Gründen: erstens war er nicht der Mensch, der aus Angst vor irgend etwas davonlief, zweitens war Weglaufen höchst unmanierlich, und drittens blieb er, weil Antoinette Masters, auch wenn sie ihm Angst einjagte, doch die schönste und aufregendste Frau war, die er je gesehen hatte.

«Falsch verbunden», sagte Antoinette und legte gerade den Hörer auf, als Barbara ins Haus kam.

«Da sind wir wieder, Maman», sagte sie.

Antoinette streckte die Arme aus. Eben noch hatten ihre Augen amüsiert gefunkelt; jetzt stand nichts als Liebe darin.

«*Ma chérie*! Du kommst gerade zur rechten Zeit. Draußen auf dem Weg in den Wald sitzt Rotkäppchen. Mach dein Gesicht ein bißchen zurecht, und dann lauf und sieh nach.»

«Wer ist es?» Das runde kleine Gesicht strahlte. «Du meinst ... du meinst doch nicht Nicholas?»

«*Le jeune Oxo*, ganz recht», sagte Antoinette lachend.

«Mein Gesicht kann warten», sagte Barbara und stürzte hinaus in den Garten.

«*Zut alors*», murmelte Antoinette. Ein französisches junges Mädchen hätte sich nicht nur das Gesicht zurechtgemacht, sondern sich auch noch eilig umgezogen, Schuhe und Handtasche gewechselt. Es ließ sich nicht leugnen: Barbara war durch und durch englisch.

Jetzt kam Clive Masters herein, Hut in der Stirn, Aktentasche und Schirm in der Hand. «So – jetzt steht er wieder sicher in der Garage», verkündete er. «Läuft tadellos. War etwa der junge Oxo hier und ist dir auf die Nerven gegangen?»

«Keineswegs. Er hat nur mit mir Tee getrunken.»

«Was – du hast ihn empfangen, als du allein warst?»

«Darling, vergiß bitte nicht, daß ich wirklich alt genug bin, um die Mutter seines älteren Bruders zu sein», entgegnete sie sanft.

«Schon gut. Aber mir paßt das trotzdem nicht, Ann. Mir paßt das nicht. Die jungen Leute von heute haben nicht mehr unsere Maßstäbe. Und du kannst sehr anziehend wirken, das weißt du – auch heute noch.»

Antoinette ließ den Kopf hängen. «Danke, Lieber», murmelte sie. Sie wußte, wie Leonard Instone, wann es ratsam war, das Gegenüber nicht weiter zu reizen.

«Wo ist er jetzt?» wollte Clive wissen.

«Unten, auf dem Waldweg. Wenn er nicht geflüchtet ist.»

«Geflüchtet? Wieso?»

«Vielleicht glaubt er, ich wollte ihn verführen. Er ist noch sehr jung. Und sehr englisch.»

Er starrte sie böse an. «Mein Gott, Ann, was hast du da angestellt?»

«Nichts, Clive. Ich hab ihn kaum angefaßt.» Sie lachte fröhlich.

Clive merkte, wie ein sehr häßliches Gefühl in ihm aufstieg. *Kaum* angefaßt? Allein im Wald? Jahrelang hatte er seine Frau als vertraute Selbstverständlichkeit hingenommen. Auf einmal sah er sie, wie sie wirklich war: eine schöne und sehr begehrenswerte Frau, *seine* Frau. Und plötzlich packte ihn wilder Haß auf den Jungen, auf die Frau, die ihm da eben ein Messer mitten ins Herz gestoßen hatten. Er packte sie an den Schultern: «Was ist geschehen? Sag es mir!»

Sie verbarg nicht den Triumph in ihrem spöttischen Lächeln. «Ich habe ihm Angst eingejagt. Große Angst.»

«Und was noch?»

«Nichts.» Sie zuckte die Schultern. «So gut wie nichts.»

Sein Blick blieb herausfordernd und gleichzeitig flehend. Ihr Lächeln blieb das gleiche, und er wußte, er war geschlagen. Abfällig sagte er: «Er scheint genau so ein Waschlappen zu sein wie sein Vater. Obgleich der ... dieser Instone, der aussieht wie Vergißmeinnicht in Milch gekocht, hat doch tatsächlich der alten Frau Pike das Tagebuch aus der Nase gezogen und weigert sich, es mir zu übergeben – mir, dem offiziellen Biographen.»

«Da hat er ganz recht. Er will Pike und die schöne Corinda schonen.»

«Schonen – wieso?» schnappte er. «Wovor schonen?»

«Vor dem Jahre 1980.» Sie blickte ihn kühl an. «Und vor allem, was damit zusammenhängt, auch vor dir und diesem schleimigen Crump.»

Sie sah den Zorn von neuem in ihm aufsteigen. «So ist es recht», sagte er bitter. «Nimm nur mit dem Vater gegen mich Partei und wirf mir auch noch den netten Sohn vor.» Er war offenbar dem Bersten nahe. «Der Satan soll die ganzen Instones holen, einen wie den anderen.»

«Aber es sind doch wirklich reizende Leute», sagte sie sanft. Sie stellte sich vor ihn, zog ihn an einem Jakkenknopf zu sich und pflanzte kleine Küsse auf seine blasse kalte Nase. «Vielleicht ist das der Grund, warum mein liebster Mann sie nicht leiden kann», murmelte sie zwischen ihren Küssen.

Nicholas wartete. Die Sonne sank langsam tiefer.

Es dauerte lange, bis sie wiederkam, dachte er. Vielleicht hatte sie ihn über den Anruf schlichtweg vergessen. In diesem Fall, dachte er erleichtert, wäre es gewiß das beste, wenn er sich unauffällig davonmachte. Zehn Sekunden wollte er ihr noch geben; dann wollte er gehen.

Plötzlich hörte er hinter sich ein Geräusch, ein Rascheln der letzten herbstlichen Blätter. Er fuhr herum und sah, daß wenige Schritte weiter ein kleiner Pfad abging. Sie kam auf einem anderen Weg zurück!

Er merkte, daß er zitterte. Warum bloß hatte er sich nicht davongemacht? Ihm fiel nicht ein, wie er die Unterhaltung fortsetzen könnte. Sie hatte ihn schon einmal ausgelacht, und das hatte geschmerzt. Die Schritte waren jetzt ganz nahe, aber sehen konnte er sie immer noch nicht. Zum Weglaufen war es jedenfalls zu spät.

Die Zweige teilten sich, und Barbara erschien. Lachend und strahlend stürzte sie aus dem Gebüsch, lief auf ihn zu und warf ihm die Arme um den Hals. «Ich dachte schon, ich würde dich verpassen! Auf der ganzen Fahrt dachte ich, du wärst schon weg. Und nun bist du hier!» Sie brach in Tränen aus. Vielleicht hatte sie mit der Alete-Milch doch ein wenig von *la belle France* in sich aufgenommen.

Sie hielten einander fest, und die Schatten im Wald wurden tiefer. Nicholas wußte nun, was er schon im Krankensaal geahnt hatte: daß Barbara, die so ein guter Kamerad sein konnte, eine Frau war – eine Frau, die imstande war, das Leben des Mannes, den sie liebte, mit Liebe und Treue und Freude zu füllen. Und dieser Mann, dessen war er jetzt so gut wie sicher, war *er*. Und er *wollte* geliebt werden – von ihr. Er hatte sich wie ein grüner Junge von einem Stern blenden lassen, der für ihn unerreichbar war. Und außerdem kalt. Er war unsagbar erleichtert.

«Wir waren bei dir zu Hause», erzählte sie. «Und du warst nicht da. Du warst hier.»

«Ja. Wie der Mann, der nach Asmara ging.»

«Welcher Mann?»

«Ach, das ist etwas schwierig, weißt du. Er traf den Tod auf dem Marktplatz – ich glaube jedenfalls.»

«Auf welchem Marktplatz?»

«In Asmara, vermutlich.»

Sie rieb die Nase an seiner Backe. «Nicholas, Liebes, du bist ein Narr. Aber ein süßer Narr.» Sie küßte ihn auf den Mund. «Es wäre bestimmt nicht halb so toll, wenn wir verheiratet wären.»

«Doch, bestimmt. Meinst du nicht, wir sollten es mal versuchen? Wenn wir mit der Schule fertig sind und so.»

Sie preßte ihn an sich. «Ja, warum eigentlich nicht? Heiraten scheint ja immer noch üblich zu sein. Und auch ganz beliebt, glaube ich.»

«Ich mag aber keine Kinder – jedenfalls nicht solche wie Kate.»

«Deine eigenen sind erst viel kleiner als Kate. Du wirst dich sicher an sie gewöhnen.»

Sie schlenderten zum Haus zurück. «Du, Nicholas?»

«Ja?» Er küßte ihr Haar.

«Gilt das nun wirklich? Ich meine, ganz im Ernst? Manche Leute würden vielleicht sagen, wir kennen uns noch gar nicht sehr lange.» In ihrer Stimme klang Zweifel mit.

«Weißt du, mir ist, als ob ich dich mein ganzes Leben lang gekannt hätte.»

Barbara strahlte. «Mir geht's genauso, Nicholas! Merkwürdig, nicht?» Sie dachte einen Augenblick nach. «Nicholas?»

«Ja?»

«Wollen wir es nun den Eltern sagen, und so?»

«Ja, ich wäre dafür», sagte er wichtig. «Ich bin da etwas altmodisch, Liebes. Aber ich finde immer, sie haben ein Recht, es zu erfahren.»

«Gut. Und – du, es war doch keine hypothetische Diskussion, nein? Wir meinen es doch ganz konkret, nicht? Wir beide», sagte sie leicht beunruhigt.

Nicholas blieb stehen und preßte sie an sich. «Mein Bählamm, natürlich ist es ganz konkret», sagte er glücklich. Sie kehrten zurück zu dem Haus, über dem die letzten Strahlen der Abendsonne lagen.

Hand in Hand traten sie durch die Tür. Clive grunzte und stellte mißvergnügt fest: «Na, da hast du ihn ja gefunden.» Aber Antoinette sah das Leuchten in ihren Augen und sagte herzlich: «Kommt herein, ihr zwei.» Ihr Trick war also gelungen! Junge Liebe strahlte beiden aus den Augen, funkelnd wie Tautropfen, zart und süß wie Apfelblüten. Sie hoffte inständig, Barbara werde sie auskosten, diese Seligkeit, die so schnell verging ... Sie nahm ein hauchdünnes Spitzentaschentuch und betupfte sich damit die Augen. Wie oft hatte sie damals gewünscht, die Zeit anhalten zu können!

Clive sah sie erstaunt an. «Was zum Teufel ist denn mit dir los, Ann?»

Sie schwieg. Noch einmal tupfte sie sich die Augen.

Barbara sagte zu Nicholas: «Sag du's ihm, Lieber.»

Nicholas straffte sich. «Ich – wir fanden, Sie sollten es wissen, Sir, daß Barbara und ich – wir wollen uns nämlich verloben. Natürlich ist es erst mal sozusagen nur ein prinzipielles Übereinkommen. Wir sind ja noch etwas jung, nicht wahr.»

Man sah es Clive an, wie der Zorn von ihm Besitz ergriff. Mit geröteter Stirn sagte er: «Ich finde es wirklich rührend, daß Sie mich von diesem prinzipiellen Übereinkommen in Kenntnis setzen, das muß ich schon sagen. Ich hätte gedacht, ich wäre der letzte, der davon erfährt.»

Nicholas war beunruhigt. Hatte er richtig gehört? War da in Clives Worten ein sarkastischer Unterton gewesen? «O nein, Sir», beteuerte er. «Ich finde, Sie müssen der erste sein, der es erfährt.»

«Erfährt?» rief Clive hitzig. «*Erfährt?* Meinen Sie nicht, der *gefragt* werden müßte, Sie unverschämter Lümmel?»

Nicholas war gekränkt und verwirrt. Antoinette griff ein und sagte: «Mein Mann hat es nicht so bös gemeint, *mes enfants*. Immerhin: auch in Frankreich ist es üblich, den Papa um seine Zustimmung zu bitten.»

«Damit sie sich dann um die Mitgift streiten können!» sagte Barbara aufgebracht. «Aber eins sag ich dir, Daddy, *ich* laß mich nicht verkaufen.» Sie murmelte noch etwas von preisgekrönten Säuen und Mutterschafen.

Nicholas wandte sich an Clive. «Es tut mir leid, Sir, wenn ich unverschämt war.» Er stand hochaufgerichtet da und fragte ernst: «Bitte, Sir – habe ich Ihr Einverständnis, mich mit Ihrer Tochter zu verloben?»

«Nein, das haben Sie nicht. Ihr seid ja noch Schulkinder! Ihr habt wohl den Verstand verloren! Raus mit euch!»

«Daddy!» Barbara war empört.

«Clive!» Auch Antoinette war außer sich. Dieser ... dieser Bulle trampelte da über die Apfelblüten hinweg – und das an dem schönsten Tag der beiden Kinder!

«Darf ich Ihre Gründe erfahren, Sir?» fragte Nicholas ruhig.

Einen Augenblick schwieg Clive, er schwoll sichtlich an vor Wut. Dann sagte er kalt und deutlich: «Ich wollte erst sagen, weil Sie viel zu jung sind. Aber wenn Sie mich in fünf Jahren um Erlaubnis fragten, würde ich immer noch nein sagen.»

«Und warum?» fragte Nicholas, der sehr blaß geworden war.

«Weil ich Sie nicht mag. Sie nicht und Ihre ganze Familie nicht.» Eine neue Zornwelle durchfuhr ihn so plötzlich wie ein Buschfeuer das Unterholz. «Ihr Vater fährt meinen Wagen zuschanden. Ihre Mutter hält mir eine Predigt, als ob ich ein verzogenes Kind wäre. *Sie* kommen her und machen sich an meine Frau ran, und fünf Minuten später kommen Sie ins Haus und erzählen mir – *erzählen* mir! –, Sie hätten beschlossen, sich mit meiner Tochter zu verloben. Reicht Ihnen das?»

Barbara saß wortlos auf der Couch und ballte die Fäuste. Antoinette stand daneben und betrachtete fasziniert die erregte Szene. Nicholas sagte nicht ohne Würde: «Barbara und ich, wir lieben uns. Das wiegt doch wohl alle Ihre Argumente auf.»

«So – ihr liebt euch?» schrie Clive Masters. «Bis vor fünf Minuten waren Sie noch in meine Frau verknallt!»

Ein geschickter Zug. Nicholas blickte flehend zu Mrs. Masters hinüber, aber sie kam ihm nicht zu Hilfe. Er begann zu stottern. «Ich fürchte, Sir, Mrs. Masters, es war ... eine jugendliche Verliebtheit ...»

«Aha. Und in diesen fünf Minuten haben Sie die jugendliche Verliebtheit für die Frau eines anderen Mannes hinter sich gelassen und eine reife und dauerhafte Liebe zu meiner Tochter entwickelt?»

«Ja, Sir», sagte Nicholas tapfer.

«Raus mit Ihnen.» Mit erhobener Hand ging er plötzlich auf Nicholas zu. «Raus!»

Nicholas rührte sich nicht.

Endlich fand Barbara ihre Stimme wieder. «Daddy, entweder läßt du uns heiraten, oder ich geh mit ihm ins Bett.»

Clive erschrak. Auch wenn er sich als Führer der Avantgarde gab, aus dem Munde seiner Tochter mochte er so etwas nicht hören. «Sprich nicht so!» fuhr er sie an, und ausnahmsweise schien Nicholas hier der gleichen Ansicht zu sein, denn er sagte:

«Ich wäre aber lieber erst verheiratet.» Es klang fast ein wenig schamhaft.

«Na, *meine* Tochter heiraten Sie jedenfalls nicht. Ich habe auf meine Stellung Rücksicht zu nehmen. Ich lasse es nicht zu, daß Barbara den Sohn irgendeines kleinen mickrigen Bankbeamten heiratet.»

Nicholas wandte sich auf dem Absatz um und verließ das Haus.

Barbara stürzte ihm nach. Clive packte sie und hielt sie fest, obgleich sie schrie und mit Füßen nach ihm trat. Schließlich beruhigte sie sich und blickte ihren Vater böse an. «Ich heirate ihn, sobald ich mit der Schule fertig bin», sagte sie trotzig. «Und du weißt, daß du mich nicht daran hindern kannst.»

«So, so», sagte Antoinette. «Jugendliche Verliebtheit. Clive, mein Lieber, ich komme mir auf einmal ganz alt vor.»

«Ja», stimmte er zu. «Und es macht dir auch sicher wenig Spaß, plötzlich wie eine heiße Kartoffel fallengelassen zu werden, nicht wahr? Aber daran bist du selber schuld, mein Herz. Eine Frau in deinem Alter – und läßt sich mit so einem Jüngelchen ein.»

Barbaras Blick ging langsam von ihrem Vater zur Mutter. «Maman! Das hast du doch nicht wirklich getan?»

«Nur um deinetwillen, mein Liebes», sagte Antoinette ruhig. Barbara lief aus dem Zimmer, und sie hörten sie die Treppe hinauflaufen.

«Mein lieber Clive, das hast du ja wohl mit Absicht gesagt.» Der Blick, den Antoinette ihrem Mann zuwarf, war nicht gerade liebenswürdig. Sie verließ das Zimmer und ging ebenfalls nach oben. Clive zuckte die Schultern und schenkte sich einen Brandy ein. Dann trat er ans Telefon und rief Amos Crump an.

«Amos? An dem Tagebuch ist doch was dran.»

«Tatsächlich? Woher wissen Sie das?»

«Instone hat es der Frau in Boding aus der Nase gezogen, und jetzt will er es nicht rausrücken. Da ich der offizielle Biograph bin, habe ich es natürlich von ihm verlangt. Aber er hat es mir nicht mal gezeigt.»

«Sind Sie bei ihm gewesen?»

«Ja. Er tat sehr großartig und redete dummes Zeug – über Pikes guten Ruf und so weiter. Und lehnte es glattweg ab, es mich auch nur sehen zu lassen. Und er spricht davon, es zu publizieren.»

«Das wäre natürlich nicht so gut für Ihre fiktive Biographie. Dann könnten Sie als der Dumme dastehen.» Crump konnte eine gewisse Befriedigung in seiner Stimme nicht ganz unterdrücken.

«Ach, hören Sie auf mit der Biographie – das Drehbuch fürs Fernsehen ist wichtiger! Stellen Sie sich doch mal vor: die Produzenten geben ein paar hunderttausend dafür aus, und dann geht dieser Instone hin und bringt das authentische Tagebuch heraus! Wir müßten der Fernsehgesellschaft eingestehen, daß wir uns mit dem Drehbuch ein paar ... Freiheiten erlaubt haben. Und die könnten dann entweder einpacken oder müßten sich von der Kritik zerfleischen lassen.»

«Was sie sicher sehr glücklich machen würde ...»

«Bestimmt.»

«Hätten Sie es nicht klauen können?»

«Doch. Aber ich bin ein gesetzestreuer Mensch, Amos.»

Die Feststellung machte keinen Eindruck auf Amos Crump. «Ich hatte also doch recht», sagte er. «Ich hab Ihnen ja gesagt, der verbirgt irgendwas.»

«Ja», gab Clive widerwillig zu.

Kurzes Schweigen. Dann fragte Amos: «Und wie bekommen wir es?»

«Jeder hat seinen Preis», erwiderte Clive.

«Meinen Sie etwa, wir sollten es ihm abkaufen?»

«Er wird nicht viel verlangen. Für den sind fünfzig Pfund schon eine Menge Geld. Ich habe sein Haus gesehen, Crump – ein Reihenhaus irgendwo draußen.»

«Allmächtiger», sagte Amos.

Jane und Leonard Instone wollten gerade schlafen gehen, als das Telefon klingelte. Leonard nahm den Hörer ab; Jane ging nach oben.

«Instone? Hier Masters.» Die Stimme klang jetzt versöhnlicher. «Hören Sie, ich will da weiter keine Schwierigkeiten machen, aber Ihr Sohn ... erst führt er sich bei meiner Frau auf wie der junge Woodley, und jetzt läuft er meiner Tochter nach. Reden Sie mal mit ihm, ja?»

«Ich ... also das kann ich gar nicht glauben.»

«Aber es stimmt. Ich sag's Ihnen doch. Und noch eins: für das Tagebuch von diesem Pike werden Sie nie einen Verleger finden. Ich mache Ihnen einen Vorschlag: ich schicke Ihnen einen Scheck über fünfzig Pfund, und Sie schicken mir das Buch, ja? Für Sie ist das keine große Sache, und –»

Päng! Der Hörer wurde auf die Gabel geknallt. Masters war verblüfft. Er mochte Instone nicht, aber er hatte immer angenommen, es sei einiges von einem Gentleman in ihm.

Er rief wieder bei Crump an. «Amos, an dem Tagebuch muß allerhand dran sein. Einen Scheck hat er jedenfalls abgelehnt.»

«Nein!»

«Kriegen müssen wir es. Nehmen wir mal an –»

«Gar nichts nehmen wir an», sagte Crump kurz. «Meine Devise ist: wenn man den Gegner nicht schlagen kann, muß man sich mit ihm verbünden. Also ...»

Es wurde ein langes, teures Gespräch, aber am Ende hatten beide das Gefühl, es habe sich gelohnt. Vor allem Amos Crump, der die Rechnung nicht zu bezahlen brauchte.

Leonard war sehr nachdenklich, als er ins Schlafzimmer kam. «Es war Masters, Jane. Sag mal, ist er dir jemals irgendwie – unnormal vorgekommen?»

Sie überlegte. «Nein. Ich kann ihn nicht leiden, aber ich halte ihn für ganz normal. Warum?»

Leonard zog sein Jackett aus. «Er hat mir eben fünfzig Pfund angeboten, für Pikes Tagebuch.»

«Na, das ist noch nichts Unnormales. Er ist eben kein Gentleman. Hast du's angenommen?»

«Selbstverständlich nicht. Ich habe den Hörer aufgelegt.»

Sie betrachtete ihn zufrieden. «Ja, das war recht. Ich glaube, hundert ist es bestimmt wert.»

Er war so erstaunt, daß er sich auf die Bettkante setzte. «Du glaubst doch nicht, daß ich es ihm überhaupt gebe, egal zu welchem Preis?»

Jetzt war sie erstaunt. «Und warum nicht?»

«Aber Jane ... wie lange sind wir verheiratet? Kennst du mich so schlecht?»

Es war zwecklos – sie würde ihn nie verstehen. Mit müder Stimme sagte er: «Masters hat außerdem noch gesagt, Nicholas habe sich unliebsam aufgeführt, sowohl mit Mrs. Masters wie mit Barbara. Das war der Grund, warum ich mich fragte, ob er wohl ganz normal sei.»

Jane dachte lange nach. Dann sagte sie: «Ja, er war sichtlich geblendet von der Mutter, ich dachte, das hättest sogar du bemerkt. Aber vielleicht», fügte sie ruhig hinzu, «warst du selber zu sehr geblendet, um es zu bemerken.»

Er sagte nichts dazu. Sie fuhr fort: «Und Barbara hatte es auf *ihn* abgesehen. Aber ich hätte nie gedacht, daß er sich mit beiden einläßt.» Sie wandte sich zu ihm: «Willst du mit ihm reden?»

«Das muß ich wohl», sagte er resigniert.

Antoinette war im Grunde erfreut, als sie ihre Tochter schluchzend auf dem Bett fand. Das englische *sang froid* war immer recht deprimierend für sie, und sie war froh, daß ihr Kind einen echt gallischen Wutanfall zustande brachte. Sie legte die Hand auf die zuckende Schulter und sagte ruhig: «Ich glaube, sein Zelt steht unten auf der Wiese.»

Barbara fuhr herum, starrte sie an, wischte sich mit dem Handrücken die Tränen aus den Augen – und war verschwunden wie ein Blitz. Antoinette schüttelte seufzend den Kopf. Wie konnte man mit verheultem Gesicht zu seinem Liebsten gehen! Diese Engländer, dachte sie betrübt, hatten eben keinen Sinn für das *Comme-il-faut*.

Es war schon dunkel, aber der Mond schien, und es war sicher nicht schwer, ein Zelt auf der Wiese zu finden.

Doch es war kein Zelt zu sehen. Sie lief hin und her in dem geisterhaften Mondlicht, sah überall nach, die Augen wieder voller Tränen, aber ein Zelt war nicht da.

Plötzlich hörte sie hinter sich ein Geräusch. Sie fuhr herum. In den Ginsterbüschen bewegte sich jemand. Der Mond war jetzt verhangen. Wenn es Nicholas war, würde er ihr doch entgegenlaufen. Der Mann da kroch aber immer weiter weg. Sie hatte Angst, aber sie mußte es wissen. «Nicholas!» rief sie laut.

Die Gestalt blieb stehen, wandte sich um und kam langsam und zögernd auf sie zu: «Hallo.» Tonlos und ohne Wärme.

Es war Nicholas, und sie lief ihm entgegen. Und dann – vielleicht zum erstenmal in ihrem Leben – zwang sie sich, stehenzubleiben und nachzudenken. Vielleicht war es nicht ganz das richtige, sich ihm in die Arme zu werfen. Ihr fiel ein, was ihre Mutter immer sagte: «Eile mit Weile» und «Hast bringt Last». Noch nie hatte sie darauf gehört, aber jetzt, als sie Nicholas so zögernd herankommen sah, fiel es ihr ein. Und noch etwas, was ihre Mutter oft gesagt hatte, fiel ihr ein: «Jeder Mann ist ein Jäger. Und kein Jäger hat es gern, wenn der Hase ihm von selber in den Sack springt. Das verdirbt ihm den Spaß am Jagen.»

Und so blieb sie stehen und wartete.

Nicholas kam heran und blieb stehen, den Rucksack auf dem Rücken. Er sah zornig aus und verletzt. Und sie wußte, daß ihre Zukunft von den nächsten Minuten oder sogar Sekunden abhing. Ein falscher Schritt – und er würde weggehen und nie wiederkehren.

Sie sagte ruhig: «Hallo, Lieber. Du willst also gehen?»

«Ja.»

Sie blickte zu Boden. «Wenn du jemals vergessen kannst, was mein Vater vorhin gesagt hat, und nur an die ... an die anderen Dinge denkst ...» Sie wußte nicht weiter.

Er wartete. Traurig blickte sie ihn an. «Ja?» sagte er ungeduldig.

Es war, als habe er sie geschlagen. Aber sie sagte einfach: «Dann werde ich immer für dich dasein.»

Er stand da und blickte auf sie herab. Einen Augenblick lang dachte sie, er werde sich herunterbeugen und sie küssen, aber er tat es nicht. Er sah nur weiterhin gekränkt aus. Sie wußte, was Maman ihr jetzt raten würde, und diesmal traf es sich mit ihren eigenen Wünschen. Männer! Chauvinisten! Da stritten sich zwei, und wer blieb auf der Strecke? Die arme Barbara! Typisch Männer. Von ihr aus konnten sie alle im Orkus verschwinden. In den siebzig oder achtzig Jahren, die der Menschheit noch verblieben, würden die Frauen sehr gut ohne Männer fertig werden. Sie blickte Nicholas an.

«Aber besinn dich nicht zu lange», sagte sie, drehte sich auf dem Absatz um und lief davon.

Nicholas sah ihr erstaunt nach. Er war plötzlich nicht mehr zornig und gekränkt, sondern überrascht und gekränkt. Zum zweitenmal hatte sich Barbara nicht wie ein Kamerad benommen, sondern wie ein richtiges Mädchen. «Babs!» schrie er. «Barbara!» und lief hinter ihr her. Aber eine Wolke hatte sich vor den Mond geschoben, und Barbara stand hinter einem Baum verborgen und rührte sich nicht. Nach einer Weile sah sie, wie er sich umwandte und auf die Landstraße zurückkehrte. Und sie schlug die Stirn gegen den Baum und grub die Nägel in die Rinde.

12

Lieber Mr. Instone,

ich denke, Sie haben ein Anrecht darauf, über den Stand der Angelegenheit Pike informiert zu werden. Schließlich waren Sie es, der mich auf Pikes Bücher aufmerksam machte. Hätten Sie das nicht getan, wäre er sicher der Vergessenheit anheimgefallen.

Im Augenblick ist ein Projekt im Gange, das sich rapide entwickelt: Erstens wurde die Pike-Gesellschaft gegründet, deren Vorsitzender ich bin, und außerdem wurde eine zweite Firma ins Leben gerufen, die Lazarus GmbH, die die Aufgabe hat, die Herstellung geschmackvoller Pike-Souvenirs zu finanzieren und ein Haus zu beschaffen, das für die Betreuung der Touristen besser geeignet ist als das kleine Cranberry Cottage. (Übrigens wird Ihre alte Freundin Lottie Pike als Hausbesorgerin, Kurator und Fremdenführerin in das neue Haus einziehen.) Der Gemeinderat hat sich (wie ich gestehen muß, nur ungern) zum Bau neuer Toiletten bereit erklärt, und die Brauerei hat großzügigerweise als Schmuck für die *Stille Frau* ein paar Pferdegeschirre aus Plastik gestiftet. Der Verkehrsverein wird den Ort vermutlich im nächsten Sommer in sein Brontë-Ausflugsprogramm aufnehmen.

Und nun komme ich zum eigentlichen Grund meines Schreibens. Mr. Masters und ich sind Geschäftsführer der Lazarus GmbH, und es scheint uns nicht mehr als billig, daß auch Sie, da Sie bei der Entstehung unseres Teams mitgewirkt haben, in das Unternehmen aufgenommen werden. Ich brauche nicht zu betonen, daß Mr. Masters und ich ja nur Männer der Feder sind und wir es daher begrüßen würden, einen Mentor zur Seite zu haben, der sich mit finanziellen Dingen auskennt. Dazu wären Sie mit Ihrer Bankerfahrung genau der richtige. Wir bitten Sie daher, in der Lazarus GmbH den Posten des Kassenwarts anzunehmen; er würde, glaube ich, nicht allzuviel Arbeit mit sich bringen. Das Gehalt wäre klein, aber nicht unbedeutend. Doch wie ich schon sagte, die Sache ist erst im Aufbau begriffen, hat aber große Möglichkeiten im Bereich der Literatur, des Fernsehens und Tourismus und der Andenkenindustrie, ganz zu schweigen von dem kulturellen Prestige, das mit dem Projekt verbunden ist. Spätere Generationen werden uns vielleicht ebenso verpflichtet sein wie wir heute den Menschen, die aus Haworth oder aus Stratford ein lukratives Unternehmen gemacht haben!

Ich sehe gern Ihrer baldigen Zusage entgegen und bin mit freundlichen Grüßen

Amos Crump

Warum? fragte sich Leonard immer wieder, als er den Brief gelesen hatte. Warum? Was steckte dahinter? Den Schmus von der «Mitwirkung bei der Entstehung des Teams» und die bescheidene Wendung «nur Männer der Feder» konnte er gleich abschreiben. Und in finanziellen Dingen hätte vermutlich Shylock noch allerhand von Amos und Clive lernen können.

Sie mußten also irgendwas von ihm wollen. Aber was besaß er, woran den beiden so viel lag? Einen Augenblick dachte er an das Tagebuch. Aber darum würden sie sich nicht so viel Mühe machen! Es stand wenig darin, was sie wirklich gebrauchen konnten. Und Masters war auch ohne die paar Fakten des Tagebuchs imstande, eine Biographie zu schreiben.

Nein. Er verstand es nicht. Und er war jetzt sehr argwöhnisch. Unpraktisch mochte er sein, aber ein Dummkopf war er nicht.

Und trotzdem: er fühlte sich geschmeichelt. Es gab bestimmt nicht viele kleine Bankbeamte, die von bekannten Verlegern Briefe erhielten, in denen man sie fast inständig bat, einen Posten als Kassenwart zu übernehmen. Und ganz bestimmt waren es nur ganz wenige, die von Berühmtheiten wie Clive Masters angerufen wurden. Aufmerksam las er den Brief noch einmal durch.

Gehalt klein, aber nicht unbedeutend. Vielleicht reichte es für Kates Schulgeld aus! Und das Prestige! Auch das war nur Schmus, natürlich. Aber immerhin: die Aussicht, Lazarus Pike einen gebührenden Platz in der englischen Literatur verschafft zu haben, ließ sein Herz schon jetzt höher schlagen.

Aber da war noch etwas: der Brief enthielt in Klammern eine kurze nebensächliche Bemerkung, die Leonard in freudige Erregung versetzte. Wider besseres Wissen und ohne Jane zu Rate zu ziehen, rief er Amos Crump an und vereinbarte eine klärende Besprechung.

«Nicholas!» Kate war gerade aus der Schule gekommen und stieß einen Freudenschrei aus, als sie ihren Bruder sah. Sie warf ihm die Arme um den Hals und sagte: «Ich dachte, du wolltest ganz lange wegbleiben?»

«Das dachte ich auch», sagte Jane. «Aber man weiß ja, ein falscher Fünfer kommt immer zurück.»

Auch als Leonard aus der Bank kam, sagte er erstaunt: «Hallo, Nicholas – ich hatte dich noch gar nicht erwartet.» Es klang nicht sehr erfreut, und Leonard war auch nicht sehr erfreut. Jane wollte, daß er seinen Sohn wegen Mrs. Masters und Barbara zur Rede stellte, und er hatte gehofft, damit noch ein paar Tage Zeit zu haben.

Als sie beim Tee saßen, fragte er: «Warum bist du denn so früh zurückgekommen? Schlechtes Wetter?»

«Nein. Schlechte Manieren», gab Nicholas mit gerunzelter Stirn zurück.

«Ach? Und wessen schlechte Manieren?»

«Mr. Masters'.»

«Aha», sagte Leonard, als sei damit alles erklärt.

«Wieso aha, Daddy?» fragte Kate neugierig. «Wo hast du denn Mr. Masters überhaupt getroffen, Nicholas?»

«Ich dachte bloß ...» begann Leonard unsicher.

«Ich bin bei ihnen gewesen, als ich in der Gegend war», erklärte Nicholas leichthin.

«Um diese Barbara zu sehen, bestimmt.»

«Nein, du Göre. Um ihre Mutter zu sehen», gab Nicholas zurück. Was natürlich dumm war, das wußte er.

«Wozu wolltest du ihre Mutter sehen?» Kate riß die Augen auf und starrte ihren Bruder an.

«So, nun geh mal rauf und mach deine Schularbeiten», sagte Jane.

Kate prustete entrüstet in ihre Tasse. «Ich hab ja noch gar nicht ausgetrunken.»

«Dann nimm deinen Tee mit nach oben!» ordnete Jane in unmißverständlichem Ton an. «Dein Vater hat etwas mit Nicholas zu besprechen», fügte sie hinzu und blickte Leonard aufmunternd an.

Kate erhob sich, murmelte etwas von Tyrannei und Unterdrückung und suchte sich noch ein Stück Kuchen aus. Sie balancierte ihre Teetasse auf dem Teller, nahm ihre Schulmappe an sich und verließ mit einem finsteren Blick auf ihre Mutter und einem flehenden Blick auf ihren Vater – der mit seinen Gedanken ganz woanders war – mit viel Getöse das Zimmer.

Leonard glich im Augenblick einem Badenden, der mit der Fußspitze das Wasser ausprobiert und plötzlich ins tiefe Wasser gestoßen wird. Nicholas machte es ihm nicht leichter, als er kurz sagte: «Also, dann mal los, Dad.»

Leonard hatte gerade einen Keks im Mund. «Mr. Masters hat mich angerufen», sagte er nach einer Weile. «Er sagt – ich hab ihm natürlich kein Wort geglaubt, ich wiederhole nur, was er sagte – er sagt, du hättest dich bei seiner Frau wie der junge Woodley aufgeführt, und jetzt liefst du seiner Tochter nach.»

Nicholas war rot geworden und zog die Brauen zusammen.

«Wer ist der junge Woodley?» fragte er.

«Es ist ein Schauspiel. Von John van Druten, glaube ich. Es war doch van Druten, nicht wahr, Jane?»

«Ach, laß das doch», sagte Jane.

Leonard hoffte, sie werde die Zügel übernehmen, aber sie tat es nicht. Er fuhr also fort: «Soviel – soweit ich mich entsinne, verliebte er sich in die Frau seines Schulmeisters.»

Schweigen. Wenn doch bloß jemand was sagen wollte, dachte Leonard. «Stimmt es denn, Junge?» fragte er sanft.

«Was?»

«Daß du dich in Mrs. Masters verliebt hast.»

«Ich weiß nicht, was dich und Mum das angeht.»

«Werde nicht impertinent!» sagte Jane scharf.

«Also gut», sagte Leonard geduldig. «Aber das Mädchen geht uns schon etwas an. Sie ist noch sehr jung und hat dich offenbar gern. Du wirst ihr gewiß nicht absichtlich weh tun, aber ...»

«Ich hab sie gefragt, ob sie mich heiraten will», erklärte Nicholas. «Wenn wir mit der Schule fertig sind, natürlich.»

«Aber Junge, das geht doch nicht!» Jane sah gleichzeitig erschrocken und leicht amüsiert aus.

«Und was hat sie gesagt?» fragte Leonard.

«Sie hat ja gesagt.»

Selbst Leonard merkte, daß sein Sohn nicht aussah wie ein Mann, der von seinem geliebten Mädchen das Jawort erhalten hatte. «Und dann?»

«Hat mich ihr Vater aus dem Haus geworfen.»

Niemand sagte etwas. Jane und Leonard waren konsterniert. Nicholas schluckte und sagte:

«Er hat gesagt, er mag mich nicht. Und er machte sehr deutlich, daß ich ihm nicht gut genug sei.»

«Der Mann ist ein absolutes Schwein», erklärte Jane. «Das habe ich immer gefunden, wenn ich sah, wie er im Fernsehen die Leute interviewte.»

Und das, dachte Leonard, war der Mann, mit dem er soeben eine geschäftliche Vereinbarung getroffen hatte, von der er Jane noch gar nichts erzählt hatte.

«Und was ist nun mit dir und Barbara?» fragte er.

«Das weiß ich nicht. Ich hatte eine solche Wut, daß ich einfach nach Hause kam, so schnell ich konnte. Im Augenblick ist mir so, daß ich keinen von dieser Familie je wiedersehen möchte.»

«Auch das Mädchen nicht?» fragte Jane.

Nicholas schüttelte düster den Kopf. «Ich dachte es wenigstens, aber jetzt bin ich nicht mehr so sicher.»

«Du bist doch sonst nicht so unversöhnlich, Nicholas», meinte Leonard. «Er muß etwas ziemlich Unverzeihliches gesagt haben, sonst wärst du nicht so.»

«Ja, hat er.»

«Was denn?»

«Ach, laß doch, Dad.»

Leonard ahnte etwas. «War es etwas über mich?»

«Laß es doch, bitte, Dad.»

«Was hat er gesagt?»

«Nun sag es uns schon», meinte Jane.

«Er sagte: ‹Ich lasse es nicht zu, daß Barbara den Sohn irgendeines kleinen mickrigen Bankbeamten heiratet.›» Nicholas starrte auf das Tischtuch. «Tut mir leid, Daddy. Ich ... es tut mir leid.»

«Schon gut», sagte Leonard kurz. Jetzt wußte er, was die Geschäftsführer von ihm hielten. ‹Mitwirkung bei der Entstehung – Sie mit Ihrer Bankerfahrung› – alles Humbug.

Jane war aufgesprungen und hatte sich auf Leonards Sessellehne gesetzt. Sie legte den Arm um ihn und drückte seinen Kopf an ihre Brust. «Umbringen möchte ich ihn», sagte sie aufgebracht.

«Tut mir leid, Dad», sagte Nicholas noch einmal. «Ich wollte es dir ja nicht sagen. Nur ...»

Leonard war nahe daran, den Arm seiner Frau von sich zu schieben. Er setzte sich auf und schob die Brille zurecht. Meist war er so etwas wie ein moralischer Feigling, aber es gab Augenblicke, da wollte er reinen Tisch machen. Oder wollte er jetzt nur Janes teilnehmende Stimmung ausnützen? Er sagte entschlossen: «Komm, setz dich wieder hin, Jane. Ich muß euch etwas sagen, euch allen beiden.»

Erstaunt nahm Jane wieder Platz. offenbar war Leonard ihr Mitgefühl zuviel, obgleich er tief gekränkt sein mußte.

«Ich hätte es dir schon gleich zu Anfang sagen sollen, Jane, aber ich habe es nicht getan. Das macht es jetzt um so schwieriger, weißt du.»

Sie wartete gespannt. Es war doch wohl nicht möglich, daß auch Leonard, *ihr Leonard*, sich bei der Dame Masters wie ein Narr aufgeführt hatte? Na, dann konnte er was erleben!

Fast war sie ein wenig enttäuscht, als er sagte: «Vor ein paar Tagen bekam ich einen Brief von Amos Crump.» Er zog einige Briefe mit Eselsohren aus der Brusttasche, blätterte sie flüchtig durch und schob sie wieder zurück. «Ich hab ihn anscheinend nicht bei mir», murmelte er.

«Vielleicht kannst du uns erzählen, worum es sich handelt», sagte Jane geduldig.

«Ja», sagte Leonard bereitwillig. «Ihr erinnert euch doch noch an Ill Boding – wo wir zur Hochzeit eingeladen waren?»

Beide nickten.

«Wo Lazarus Pike Lehrer an der Schule war.»

Wieder nickten sie. Zu sprechen wagten sie nicht; der Fluß der Erzählung durfte nicht unterbrochen werden.

«Crump und Masters haben große Pläne mit dem Dorf. Es soll ein zweites Haworth oder gar Stratford werden. Sie haben eine Gesellschaft gegründet, Lazarus GmbH, und sind dabei, ein großes Haus als Touristenzentrum zu beschaffen. Pikes Nichte Lottie, die jetzt im Cranberry Cottage wohnt, gibt ihr Haus auf und übersiedelt als Hausbesorgerin und Fremdenführerin in das neue Haus.»

Jane schenkte sich eine Tasse Tee ein. «Leonard, möchtest du auch noch? Und Nicholas? Er ist zwar fast kalt, aber es ist noch viel da.»

Beide schüttelten den Kopf. Leonard sagte:

«Für die Lazarus GmbH suchen sie jemand, der den Posten des Kassenwarts übernimmt, als Teilzeitarbeit. Sie zahlen fünfhundert Pfund im Jahr, aber das soll noch steigen.»

Jane trank einen Schluck Tee und zog ein Gesicht. «Und was, um Himmels willen, hat das alles mit uns zu tun?»

«Ich hab mich erkundigt», sagte Leonard, «und festgestellt, daß Lottie Pike bereit wäre, ihr Cottage dem Kassenwart der neuen GmbH für zehntausend Pfund zu verkaufen. Für dieses Haus hier würden wir mehr kriegen.»

«Leonard, kannst du nicht, bitte, sagen, was uns das alles angeht? Oder geht es uns gar nichts an?»

«Doch», sagte Leonard sinnend. «Das Gehalt würde gerade ausreichen für Kates Schulgeld. Und das Cottage wäre für meinen neuen Posten in der Bank ideal gelegen.»

«Leonard!» Endlich hatte Jane begriffen. «Du gehst – du spielst doch nicht etwa mit dem Gedanken, mit *diesen beiden* gemeinsame Sache zu machen?»

«Nein», sagte Leonard erschrocken, aber zum Äußersten entschlossen. «Ich habe bereits zugesagt.»

Sie starrten ihn ungläubig an. «Du mußt verrückt sein», sagte Jane.

«Dad! Mit *dem* Mann? Der dich ... du weißt ja was ... genannt hat?»

«Zu der Zeit wußte ich das noch nicht.»

«Hättest du es sonst gelassen?» fragte Jane bitter.

«Nein, ich glaube nicht. Wir brauchen dieses Geld dringend. Und wir brauchen ein Haus in der Gegend dort – irgendein Haus. Außerdem ...»

«Was, außerdem?» Janes Frage klang nicht sehr ermutigend.

«Na ja – ihr werdet da wohl nicht mit mir übereinstimmen, aber ich habe ein großes Interesse an Lazarus Pike. Ich war ja auch, wie Crump sagt, dafür verantwortlich, daß die ganze Sache in Gang gekommen ist. Ich habe sein Tagebuch gelesen, er muß ein bezaubernder Mensch gewesen sein, er –»

Jane unterbrach ihn. «Leonard, kannst du mir einen einzigen triftigen Grund nennen, was diese beiden Literaturpiraten dazu veranlassen könnte, ausgerechnet dir zu helfen? Vor allem da wir jetzt wissen, was zumindest einer von dir hält.»

Leonard überlegte angestrengt. «Nein», sagte er schließlich.

Jane blickte ihn erzürnt an. «Und warum hast du dann zugestimmt? Hast du ihnen das etwa abgenommen, das ganze Zeug, daß du die Sache in Gang gesetzt hast?»

«Nein, das habe ich nicht», gab er verärgert zurück.

«Also, warum dann?» beharrte sie.

Leonard erhob sich und sagte würdevoll: «Weil ich keine Lust mehr habe, in einem dummen kleinen Steinkasten zu leben. Ich möchte in einem Haus wohnen, das mir etwas bedeutet. Und weil ich die Ausbildung meiner Tochter finanzieren will, ohne daß meine Frau dadurch zu kurz kommt. Und weil ich es, bevor ich sterbe, etwas weiterbringen möchte als bis zu einem mickrigen kleinen Bankbeamten.» Damit verließ er das Zimmer, und sie hörten, wie er langsam die Treppe hinaufging in sein Arbeitszimmer.

«Hast du etwas dagegen, wenn ich mal telefoniere, Mum?» fragte Nicholas. Als seine Mutter lächelnd den Kopf schüttelte, ging er an den Apparat und wählte Clive Masters' Nummer.

Antoinette meldete sich. «Nicholas? Wie nett. Barbara? Ich weiß es nicht. Ich werde mal sehen, ob ich sie finden kann.»

Er wartete. Es dauerte lange. Armer Dad – das kostete sein Geld. Endlich: «Nicholas? Nein, sie ist anscheinend nicht hier. Tut mir leid. Wiedersehen.»

Kalt. Er legte den Hörer auf. Er war völlig verwirrt. Es hieß zwar immer, Frauen seien unberechenbar, aber von Barbara hatte er das nie geglaubt. Barbara war ein Kumpel – bisher jedenfalls. Natürlich brauchte er sich nicht weiter um sie zu kümmern. Aber er hatte irgendwie das Gefühl, daß diese neue spröde Barbara für sein Leben notwendig war. Es war alles sehr schwierig, und er sah überhaupt nicht mehr durch.

Leonard saß lange still in seinem kleinen Zimmer und tat ausnahmsweise einmal nichts; er blickte hinaus über die Schornsteine, die auf der einen Seite noch im abendlichen Sonnenlicht und auf der anderen schon im Schatten der Nacht lagen, wie die Erde selbst, wie der blasse Halbmond oben am westlichen Himmel. Und wie sein eigenes Leben, dachte er. Aber hatte sein bisheriges Leben im Dunkel oder im Licht gelegen? Würde ihm die spießige Langeweile seines alten Lebens womöglich später einmal als wolkenloser Himmel erscheinen? Oder würde er froh sein, das graue, freudlose Dasein mit der ewigen Geldknappheit hinter sich zu haben? Nun, wie immer es ausging – er hatte die Tür, hinter der das alte Leben lag, für immer zugeschlagen. Eine neue Stellung in der Bank, mit neuen zusätzlichen Verantwortlichkeiten. Ein anderes Haus (und bei dem Gedanken an Cranberry Cottage tat sein Herz einen Freudensprung). Kate, seine kleine Kate in einer erstklassigen Schule, wo sie vielleicht lernte (bei dem Gedanken drehte sich ihm das Herz im Leibe um), auf ihren gewöhnlichen kleinen Vater herabzusehen. Ein Posten bei der Lazarus GmbH, *Kassenwart: Leonard Craven Instone*. Einer der Männer, die Lazarus Pike von den Toten auferstehen ließen, dachte er stolz. Dann fiel ihm ein, was einer der Geschäftsführer von ihm gesagt hatte: ein mickriger kleiner Bankbeamter, und der kurze Moment des Stolzes platzte wie eine Seifenblase im Wind.

Er hatte plötzlich Angst. Der Gedanke, daß ein kleiner Mann wie er sich in die Gewalt von Männern wie Crump und Masters begab, erschreckte ihn. Er, dem Stille und Alleinsein so viel bedeuteten, wünschte sich, daß jemand käme und mit ihm spräche: Kate, Nicholas oder Jane. Aber keiner kam; und er selbst kam gar nicht auf den Gedanken, die anderen aufzusuchen. Er blieb in seinem Zimmerchen sitzen, umgeben von Zweifeln und Ängsten ...

13

Das neue Leben begann, wie jedes Leben, mit Schmerzen.

Kate, bis zu diesem traurigen September ein fröhliches, freundliches, oft übermütiges Menschenkind, verwandelte sich plötzlich in ein ernstes Mädchen mit Strohhut und grauem Blazer, das den unbekannten Schrecken der neuen Schule entgegenfuhr. Leonard brachte sie zum Bahnhof: ein kleines empfindsames Wesen, das sich fest an seine Hand klammerte. Er wurde von Mitleid übermannt. «Hab keine Angst, Kate», sagte er bittend, «es dauert nur ein paar Tage, dann findest du alles wunderbar.»

Kate mußte schlucken. «Daddy?»

«Ja, mein Liebling?»

«Daddy, das Schulsystem wird mich doch nicht kaputtmachen, nein?»

«Nein, sicher nicht. Eher wird das System an dir kaputtgehen, mein Kleines.»

«Glaubst du?» Sie lächelte schwach und kletterte in den Zug. Der Aufsichtsbeamte pfiff und schwenkte die Kelle. «Auf bald, mein Mädchen», sagte Leonard, zerrissen von Mitgefühl. Der Zug ruckte an und glitt dann schnell aus dem Bahnhof. Ein blasses, verzagtes Gesichtchen sah aus dem Fenster, bis es kleiner und kleiner wurde und nach einer Kurve verschwunden war. Kate war nicht mehr da. Leonard hatte seine Vertraute verloren, seinen besten Kameraden und Freund. Und morgen kam auch für ihn ein neuer Anfang, er mußte neuen Kollegen begegnen und neuen Kunden und vielen neuen Problemen.

Ihm war nach Heulen zumute, Heulen über Kate und aus Jammer über seine übergroße Empfindlichkeit.

Und dann sah es eine Zeitlang doch so aus, als sei nun der sonnige Teil seines Lebens angebrochen. Kollegen und Kunden in Shepherd's Delight kamen ihm sehr freundlich entgegen. Nach einer Woche kam ein begeisterter Brief von Kate. Sie hatte sich nicht nur gut eingelebt, sondern hatte, wie sie befriedigt schrieb, einige der Internatsregeln nach ihrem Gusto umgemodelt. Soweit war alles gut.

Dann aber nahm er Jane zum erstenmal mit und zeigte ihr das neue Haus.

Es war ein kalter Tag. Ein häßlicher Nordostwind trieb die Wolken wie graue Schafe über die Himmelsweide. Boding knirschte mit den Zähnen und stemmte sich gegen den Wind.

An einem solchen Tag zeigte sich Cranberry Cottage nicht gerade von seiner besten Seite. Leonard führte Jane über den schmalen Steinpfad, der zum Haus führte. Wortlos besah sie sich das wirre Durcheinander im Garten, die Überbleibsel von der Fülle des Sommers. Sie nahm schweigend die abblätternde Tapete im Flur zur Kenntnis, die feuchten Stellen an der Wand im Wohnzimmer, die kalten Küchenfliesen, den fleckigbraunen Warmwasserboiler im Badezimmer, die steile, unbequeme Treppe, die nach oben führte. Das ganze

Haus war klamm und feuchtkalt, es machte sie frösteln; aber sie sagte immer noch nichts.

Leonard bemerkte ihr Schweigen gar nicht. Hier, dachte er beglückt, hatten Pike und seine Corinda die Mahlzeiten eingenommen, hier hatten sie am Feuer gesessen, gebetet und sich schlafen gelegt. Seit der schlimmen letzten Eintragung im Tagebuch war Leonard von Pike enttäuscht gewesen. Nun, da er hier in Pikes Haus stand, das bald das seine sein sollte, erfüllte ihn wieder das alte Gefühl der Freundschaft, der Bewunderung und des Mitleids. Mehr noch: er war beschwingt, glücklich und voller Hoffnung. Mit Gottes Hilfe wollte er Jane hier so glücklich machen, wie es Pike mit Corinda gelungen war. Er lächelte ihr zu. «Wie findest du es?»

«Scheußlich», sagte sie.

Sein Herz sank. «Es ist sehr solide gebaut», sagte er mutig. «Es wird ewig halten.»

«Das kann man von einem Grabgewölbe auch sagen. Aber deshalb möchte man noch lange nicht darin wohnen.» Sie schwieg und dachte nach. Dann brach sie plötzlich los. «Hast du jemals daran gedacht, wie es hier im Winter aussieht? Am Kamin hocken, keine Zentralheizung, Kälte und Feuchtigkeit dringen durch alle Ritzen!»

Er sagte töricht und mit einem Anflug von Vorwurf: «Pike und seine Frau sind hier anscheinend sehr glücklich gewesen.»

«Pike und seine Frau können mir gestohlen bleiben. Ich bin ein Mensch des zwanzigsten Jahrhunderts und habe keine Lust, morgens auf den Knien herumzurutschen und mir die Nägel beim Herdputzen abzubrechen. Ich will nicht in einer Küche arbeiten, die schon meine Großmutter hohnlachend abgelehnt hätte.» Sie sah ihn böse an. «Aber es sieht ja so aus, als ob mir gar nichts anderes übrig bleibt.»

Er war bei ihren Worten immer verzagter und unruhiger geworden. Jetzt sah er einen Hoffnungsschimmer. «Soll das heißen, daß du – daß du mitkommst?»

«Mitkommst?» Sie schrie es fast. «Natürlich komme ich mit! Was bleibt mir denn anderes übrig? Wenn du täglich hierher fährst, wird es viel zu teuer. Und das hier scheint in der ganzen Gegend das einzige Haus zu sein, das wir uns gerade noch leisten können.»

«Wir könnten uns doch mal erkundigen», sagte er zögernd, «was es kosten würde, wenn wir Zentralheizung legen ließen ...»

«Ja, allerdings, das könnten wir. Aber die Antwort wissen wir ja jetzt schon: viel zuviel würde es kosten.»

Sie hatte recht. Schuldbewußt dachte er daran, daß er sich unter Antoinettes Anleitung vor gar nicht langer Zeit vorgenommen hatte, ein wenig mehr Farbe in Janes Leben zu bringen. Statt dessen hatte er ihr noch das bißchen Licht verdunkelt, das sie bisher gehabt hatte.

Jane seufzte. «Ja, Leonard, ich komme schon mit. Du weißt, ich habe versprochen, Freud und Leid mit dir zu teilen. Aber ich muß wohl nicht auch noch so tun, als ob ich es gern täte.»

Darauf sagte er nichts. Sie gingen nach draußen, und er schloß die Tür ab. Der Wind fiel über sie her, und Janes Stimme war so schneidend wie der kalte Wind, als sie sagte: «Ist ja alles egal, solange du nur das Schulgeld für deinen Liebling zusammenbringst.»

Mein Gott, dachte er erschrocken, das ist es also. Sie ist eifersüchtig – eifersüchtig auf Kate. Daß Jane einer so niedrigen Regung fähig war, hätte er nie für möglich gehalten. Jane mit ihrem großzügigen Herzen ... Und dann begriff er den Grund: *Er* hatte sie so weit getrieben, durch seinen völligen Mangel an Liebe und Fürsorge. Und er dachte: Wir werden mit unserer Lieblosigkeit das Haus entweihen, in dem die zwei unschuldigen Menschen ihrer Liebe gelebt hatten, bis auch sie dem Krebsgeschwür zum Opfer fielen. «Und der Wind will nicht schweigen, Corinda», murmelte er und schauerte fröstelnd zusammen.

Am nächsten Sonnabend fand eine Sitzung der Lazarus GmbH statt, an der Leonard zum erstenmal teilnahm, und zwar in Crumps Büro in Bloomsbury. Er fand, eine Geschäftsreise nach London sei etwas Großartiges, und hatte sich sogar eine neue Krawatte gekauft.

Crump und Masters waren bereits da und blickten auf, als er eintrat. Crump brachte ein zähnefletschendes Lächeln zustande; Masters nicht einmal das. Leonard, unsicher und immer in der Verteidigung, war deshalb selber erstaunt, als er sich ohne Einleitung sagen hörte: «Mr. Masters, wie ich höre, betrachten Sie mich als einen mickrigen kleinen Bankangestellten.» Er flog auf einmal vor Wut.

Masters starrte ihn kalt an. «Wer hat das gesagt?» Seine Stimme war hart und kratzend und klang gelangweilt.

«Mein Sohn.»

«Wenn Sie sich nach den Begleitumständen erkundigten, würde Ihnen die Bemerkung vielleicht angemessen vorkommen.»

«Können wir jetzt zum Protokoll der letzten Sitzung kommen?» fragte Crump unruhig. Er schob Leonard ein schwarzes Heft zu.

Leonard schob es gereizt zurück und starrte Masters zornig an. Seine Brillengläser funkelten.

Crump hatte nicht vergessen, daß sie etwas von Instone wollten, auch wenn Masters im Augenblick daran nicht dachte. Er versuchte deshalb, sich liebenswürdig zu geben (was ihm nie leicht fiel) und sagte: «Gentlemen, bitte! Wir haben viel zu erledigen ...»

Masters, der seinen Stuhl zurückgelehnt hatte, ließ sich plötzlich nach vorne fallen. «Ich war provoziert worden und daher verärgert», sagte er kühl. «Sonst hätte ich vermutlich diese Worte nicht gewählt.» Er dehnte die Lippen und brachte ein gespenstisches Grinsen zustande und nickte, als sei die Sache damit erledigt.

«Gut», sagte Leonard und langte nach dem Protokollheft. Ein seltsam unwirkliches Gefühl hatte ihn erfaßt. Er hatte sich seine erste Sitzung oft vorgestellt, und jedesmal anders. Aber immer hatte er sich im Geist klein und demütig gesehen, manchmal sogar unterwürfig, wie es sich für einen mittleren Angestellten aus der Provinz, der in der Hauptstadt mit Berühmtheiten zusammentraf, gehörte. Und nun saß er hier und hatte in den ersten zwei Minuten so etwas wie eine halbherzige Entschuldigung von Mr. Masters bekommen. Das war fast zu viel für ihn. Von jetzt an wollte er sich lieber fügsam und bereitwillig zeigen.

Er nahm das Heft und las das Protokoll. Es war erstaunlich, was bereits alles in die Wege geleitet worden war. Die Firma *Trixy Novitäten* sollte Bierbecher mit Pike-Motiv für die *Bar zur Post* liefern und auch Pike-Gartenzwerge für den Andenkenladen im Alten Schulhaus. Eine Firma *Antiques AG* hatte Entwürfe für die Einrichtung des Alten Schulhauses vorgelegt, die auch schon genehmigt waren; die Herstellung hatte begonnen. Kurzfassungen von *Lady Emilys Entscheidung*, *Lord Rupert am Scheideweg* und *Mrs. Mainwarings Torheit* waren in Druck gegeben. Und man hatte beschlossen – hier quollen Leonard fast die Augen aus dem Kopf – in Boding einen Fernsehfilm, *Lazarus und Corinda*, zu drehen. Zumindest die Außenaufnahmen sollten hier gemacht werden.

«Noch Fragen zum Protokoll?» fragte Crump.

«Diese Bierbecher mit Pike-Motiv – wie sehen die aus?» fragte Leonard.

«Dichter Vollbart, Brille, beginnende Glatze», sagte Crump.

«Aber Sie wissen doch gar nicht, wie er aussah!» protestierte Leonard.

«Nein. Aber das weiß auch sonst keiner», gab Masters knapp zur Antwort. «Sonst noch was?»

«Der Film – ist der über sein Leben?»

«Ja.»

«Aber Sie wissen ja gar nichts über sein Leben.»

Jetzt straffte sich Crump. «Ja, da kommen wir zu einem Punkt, Mr. ... äh ... Instone. Wir haben gehört, daß Miss Pike Ihnen das Tagebuch ihres Onkels ausgehändigt hat und daß Sie vorhaben, es zu veröffentlichen.»

Leonard sagte nichts. Crump fuhr fort:

«Bei historischen Schauspielen erwartet man zwar nicht, daß alle Details genau stimmen, aber wenn der Film gesendet wird – und da wir Diane Duvet als Corinda gewonnen haben, können wir mit großen Einschaltquoten rechnen – und Sie dann nachher das Tagebuch herausbringen und es gäbe da Abweichungen im Text, dann wäre das für die Lazarus GmbH, zu der Sie ja auch gehören, einigermaßen blamabel.»

Leonard sagte immer noch nichts. Er hatte sich vorgenommen, hilfsbereit zu sein. Und jetzt kam das!

«Nehmen Sie nur den Mord», sagte Clive Masters. «Wenn eine Million Zuschauer gesehen haben, wie sie erstochen wurde, und dann stellte es sich später heraus, daß er sie ins Moor gestoßen hat – also, ich habe keine Lust, das auf mich zu nehmen», sagte er gereizt.

«Ich glaube nicht, daß er sie ermordet hat», sagte Leonard.

Crump und Masters wandten ihm ruckartig die Köpfe zu. Als sie das letztemal mit Instone gesprochen hatten, war er sicher gewesen, daß Pike sie nicht ermordet hatte. Heute glaubte er es nur. Und inzwischen hatte er das Tagebuch gelesen.

«Natürlich hat er sie ermordet», sagte Masters hochfahrend. «Sagen Sie schon, wie er es gemacht hat!»

«Ich glaube nicht, daß er es getan hat.» Leonard hatte immer noch den Wunsch, seinen Ärger von vorhin wiedergutzumachen, aber er erregte sich schon wieder. «Er war eifersüchtig, das stimmt, aber er war absolut nicht der Mann, der jemanden umbringt, am allerwenigsten seine geliebte Corinda.»

«Ach, lassen Sie doch den Kinderkram», sagte Masters grob.

«Kein Zorn gleicht dem, den eifersücht'ge Lieb' entfacht», sagte Crump mit traurigem Kopfschütteln.

«Ich finde wirklich, Sie sollten uns jetzt das Tagebuch zeigen», sagte Masters sanft. Dann schlug er plötzlich mit der Faust auf den Tisch und rief: «Mann Gottes, wir sitzen doch alle im gleichen Boot, verdammt noch mal! Ich schreibe das Drehbuch und Sie haben die Fakten, das ist doch heller Wahnsinn!»

Bis zu diesem Augenblick war Leonard entschlossen

gewesen, sich eher lebendig rösten zu lassen, als den beiden das Tagebuch auszuhändigen. Aber so betrachtet, war es tatsächlich unsinnig. Er sagte: «Ich kann Ihnen versichern, das Tagebuch enthält sehr wenig, womit Sie etwas anfangen können. Es sagt nur etwas über seinen Charakter aus: er war ruhig, fröhlich, liebevoll.» Er lächelte. «Aber von Ereignissen werden Sie darin nichts finden.»

«Sie haben aber doch gesagt», sagte Masters schnell, «daß es da so etwas wie Eifersucht gab.»

«Ja. Aber nur zwischen den Zeilen.»

«Dann werde ich es herausholen», erklärte Masters.

«Genau das fürchte ich eben», sagte Leonard mutig.

Masters runzelte die Brauen. «Jetzt hören Sie mal gut zu, Instone. Wir zahlen Ihnen fünfhundert Pfund im Jahr, damit Sie ein paar Berichte verfassen und einige Briefe schreiben. Und wir haben Lottie Pike gedrängt, daß sie Ihnen ihr Haus zu einem vernünftigen Preis überläßt. Finden Sie nicht, daß Sie auch mal was für uns tun könnten?»

Crump, der wohl den Wunsch hatte, Öl auf die erregten Wogen zu gießen, fragte honigsüß: «Wie gefällt es übrigens Ihrer Tochter in der neuen Schule, Mr. Instone?»

Allmächtiger! Wollten sie ihn etwa zum Rücktritt auffordern? Wie sollte er seiner Kate beibringen, daß sie die Schule zum Ende des Semesters verlassen mußte? Wo sie sich gerade so wohl dort fühlte! Und was war, wenn Lottie Pike sich weigerte, den Verkaufsvertrag für Cranberry Cottage zu unterschreiben? Er sah sich schon im kalten Winter morgens über das Moor fahren, von Danby nach Shepherd's Delight. Punkt neun Uhr mußte er da sein. Und Jane würde sofort sagen: «Ich hab's dir ja gleich gesagt.»

«Es gefällt ihr sehr gut, Mr. Crump», hörte er sich sagen, und dann plötzlich: «Ich werde es heute abend abschicken.»

Crump stieß einen Seufzer der Erleichterung aus.

«Na, Gott sei Dank, dann ist das erledigt. Damit können wir dann wohl zum nächsten Punkt kommen», sagte Masters.

Als Leonard abends das Tagebuch einpackte, blätterte er es noch einmal durch. Pike und Corinda beim sommerlichen Picknick im Garten, bei der Heimkehr zum Tee in der Winterdämmerung, auf einem Spaziergang im Oktober, wie sie das Herbstlaub vor sich herschoben. Was immer sie taten, es geschah vor einem Hintergrund aus Liebe und frohem Lachen und Dankbarkeit für Gottes Güte. Er sah im Geist, wie sie Pikes scheue Beschreibung seiner Hochzeitsnacht lasen, wie Crump kicherte, nein, er würde höchstens verächtlich grinsen, und Masters kurz und bellend auflachte. Und dann sahen sie, daß sie freie Hand hatten bei der Erfindung des Mordes, und er, Leonard, konnte ihnen nichts widerlegen. Denn auf der letzten Tagebuchseite war Pike tatsächlich eifersüchtig gewesen.

Wenn er bloß weitergeschrieben hätte! Aber welcher Mann schildert schon in seinem Tagebuch, «wie ich meine Frau umgebracht habe», dachte Leonard. Und da wurde ihm plötzlich eines klar: er hatte jetzt in seinem Herzen akzeptiert, daß Pike seine Corinda umgebracht hatte, denn sonst hätte er das Tagebuch bestimmt nie weitergegeben ...

Nicholas schickte Barbara eine liebevolle Postkarte von der Durhamer Kathedrale.

Barbara ging zu ihrer Mutter und zeigte ihr die Karte. «Was soll ich tun, Maman?»

«Gar nichts, mein Herz», sagte Antoinette.

Und Barbara tat nichts.

Darauf schrieb ihr Nicholas in stürmisch wachsender Sehnsucht einen Brief und teilte ihr mit, daß er sie unbändig liebe, und wenn sie ihm nicht sofort zurückschriebe, daß auch sie ihn unbändig liebe, würde er eine Verzweiflungstat begehen.

Barbara war zu dem Schluß gekommen, daß ihre Mutter in Angelegenheiten, die die Liebe betrafen, am besten Bescheid wisse. Sie ging also wieder mit dem Brief zu ihr und fragte: «Was soll ich tun?»

«Erst mal eine Woche abwarten, Liebes. Dann schreibst du ihm einen freundlichen Brief, erzählst ihm von Hockey und Mathematik und Physik, sagst aber kein Wort von Liebe, und vor allem schreibst du ihm nicht, daß du ihn unbändig liebst.»

«Aber wenn er nun etwas Verzweifeltes tut, Maman.»

«Ein Engländer tut nichts Verzweifeltes, mein Kind. Er würde das als sehr un-englisch ansehen.»

Also schrieb Barbara einen netten Brief an Nicholas; sie erzählte ihm vom letzten Hockeyspiel, von Festen im Schlafsaal und von thermo-nuklearen Physikexperimenten ...

14

Der Kauf von Lottie Pikes Cranberry Cottage wurde erst im Vorfrühling abgeschlossen. Leonard kam es wie ein Wunder vor, daß es überhaupt dazu kam.

Durch die lange Verzögerung wurde der Umzug freudig begrüßt. Den ganzen Winter, bei Schnee, Frost und Dunkelheit, hatte Leonard früh aufstehen müssen und war spät nach Hause gekommen, weil er mit der Bahn zu seiner Arbeitsstätte fuhr. Jetzt, nach dem Winter, kam Cranberry Cottage selbst Jane weniger abstoßend vor.

Morgen stand Leonard ein gräßlicher Tag bevor: er mußte lauter Dinge tun, die er haßte und, ehrlich gesagt, auch nicht gut konnte. Er mußte Gardinen aufhängen, Bilderhaken einschlagen und Teppiche verlegen. Er wäre lieber in die Bank gegangen, und das wollte etwas heißen. Er beschloß deshalb, das Heute noch zu genießen, und sagte zu Jane: «Komm, wir gehen in die *Stille Frau* und trinken ein Glas.»

Sie machten sich auf den Weg durchs Dorf. Im Westen ging die Sonne unter. Die letzten Sonnenstrahlen lagen wie böse Scheinwerfer auf Dingen, die besser im Dunkel geblieben wären: auf den Bierkrügen in Form von Pikes Kopf, auf den Pike-Tischlampen, die wie ein Galgen aussahen, mit einer Glühbirne an Stelle der Schlinge, und auf all dem Kitsch in Sues Souvenirladen und den Wegweisern, die an allen Ecken standen: *Zur*

Kirche, *Zum Alten Schul-Haus*, *Zum Todesmoor*, *Zur Schenke*. Leonard wurde fast übel dabei. «Ich weiß jetzt, wie Frankenstein zumute war», sagte er.

«Wie meinst du das?» fragte Jane.

«Ich wollte einen stillen, empfindsamen Schullehrer zum Leben erwecken. Und entstanden ist daraus ein Ungeheuer.»

«Ich finde, du hast keinen Grund zur Klage. Du kannst Kates Schulgeld bezahlen, und du hast ein Haus, das *dir* offenbar gefällt.»

«Komm, laß uns was trinken», erwiderte er kurz und ging so schnell zur *Stillen Frau*, daß sie ihm kaum folgen konnte.

An der Tür des Gasthauses hing ein Schild mit der Aufschrift: «Wir bitten unsere Gäste um Verständnis für die durch die Renovierung entstehenden Unbequemlichkeiten.» Man hatte den Dreck und die Tradition aus vierhundert Jahren entfernt und sie durch Chrom und Lederimitation, Pferdegeschirre aus Kunststoff und billige Eleganz ersetzt. Auf den ersten Blick sahen sogar die Gäste aufgemöbelt aus; aber das war eine Täuschung. In Nordengland ändern sich die Wirtshausgäste nicht. Wenn das Lokal sich ändert, bleiben sie einfach weg und suchen andere Pubs auf. Sie schätzen ein einfaches Milieu, daran sind sie gewöhnt, und dafür laufen sie auch ein paar Meilen zu Fuß.

Nach dem hellen Sonnenlicht draußen konnten Leonard und Jane zuerst nichts erkennen. Da rief plötzlich eine Stimme: «*Mon Dieu*, Leonard Instone!» Antoinette Masters winkte ihnen von einem imitierten roten Ledersofa aus zu.

«Verdammt», sagte Leonard halblaut. Seit der ersten Sitzung hatte er von der Lazarus GmbH kein Wort mehr gehört, was ihn in der Überzeugung bestärkte, daß sie ihn nur zum Kassenwart gemacht hatten, um das Tagebuch in die Hände zu bekommen.

Aber sie mußten natürlich zu ihnen gehen. Antoinette strahlte sie an. Clive erhob sich langsam. «Ich hole Ihnen einen Drink», sagte er unfreundlich.

«Ich hätte gern ein Bier», sagte Leonard.

«Halben Liter oder ein kleines?»

«Ein kleines», erwiderte Leonard. Er wollte dem Mann so wenig wie möglich verpflichtet sein.

Jane bat um einen Sherry.

«Ich komme mit und helfe Ihnen tragen», erbot sich Leonard.

An der Theke mußten sie warten. «Na, wie gefällt es Ihnen?» wollte Clive wissen.

«Was?»

«Das neue Ill Boding. Crumps neues Haworth.»

«Ich habe noch nie so viel Talmi auf einem Haufen gesehen.»

«Dachte ich mir. Immer dasselbe mit euch intellektuellen Snobs. Immerhin haben wir Leben in die Bude gebracht. Die haben hier doch geschlafen, seit die Römer abgezogen sind. Wir haben sie aufgeweckt.»

«Das haben Sie allerdings gründlich getan», sagte Leonard bitter. «Wie sieht es eigentlich mit weiteren Sitzungen aus?»

«Ach, eine oder zwei haben wir inzwischen gehabt, aber wir wollten Sie im Winter nicht extra nach London kommen lassen. Mit dem Tagebuch haben wir übrigens nicht viel anfangen können.»

«Das sagte ich Ihnen ja.»

«Haben Sie letzten Sonntag meinen Artikel in der *Trumpet* gelesen? Nein, natürlich nicht. Sie lesen ja nur, was in der *Times* oder im *Observer* steht. War ein guter Artikel. ‹Sex war der Mordgrund›. Eine unschlagbare Überschrift. Hat große Wirkung gehabt. Der Eiskremkerl sagt, er hätte diese Woche dreißig Prozent mehr eingenommen.»

«Welcher Eiskremkerl?»

«Der Mann mit dem Eiskremstand, unten am Todesmoor. Phantastischer Umsatz für diese Jahreszeit.»

«So? Armer Lazarus.»

Masters warf ihm einen giftigen Blick zu. «Was hat denn der damit zu tun?»

«Sie haben also beschlossen, daß er sie ins Moor gestoßen hat?» fragte Leonard resigniert.

«Ja. Daraus läßt sich im Film nämlich allerhand machen. Wie sie langsam versinkt und so ... dazu Pikes teuflischer Gesichtsausdruck ... wenn das richtig gemacht wird, kann man es auf zehn Minuten hinziehen. Erstechen wäre vielleicht dramatischer, aber das ginge zu schnell. Außerdem wird das Moor dadurch zu einer Touristenattraktion.»

Sie brachten die Gläser an den Tisch und Masters sagte: «Nett haben sie's hier gemacht, nicht wahr?»

«Ja.» Leonards Stimmung sank immer tiefer. Er kam sich allmählich selber wie ein Mörder vor – der Mörder eines redlichen, liebenswerten Schullehrers. Und morgen mußte der Mörder Gardinen aufhängen!

Antoinette saß da und blickte Leonard nachdenklich an. Plötzlich schaltete sie ihren Charme auf volle Stärke und fragte:

«Wie geht es denn Ihrem reizenden Sohn, Mr. Instone?»

«Ach, ich glaube, es geht ihm sehr gut», stammelte Leonard, geblendet und verwirrt.

«Wie schön. Dann ist er also nicht an gebrochenem Herzen gestorben.» Sie legte Jane die Hand auf den Arm. «Meine liebe Jane», sagte sie, «Ihr Sohn Nicholas ist ... ein kleines Problem.»

«Wieso?» fragte Jane kühl.

«Wir geben für Barbara eine Party im *Royal George*, zu ihrem siebzehnten Geburtstag. Coca Cola, Hamburger, eine Diskothek. Mein Mann findet es übertrieben, aber sie möchte es gern.»

«Aha.» Jane wußte nicht, was sie sonst sagen sollte.

Antoinette schwieg und blickte auf ihre Finger, die mit einem Schal spielten. Dann sagte sie plötzlich hastig: «Nicholas hat bisher auf Barbaras Einladung nichts erwidert – aus gutem Grund, das weiß ich.» Ein böser Blick streifte ihren Mann. «Aber es wird ihr das Herz brechen, wenn er nicht kommt. Könnten Sie ihn nicht überreden, Jane?»

«Sie können sicher sein, daß Nicholas noch antworten wird», gab Jane zurück. «Ob er die Einladung annehmen wird oder nicht, kann ich natürlich nicht sagen.» ‹Mickriger kleiner Bankbeamter›, dachte sie. Eins rauf für Nicholas, wenn er sie fallen läßt.

«Sie hat ihn wirklich *sehr* gern», sagte Antoinette zögernd.

Ja, aber sie hat sich den falschen Vater ausgesucht, dachte Jane. Immerhin, sie war ein liebes Ding. Und Jane hatte nie viel davon gehalten, Kindern die Sünden der Väter heimzuzahlen. «Ich werde mit ihm sprechen», sagte sie.

«Ich danke Ihnen, Jane. Wenn man siebzehn ist, bricht das Herz so leicht. Und was macht meine kleine Amöbe?»

«Oh, der geht es sehr gut!» sagte Jane. «Sie ist jetzt im

Internat.» Fast hätte sie hinzugefügt: Ihr Mann bezahlt es ja.

«Tatsächlich? Ah, *ces enfants*. Heute hat man's nicht leicht mit ihnen, nicht wahr?»

«Ja, es war einfacher, als sie im Kinderwagen lagen und man sie irgendwo abstellen konnte», sagte Masters grinsend.

«Ich hole Ihnen noch ein Glas», sagte Leonard. Er hatte keine Lust, den ganzen Abend neben dem Kerl zu sitzen und mit ihm zu reden.

Antoinette lächelte bezaubernd und sagte, sie hätte gern einen doppelten Wodka, Clive wollte einen großen Whisky, und Jane blieb bei ihrem Sherry. Leonard ging allein zur Theke, grollerfüllt. *Er* hatte Masters geholfen, die Drinks zu tragen, aber Masters, dieser Pascha, blieb sitzen und erwartete, bedient zu werden. Wenn Masters sich einen großen Whisky genehmigte, sah Leonard nicht ein, warum er das nicht auch tun sollte. Er nahm ebenfalls einen. Er bat die Barfrau um ein Tablett, und Leonard trug seine Drinks zum Tisch. Die beiden Frauen unterhielten sich über Haushalt und Einrichtungen. Masters sagte gerade: «Wenn wir den Film hinter uns haben, kommen wir mal rüber und sehen uns an, was Sie aus dem Haus gemacht haben.»

«Wir würden uns *sehr* freuen», sagte Jane. Sie hatte eigentlich keine gesellschaftlichen Ambitionen, aber Clive Masters war schließlich nicht irgendwer. «Nicht wahr, Leonard?» fragte sie etwas zu dringlich. Schade – sie saß nicht so, daß sie ihm unter dem Tisch einen Tritt versetzen konnte.

«Ja, natürlich», sagte Leonard. Und um diese etwas lahme Bestätigung nicht weiter erläutern zu müssen, fragte er: «Wie geht's denn mit dem Film voran?»

«Oh, prima. Ich führe selber Regie. Ich bin Hans Dampf in allen Gassen. Und in keiner richtig zu Hause.» Er ließ sein humorloses bellendes Lachen ertönen. Aber der Whisky macht ihn erträglicher, dachte Leonard. «Mit den Innenaufnahmen sind wir bald fertig», fuhr Masters fort. «Dann fangen wir hier oben an. Dauert nicht mehr lange. Telegrafenmasten und Fernsehantennen nehmen wir ab, die weißen Linien werden übermalt, Autos gibt's nicht. Es ist eine Menge zu bedenken, kann ich Ihnen sagen. Deshalb haben wir uns jetzt im *Royal George* niedergelassen.»

Leonard, der die Wirkung von Bier und Whisky ebenfalls spürte, lehnte sich zurück und sagte mit dem Mut eines Löwen:

«Ich finde die ganze Sache etwas obszön, Masters.»

«Obszön?» Der Blick aus Clives vorstehenden Augen war gekränkt und grollend. «Der ganze Film enthält nicht eine einzige riskante Zeile oder Szene.» Er wurde böse. «Sogar die Hochzeitsnacht haben wir vor der Schlafzimmertür ausgeblendet. Kann sein, daß da 'ne Menge Zuschauer abschalten! Und Sie reden von obszön.»

«Ich meine nicht den Film», entgegnete Leonard. «Ich meine das Ganze hier: dieses biedere alte Wirtshaus – billig aufgeputzt, so daß die alten Kunden sich nicht mehr sehen lassen. Das alte solide Dorf, das so ehrbar und zuverlässig war. Und was macht ihr daraus?»

«Na, was machen wir denn daraus? Ich, Crump und auch Sie, vergessen Sie das nicht.»

«Eine falsche, billige Nutte», hörte sich Leonard zu seinem eigenen Erstaunen sagen.

Die Antwort schien Masters zu beeindrucken. «Paßt

gut. Ich weiß im Moment nur nicht, was für ein Zitat das ... aus der Zeit Jakobs I., glaube ich.»

«Es war kein Zitat», sagte Leonard kalt.

«Na so was.» Masters warf einen Blick auf Leonards Glas. «Der Whisky scheint Ihnen zu bekommen», sagte er herablassend.

Leonard leerte sein Glas und stand auf. «Ich denke, wir gehen jetzt, Jane», sagte er, verneigte sich kurz vor Antoinette, nickte Clive knapp zu und ging seiner Frau voran zur Tür.

Als sie draußen waren, sagte Jane: «Leonard, du bist wirklich ein Stacheltier. Ich kann ihn auch nicht leiden, aber *sie* ist wirklich nett. Es hat doch keinen Zweck, Leute absichtlich vor den Kopf zu stoßen. Noch dazu, wenn sie uns zu Kates Schulgeld verhelfen.»

Sie standen vor *Sues Souvenirs*. Böse starrte er auf die Reihen der Pike-Gartenzwerge mit den schelmischen Gesichtern. «Ich möchte jeden einzelnen mit dem Vorschlaghammer erschlagen.» Leonard kochte. «Dann würde ihnen das blöde Lachen gründlich vergehen.»

Jane schob ihren Arm unter seinen und rieb die Wange an seiner Schulter. «Du bist ja ganz schön wütend, Lieber. Ist es Masters oder der Whisky?»

Er überlegte und sagte: «Keins von beiden. Ich bin wütend auf mich selber. Ich hätte etwas tun sollen.»

«Was denn?»

«Weiß ich nicht. Ihnen die Stirn bieten, vielleicht.»

«Das hätte wenig Zweck. Du hättest nicht nur sie gegen dich, sondern unsere ganze billige moderne Zeit.»

Er stapfte schweigend weiter. Sie seufzte und sagte: «Das ist nun unser erster Abend im neuen Heim. Ein verärgerter Mann und ein freudloses Haus.»

Sofort packte ihn Reue. Er legte den Arm um sie und

sagte: «Verzeih mir, Jane. Ich werde nicht mehr zetern. Ich kann doch nichts ändern.»

Es war ihm Ernst damit. Pike war schließlich tot – wen kümmerte es, wenn Aasgeier aus dem zwanzigsten Jahrhundert sich über seine Leiche hermachten. Er konnte nichts daran ändern. Und so faßte er einen großen Entschluß: in Zukunft wollte er nur noch in die eigene Scheuer einfahren. Vorausgesetzt, daß er etwas fand, was er einfahren konnte …

Und siehe da, er fand etwas.

Die Lazarus GmbH war nicht nur ein lebensfähiges Unternehmen, die ganze Angelegenheit Pike stellte sich, wie Amos Crump es vorausgesagt hatte, als sehr aussichtsreich heraus. Das Geld begann hereinzuströmen. Bei der nächsten Vorstandssitzung genehmigten sich Crump und Masters eine zweihundertprozentige Erhöhung ihrer Direktorengehälter; und in einem Anfall von Großmut fragten sie auch Leonard, ob ihm ein kleiner Extrabonus willkommen wäre.

Es zeugt von der Minderung seiner ethischen Kriterien, daß Leonard darauf sagte, ja, sehr willkommen, bitte schön.

Und er bekam mehr. Es war genug, um im Hause Zentralheizung legen zu lassen, die – noch bevor sie installiert wurde – die Kälte beseitigte, die Jane jetzt ausstrahlte. Es reichte sogar für eine herbstliche Kreuzfahrt zu den griechischen Inseln. Der Tag, an dem er Jane die Tickets brachte, war einer der glücklichsten Tage seines Lebens. Er sonnte sich in der Liebe und Dankbarkeit und sogar dem Respekt, die aus Janes Augen strahlten. Nach sechzig Minuten packte ihn sein Gewissen von neuem: Du warst einmal ein Mann mit Grundsätzen und ethischen Wertmaßstäben. Die hast du jetzt hergegeben für eine Reise nach Griechenland und für eine Zentralheizung. Ich verachte dich – ich verabscheue dich, Leonard Instone.

Und trotz alledem war er glücklich in seiner neuen Umgebung. Endlich war er jemand in seiner kleinen Welt.

Aber dann fand er Lazarus Pikes zweites Tagebuch.

15

Jane rief Nicholas an. «Du, ich habe gehört, du hast eine Einladung von Barbara Masters bekommen.»

Die Antwort kam widerwillig: «Ja.»

«Hast du schon geantwortet?»

«Nein, noch nicht.» Sie sah sein Gesicht vor sich: rot, verärgert, mürrisch. Das gleiche Gesicht, das sie, seit er drei war, amüsiert und manchmal wütend gemacht hatte.

«Aber du wirst ihr doch antworten?»

«Ja, natürlich. Wenn ich weiß, ob ich hingehe oder nicht.»

«Was ist das Problem dabei?» Sie wußte, sie wagte sich zu weit vor.

Pause. Dann sagte er: «Sie hat mich doch nur aus Höflichkeit eingeladen, Mum.»

«Das stimmt nicht, Nicholas», sagte sie ruhig.

«Doch. Sie hat kein Interesse mehr an mir. Wenn sie mir schreibt, schreibt sie nur über Hockey und Physikunterricht. Nein, ich werde nicht hingehen.»

«Sie wird sehr verzweifelt sein, wenn du nicht kommst.»

«Wer sagt das?» Jane meinte, eine kleine ungläubige Hoffnung in seiner Stimme zu hören.

«Ihre Mutter. Ich glaube, sie hat Angst, daß Barbara etwas Verzweifeltes tun könnte, wenn du nicht hingehst.»

«Du meinst wirklich, ihr liegt daran, daß ich komme?» fragte er ungläubig.

«Ich bin sicher, Nicholas. Für sie ist die ganze Party verdorben, wenn du nicht kommst.»

«Also gut, Mum, ich werde zusagen.» Er ließ den Hörer auf die Gabel fallen, schnappte sich einen Fußball, lief nach draußen und schoß den Ball ins Tor. Dann lief er zurück ins Haus, um Barbara zu schreiben. Er war auf dem Gipfel der Glückseligkeit.

Ostern erschienen die Zentralheizungsmänner mit einem Kilometer Kupferrohr und machten sich an die Arbeit. Sie waren in allen Zimmern, kletterten bis unter das Dach und spähten von draußen durchs Fenster zu Jane herein. Überall lag fingerdicker Staub wie in ungeöffneten Pharaonen-Gräbern. Am meisten Staub lag auf einer ledernen Hutschachtel, die einer der Männer zwischen zwei Balken eingeklemmt auf dem Dachboden fand. Da er ein ehrlicher Kerl war, zeigte er sie dem Vorarbeiter, und der brachte sie Leonard.

«Wo haben Sie das gefunden?» fragte Leonard.

Der Vorarbeiter sagte es ihm.

«Liebe Zeit, womöglich stammt die noch von Pike», meinte Leonard.

«Was?»

«Schon gut.» Leonard zog an dem steifen Riemen. Vielleicht sein Sonntagshut, dachte er. Das kommt mit in den Schrein.

Der Deckel löste sich. Der Vorarbeiter starrte. «Nur altes Papier», sagte er abfällig und ging wieder an die Arbeit.

Er hatte recht. Der Karton war vollgestopft mit beschriebenem Papier. Leonard war wie gebannt. Vermutlich Skizzen zu einigen der Romane; die Schrift war fast unleserlich, die Tinte verblaßt, das Papier mürbe und vergilbt. Er steckte die Hand hinein, grub tiefer und fand ein billiges dünnes Schreibheft. Hier waren Papier und Tinte etwas geschützt vom Einband. Er vergaß alles um sich und las ...

«Dieses Heftchen muß mir als neues Tagebuch dienen. Ich kann nicht zu dem anderen zurückkehren, dem ich meine ganze Qual anvertraute – meine unnötige Qual. Und doch habe ich sie reichlich verdient. Othello hat für seinen bösen Verdacht mit dem Leben bezahlen müssen. Ich habe nur mit Qualen bezahlt. Ich bin nicht wert, den Saum ihres Kleides zu berühren.

Wenn ich an meine letzte Eintragung im alten Buch zurückdenke, als ich über ihre späte Heimkehr aus der Kirche klagte ... Wenn ich daran denke, was ich mir Garstiges vorstellte – ich will nicht sagen was –, während die beiden barmherzigen Engel den kleinen Simon Orme versorgten, den beim Gottesdienst ein epileptischer Anfall überkam, wie sie ihn heimbrachten und der verzweifelten und unverständigen Mutter Beistand leisteten ... Zwei Heilige am Krankenbett. Und hier ein Schurke, der sie mit dem üblen Pech seines Verdachtes beschmiert! Es ist leicht zu sagen, wer Belohnung und wer Strafe erhalten wird, wenn wir drei einmal vor dem Jüngsten Gericht stehen.»

«Leonard», sagte Jane, «mußt du das staubige Ding unbedingt auf den Eßtisch stellen?»

Er war weit weg; er hörte gar nicht, was sie sagte. Er schlug Seite um Seite um und las:

«Heute in der Schulpause erschien William Laws bei mir. Er war sehr ernst. Ich fürchtete, er werde mir von einem seiner Schüler eine schlimme Unart melden. Doch nein: William möchte am Ende des Semesters die Schule verlassen. Aus persönlichen Gründen.

Die Nachricht betrübte mich, denn wir drei sind gute Freunde geworden und haben glückliche Stunden miteinander verlebt. Und doch fühle ich im Herzen, daß die Zeit des Abschieds gekommen ist. Es ist die rechte Zeit. Das Fleisch, der getreue Diener, kann *sich zuweilen hinterlistig zum Herrn aufschwingen. Ja, es ist gut so. Ich fragte ihn nicht nach den Gründen; ich denke, ich kenne sie. Und wenn ich recht habe, so sind es gute Gründe, und William ist ein Ehrenmann.»*

«Jane!» rief Leonard laut. «William Laws hat gekündigt!» Keine Antwort. Er steckte den Kopf durch die Küchentür: «Jane, Lazarus hat festgestellt, daß seine Eifersucht unbegründet war.»

«Was?»

«Lazarus Pike ist nicht mehr eifersüchtig!» rief er jubelnd.

«Freut mich für ihn. Hör mal, ein bißchen Staub auf dem Pudding macht dir doch nichts aus, nein? Er dringt wirklich überall durch.»

«Nein, natürlich nicht.» Er ging zurück und las weiter.

«Als wir abends am Feuer beisammen saßen, sagte ich: ‹Corry, ich muß dir etwas sagen. William will gehen.› Sie blickte nicht auf von ihrem Stickrahmen. ‹Ich weiß›, sagte sie still. Ich verbarg mein Erstaunen und sagte: ‹Es ist mir recht leid, daß er geht.›

Sie war immer noch mit ihrer Handarbeit beschäftigt. Der Schein des Feuers und der Lampe lag auf ihrem Haar. ‹Mir auch›, sagte sie fast flüsternd. ‹Aber es gibt Dinge, die sein müssen.›

Wir saßen und schwiegen. Die Lampe zischte leise, im Kamin knisterte und seufzte das Feuer. Draußen fuhr der Wind durch das welke Laub. Plötzlich legte sie ihre Arbeit nieder, kam zu mir und kniete sich vor mich hin. Sie legte die Arme fest um mich und vergrub ihr Gesicht an meiner Brust. ‹Mein Liebster, ich liebe dich so›, murmelte sie traurig.

Ich hielt sie fest, ganz fest; ich fuhr mit den Lippen über ihr Haar, doch ich sprach kein Wort. Es gibt Fragen, die man nicht stellen darf, denn um alles in der Welt will man die Antwort nicht hören.»

Von seinem Platz aus konnte Leonard den Parkplatz für die Autobusse sehen. Eine Menge Touristen kletterte gerade aus einem großen Bus. Sie blieben ein paar Minuten stehen, um sich zu orientieren; dann suchten einige die Toiletten auf, andere den Andenkenladen, aber die meisten machten sich entschlossen auf nach Crinder's Clough. Mit etwas wie Haß im Herzen blickte Leonard ihnen nach; es war ein Gefühl, das er bisher kaum gekannt hatte.

Er las weiter. In dem Dorf des Jahres 1855 ging alles seinen gewohnten ruhigen Gang. Auf den Herbst folgte ein stiller, gemächlicher Winter. Leonard, der zwischen den Zeilen zu lesen verstand, merkte, daß sie alle auf das Ende des Schuljahres warteten. Aber nach außen hin war das Cottage in jenen Tagen weiterhin ein Hort der Liebe und des Frohsinns. Immer noch kam William Laws am Sonntag zum Dinner, nur spielten sie jetzt zu dritt

Whist, nicht mehr Schach, und Lazarus ging auch regelmäßiger zur Kirche.

Doch Corinda, weich und voller Liebe wie immer, schien zu altern, blasser zu werden. Sie hatte ihr Leuchten verloren. Die Eintragung «Wir waren sehr fröhlich» tauchte jetzt nicht mehr auf. Die Pikes hatten offenbar den Schmelz der Jugend verloren.

«Heute war der letzte Tag des Schuljahrs. Wie glücklich die Kinder waren, als sie so unbekümmert die Lieder ‹Schäferin mein› und ‹Guter König Wenzeslaus› sangen! Wenn man sie so sieht, merkt man, was für eine Last die Schule ihnen sein muß. Ich weiß nicht, ob es für ihre strammen, rastlosen Beinchen nicht besser wäre, wenn sie frei über unser Heidemoor laufen könnten, und ob ihre großen Augen und ihre einfachen Gemüter nicht lieber in Gottes freier Natur lesen sollten, in den Heckenrosen und in den Sommerwolken.

Nach der Schule kam William zu uns, um Abschied zu nehmen. (Er wird morgen zu Fuß nach Buxton wandern, um dort den Zug nach Manchester zu nehmen.) Das Herz war uns schwer, allen dreien. Doch als er uns dann eine Derby-Vase überreichte (in Dankbarkeit, wie er sagte, für all unsere Güte), da brachten wir kein Wort heraus. Ich schüttelte ihm die Hand und wünschte ihm Lebewohl. Und Corry – Corry stellte sich auf die Zehenspitzen und gab ihm einen schwesterlichen Kuß auf die Wange. So ging er fort aus unserem Leben, und der rasselnde, dampfende Zug brachte ihn fort nach Manchester.

Wir waren still, als er gegangen war. Ich rauchte meine Pfeife. Corry beugte sich über ihren Stickrahmen und blickte manchmal auf und sah liebevoll zu mir herüber.

Aber wir sprachen fast nichts. Wenn ein Freund das Haus für immer verläßt, bleibt hinter ihm ein Schweigen zurück, das schwer zu brechen ist.»

Es folgten ruhige Tage. Sie bereiteten Geschenke für Freunde und für die Familie vor und schmückten das Haus mit Stechginster. Leonard, der auch hier wieder zwischen den Zeilen las, meinte eine große Zärtlichkeit zwischen Lazarus und Corry zu spüren, während sie ihren festlichen Aufgaben nachgingen. Und doch fühlte er im Untergrund eine Spannung, die ihnen beiden zuwider war und die sie doch nicht überwinden konnten.

Den ersten Weihnachtstag verbrachten sie anscheinend glücklich mit Corindas Eltern im Pfarrhaus. Dann setzte das Tagebuch plötzlich aus. Die nächste Eintragung folgte erst am 15. März.

«Endlich fühle ich mich imstande, und wünsche es sogar, die Ereignisse jenes schrecklichen zweiten Weihnachtstages festzuhalten. Vielleicht wird es mir helfen, das Geschehene zu verstehen und klar zu sehen; vielleicht kann ich dann sogar meinem Schöpfer, Corindas Schöpfer, vergeben, was er ihr angetan hat. ‹Was Fliegen sind für lose Knaben ...› wie oft habe ich Shakespeares Worte vor mich hingesagt seit jenem furchtbaren Augenblick, da die Suchmannschaft, den Blick auf den Boden geheftet, mir bedeutete, es habe keinen Sinn, noch länger zu suchen. Wie oft bin ich im Januar Tag für Tag, in Schnee und Nebel, allein über das Moor geirrt und habe, dem Wahnsinn nahe, zu einem Gott gebetet, den ich zu hassen gelernt hatte!

Ich dachte mir nichts dabei, als sie mir sagte, sie wolle einen Gang übers Moor machen. Sie hatte sich nie an die

Konvention gehalten, daß eine Dame nicht ohne Begleitung spazierengehen dürfe. Auch als sie nach einer Stunde, nach zwei Stunden noch nicht zurück war, dachte ich mir nichts. Dann packte mich plötzlich die Angst. Ich nahm Mantel und Hut und eilte nach draußen. In weniger als einer Stunde würde es dunkel sein! Aber ich würde sie ja treffen, auf dem Weg vom Moor herab, mit lachenden Augen in der Winterluft, sagte ich mir. Ich brauchte mich nicht zu ängstigen …

Ich traf sie nicht. Ich folgte all unseren Wegen, rief immer wieder ihren Namen. Langsam wurde es dämmrig über dem Moor, flügelschlagend kehrten die Vögel heim, ich war allein, und ich hatte Angst. Ich lief ins Dorf zurück. Wir beide, Corinda und ich, brauchten dringend Hilfe.

Doch als sie beim Schein einer Sturmlaterne ihr Seidenband fanden – an der Stelle, die sie jetzt schon ‹Corinda's Clough› nennen –, da sagte mir mein Herz, daß für sie jede Hilfe zu spät kam. Tage- und wochenlang habe ich später das Moor durchstreift. Doch die Hoffnung in mir war erloschen.»

Einige Tage später schrieb er:

«Es mag sein, daß ich noch vierzig Jahre leben werde. Und meine einzige Liebe, meine Herzensfreundin und Gefährtin, wurde mir an einem Wintertag genommen. Ich bin allein – bitterlich allein, denn unaussprechlich böse Gerüchte sind im Schwang über die Art, wie Corry zu Tode kam – vermutlich eine Folge der gehässigen Klatschereien über William und meine geliebte, unschuldige Corry. Und wenn ich mein Leben hinfort als Kerker ansehe, so werden diese Gehässigkeiten die Peit-

schenschläge sein, die mich zerreißen. Corinda – oh Corinda!»

Leonard packte der Zorn. Es war ihm ein unerträglicher Gedanke, daß ein Mensch, der so viel Leid durchgemacht hatte, jetzt als Verbrecher dargestellt wurde, und das von zwei Männern, die er zu Lebzeiten ganz sicher gehaßt und gefürchtet hätte.

Leonard rief Masters im *Royal George* an.

«Ich habe etwas Interessantes für Sie, Masters. Pike hat seine Frau *nicht* umgebracht.»

«Doch, das hat er», sagte Masters energisch.

«Nein, hat er nicht. Ich habe ein zweites Tagebuch von ihm gefunden. Und daraus geht hervor, daß er es nicht getan hat.»

«Nun hören Sie mal zu, Instone», sagte Masters geduldig. «Muß ich einem Mann Ihres Alters wirklich die Realitäten des Lebens auseinandersetzen?»

Leonard schwieg, und Masters fuhr fort:

«Wir haben eine Novitätenabteilung mit Pike-Souvenirs in der *Post* eingerichtet. Kosten: etwa dreißigtausend Pfund. Thompson hat *Sue's Souvenir-Shop* gebaut und mit Waren ausgestattet. Kosten: etwa fünfzigtausend. Dieses Hotel hier ist von oben bis unten renoviert worden. Alles zu Ehren von Lazarus Pike, dem Mörder. Die Gemeinde von Boding hat öffentliche Toiletten gebaut. Kosten: etwa fünftausend. Und dann noch all die Firmen, die das ganze Kitsch- und Talmizeug liefern!»

Leonard sagte nichts.

«Dazu kommt dann noch der Fernsehfilm über Pike, einschließlich Mord. Er ist jetzt halb fertig, das wissen Sie. Die Kosten allein für Diane Duvet gehen ins Astronomische. Wollen Sie jetzt immer noch behaupten», er bellte jetzt, «daß Pike seine Frau nicht umgebracht hat?»

«Natürlich. Was Sie da sagen, ist doch alles nebensächlich.»

«Eine halbe Million ist niemals nebensächlich», gab Masters ruhig zurück. Pause. «Und soll ich Ihnen verraten, was auch nicht nebensächlich ist?»

«Bitte.»

«Die Tatsache, daß Sie der Kassenwart der Lazarus GmbH sind.»

«Ich könnte zurücktreten.»

«Das, fürchte ich, wäre für Sie von weit größerem Nachteil als für die Gesellschaft. Und soll ich Ihnen noch etwas sagen?»

«Ich höre.»

«Auch die Tatsache, daß Sie jetzt in Ill Boding wohnen, ist nicht nebensächlich. Wenn Sie irgendwas in dieser Sache unternähmen, würde man Sie und Ihre Frau sehr bald davonjagen – wenn man Ihnen nicht sogar eines Nachts das Haus über dem Kopf anzünden würde!»

Leonard merkte, wie er blaß wurde. Aber er sagte mutig: «Trotzdem werde ich etwas unternehmen.»

«Was denn?» bellte Masters.

Leonard wußte nicht was. Er wußte nur, daß er nicht wollte, daß man Lazarus weiterhin in den Dreck zog. «Als erstes werde ich an die *Times* schreiben», sagte er.

Masters lachte bellend. «Ach Gott! Der gute Instone! Dann schreiben Sie doch an die *Times*! Was glauben Sie, wen das kümmert? Außer in Boding? Und hier liest man keine Zeitung außer der *Sun* und dem *Mirror*.»

«Ich werde trotzdem schreiben», sagte Leonard trotzig.

«Ach, gehen Sie doch zurück ins neunzehnte Jahrhundert, wo Sie hingehören!» sagte Masters verächtlich und legte den Hörer auf.

Leonard, kochend vor Zorn, schrieb einen Brief an die *Times*. Er sah keinen anderen Weg, um Lazarus Pike zu helfen.

«Armer Pinsel», sagte Masters, als er ihn gelesen hatte. «Was hat er sich bloß davon versprochen?»

«Er hat eben keine Ahnung», sagte Crump.

«Ja, stimmt. Ich hab Ihnen ja schon mal gesagt: er ist harmlos wie ein Wickelkind.»

Und tatsächlich: der Brief an die *Times* ging unter wie ein Stein im Wasser – ohne das geringste Kräuseln zu hinterlassen.

Dann kam Leonard eine Idee: er suchte den Mann auf, der Lazarus Pike ebenfalls Zuneigung und Hochachtung entgegenbrachte, Samuel Wetherby, den Pfarrer von Shepherd's Delight und Ill Boding.

Der Pfarrer war sichtlich erfreut. Er bat Leonard Platz zu nehmen, reichte ihm seinen Tabaksbeutel über den Tisch, setzte sich behaglich in seinen Drehsessel und blickte seinen Besucher mit strahlendem Lächeln an.

«Lieber Mr. Instone, ich freue mich sehr, Sie zu sehen. Ich war ganz begeistert, als ich hörte, daß Sie hierher gezogen sind, in meine Gemeinde.»

«Vielen Dank.»

«Verzeihen Sie, daß ich Sie noch nicht aufgesucht habe. Aber Sie stehen auf meiner Liste, wenn ich das nächste Mal nach Boding komme.»

«Es handelt sich um Pike», sagte Leonard. «Lazarus

Pike. Wir hatten recht. Er hat seine Frau nicht umgebracht.»

«Tatsächlich? Das freut mich sehr. Es ist immer schön zu wissen, daß man sich in einem Menschen nicht getäuscht hat.»

«Aber keiner will etwas davon hören», sagte Leonard verzweifelt. «Sie wollen trotzdem die Filmszene drehen, in der er sie ermordet. Deshalb bin ich zu Ihnen gekommen. Ich weiß, Sie waren damals genauso gegen das alles.»

«Sie meinen damals auf der Hochzeit?»

«Ja.» Leonard lächelte unsicher. «Ich bin in Ihren Augen vielleicht ein schwankendes Rohr, und das stimmt ja auch. Ich habe das alles geschehen lassen, sogar mit dazu beigetragen – sogar Geld dafür angenommen. Aber da hatte ich das zweite Tagebuch noch nicht gefunden. Dort steht alles drin», berichtete Leonard. «Daß sie nur einen Gang übers Moor machen wollte, aber nicht zurück kam, und wie er sie suchte und suchte. Neben einem Moortümpel fanden sie ein Seidenband von ihr. Und schon ein paar Wochen nach ihrem Verschwinden tauchten dann diese gräßlichen Gerüchte auf, die ihn so peinigten.»

«Armer Lazarus!» sagte der Pfarrer.

«Ja, armer Lazarus. Aber niemand hört auf mich. Sie machen einfach weiter. Und dann fielen Sie mir plötzlich ein: Sie sind der Mann, der der Sache ein Ende machen könnte. Ich hab es versucht. Aber», schloß er zaghaft, «ich bin nie sehr tüchtig gewesen.»

Nachdenklich stopfte Sam Wetherby seine Pfeife. Endlich sagte er: «Ja. Ich war genau so entsetzt wie Sie, daß ein Mann wie Crump sich über diesen alten Skandal hergemacht hatte. Aber ...» Er zündete ein Streichholz an, hielt es an die Pfeife und drückte die Tabakkräusel mit dem Finger nach unten.

«Aber?» drängte Leonard.

«Ich fürchte», sagte der Geistliche langsam, «es ist jetzt zu spät, um das alles anzuhalten. Und offen gesagt: ich bin auch nicht sicher, ob ich es wünsche.»

Leonard sah ihn entgeistert an. «Aber – der Ruf eines Toten?»

«Ganz recht: eines Toten. Und meine Aufgabe ist es, für die Lebenden zu sorgen. Bitte, verstehen Sie mich. Zum erstenmal, seit sie denken können, haben wenigstens ein paar meiner Pfarrkinder in Ill Boding die Hoffnung, sich das Leben ein bißchen leichter zu machen. Das haben sie hauptsächlich Ihnen zu verdanken, Mr. Instone. Wollen Sie das wirklich zunichte machen, um des Rufes eines toten Mannes willen?»

«Würden Sie es bewahren, mit Hilfe einer Lüge?»

Der Pfarrer schwieg eine Weile. «Ja», sagte er dann. «Ich glaube, das täte ich. Kann sein, daß ich unrecht habe, aber ich glaube, ich täte es.»

Ein wenig steif erhob sich Leonard. Er blickte Sam Wetherby mit einem rührenden Lächeln an. «Das hätte ich nie gedacht – daß Sie nicht auf meiner Seite stehen», sagte er traurig.

Auch der Pfarrer erhob sich. «Was wollen Sie nun tun?»

«Ich weiß es nicht. Wahrscheinlich werde ich dem Rat der Kirche folgen. Aber auf mein Gewissen muß ich trotzdem hören.»

«Ja, tun Sie das.» Der Pfarrer kam um den Tisch herum und öffnete die Tür. «Tun Sie das, Ihr Gewissen wird Ihnen besser raten, als ich es kann. Und wenn es den Stab über Sie bricht, dann wird es auch über mich den Stab brechen, und über die Kirche, der ich diene.»

Langsam ging Leonard hinaus. Jetzt war er allein – ganz allein. Er wußte nicht, was er noch tun konnte.

16

Das Leben ging seinen Gang. Leonard war nun in Ill Boding ein geachteter, akzeptierter und jetzt sogar zentralbeheizter Mitbürger, er hatte es behaglich und es ging ihm gut. Jane war zufriedener und liebevoller als seit Jahren. Die Osterferien standen bevor, und Kate, sein Liebling, kam nach Hause. Die Leute von Ill Boding waren freundlich auf ihre übliche kurzangebundene Art. Er und Jane wurden gut Freund mit den Ladenbesitzern und Handwerkern; und wenn sie mal in der *Stillen Frau* einkehrten, hob sich sogar hie und da ein Kopf und nickte ihnen zu.

»Tag, Nicholas», sagte Barbara kühl und streckte ihm auf Armeslänge die Hand entgegen. «Freut mich, daß du kommen konntest.»

«Tag», sagte Nicholas enttäuscht. Es war nicht die Begrüßung, die er erwartet hatte. Er schüttelte ihr die Hand und fragte: «Bin ich der erste?»

«Ja. Wirklich nett, daß du gekommen bist. Möchtest du was trinken?»

«Ja, bitte», sagte Nicholas. Er brauchte etwas Starkes jetzt, ein Bier mit Schuß oder so was.

Sie schlenderten in die leere, kerzenbeleuchtete Bar, wo Nicholas zwei Drinks bestellen wollte; aber Barbara sagte: «Nein, es ist *meine* Party!» und bestellte zwei Camparis, die sie an einen Seitentisch trugen.

«Sind wir noch verlobt?» fragte er ruhig, wie es sich für einen Engländer gehörte; der Aufruhr tobte nur innerlich. Er sah Barbara an. Sie war keine Schönheit, kein Gainsborough- oder Sargent-Gemälde. Aber sie hatte ein warmes, liebevolles Gesicht, das er nur zu gern geküßt hätte.

«Verlobt?» fragte sie. «Nein, finde ich nicht. Du bist ja abgehauen.»

«Weil dein Vater ziemlich rüde war.»

«Ein Mann hat das Recht, in seinem eigenen Haus rüde zu sein», erwiderte sie. Aber ihre Stimme, die zuerst ganz zuversichtlich klang, begann zu schwanken und versagte dann fast. Und als Nicholas sie betreten ansah, kullerten große Tränen über ihre Wangen.

«Barbara!» rief er. «Was ist denn los?»

«Ach, Nicky», heulte sie. «Du findest mich sicher gräßlich.»

«Wie kommst du darauf? Ich finde dich absolut nicht gräßlich. Ich –»

«Doch. Aber Maman hat gesagt, ich muß ganz kühl und zurückhaltend sein, weil der ... weil der Jäger es nicht gern hat, wenn der Hase ihm von selber in den Sack springt. Und das war so schrecklich, Nicholas! Für mich viel mehr als für dich.»

«Du, das stimmt nicht. Es hat mich auch schrecklich mitgenommen. Ich konnte gar nichts mehr essen und habe bei drei aufeinanderfolgenden Spielen glatt versagt.»

Ihre Augen strahlten. «Wirklich?»

«Ja, es war so. Ich dachte, du magst mich nicht mehr.»

«Ach, Nicky, das könnte ich doch gar nicht!»

Er küßte sie auf die Nasenspitze, denn sie waren, ohne es zu merken, auf der kleinen Couch eng aneinandergerückt, und er hatte ihre feste kleine Gestalt in die Arme genommen. Sie hielt ihm die Lippen entgegen, und sie küßten sich lange und ausführlich.

«Mein Gott», sagte eine laute Stimme angewidert, «jetzt muß man sich schon in 'ner anständigen Bar Filmszenen ansehen.» Und als seine Augen sich an das Schummerlicht gewöhnt hatten: «Barbara! Oxo! Was fällt euch eigentlich ein?»

«Ach, alles mögliche, Daddy.» Ihr leises Lachen klang beinahe zweideutig.

Nicholas sprang auf und sah sehr verlegen aus. «Ich ... guten Abend, Mr. Masters.»

«Ich dachte, ich hätte Ihnen gesagt, Sie sollen meine Tochter in Ruhe lassen.»

Auch Barbara stand jetzt auf. «Sie will aber gar nicht in Ruhe gelassen werden, Daddy.» Wieder kam das leise unschickliche Lachen. Clive Masters sah rot.

«Auf dich kommt's nicht an!» sagte er grob.

«O doch, Mr. Barrett. Du hast nämlich was vergessen.»

«So? Was?»

«Daß ich morgen volljährig bin. Du kannst mich an nichts mehr hindern, wenn ich was will.»

«Ich kann und ich werde!»

«Und wie?»

«Es gibt Mittel und Wege», sagte er kalt.

«Mr. Masters», sagte jetzt Nicholas, «ich weiß, wir sind beide viel zu jung, um jetzt schon an Heiraten zu denken. Aber ich ... ich verlange, daß Sie unsere Verlobung zulassen.»

«Verlangen können Sie, bis Sie schwarz werden», sagte er verächtlich.

«Dann werde ich diesen blöden Film sabotieren», sagte Barbara entschlossen.

Clive Masters lachte nur laut und höhnisch.

«Dein Lachen wird dir gar nichts nützen», erklärte Barbara. «Wenn ich mir was in den Kopf gesetzt habe, dann bringst du mich davon nicht ab.»

Ihr Vater musterte die beiden jungen Leute von oben bis unten. «Ich finde, es ist Zeit, daß ihr beide entweder erwachsen werdet oder euch damit abfindet, daß ihr noch Kinder seid», sagte er und verließ mit großen Schritten die Bar.

Barbara sah Nicholas an. «Viel geholfen hast du mir ja nicht», sagte sie und lachte.

«Ich hätt's gern getan», erwiderte er. «Aber du ... du kannst doch den Film deines Vaters nicht sabotieren. Das geht nicht.»

«Klar kann ich. Komm, wir trinken noch einen Campari.» Sie ließ sich auf die Couch fallen und zog die Beine unter sich. «Hör zu: wenn sie hier mit den Aufnahmen anfangen, sind Osterferien, dann bin ich auch hier. Und es ist wunderbar, daß deine Eltern nach Ill Boding gezogen sind. Dann kannst du herkommen und mir helfen, wenn ich Daddy das Ultimatum stelle.»

«Ultimatum?» Nicholas fühlte sich unbehaglich.

«Ja. Paß auf: Ostermontag stellen wir ihm das Ultimatum, und wenn er seine Einwilligung bis Mitternacht nicht gegeben hat, folgt Sabotage – so lange, bis er Vernunft annimmt.»

«Das kannst du nicht machen. Das ist kriminell.»

«Keine Spur. Ich habe ja nichts Illegales oder Gefährliches vor. Es ist kinderleicht, irgendwas anzustellen, was die Produzenten Tausende kostet, irgendeine

Lappalie. Ich weiß das, ich hab ihm schon öfter in den Ferien geholfen.»

Nicholas saß da und starrte sie an. Sie war so süß, und er liebte sie, aber sie war eine verrückte kleine Person. «Du bist wahnsinnig», sagte er. «Du glaubst doch nicht wirklich, daß dein Vater sich herumkriegen läßt?»

«Doch», sagte sie ernst. «Sobald es um seinen Geldbeutel geht. Geld ist ihm wichtiger als ich. Wenn er die Wahl hätte, Bankrott zu erklären oder mich mit Idi Amin zu verheiraten, würde er mich morgen nach Afrika verfrachten.»

So erstand also Lazarus Pike auf von den Toten – nicht als stiller, freundlicher Schulmeister, der Gedichte für seine tote Frau schrieb, und nicht als aufmerksam beobachtender Schriftsteller mit verstecktem Humor und auch nicht als geachtetes Mitglied einer ländlichen Gemeinde. Die Epoche, die ihn ins Leben zurückrief, brauchte Sensationen. Lazarus Pike war nun ein Mörder, der seine Frau umgebracht und Romane voll kaum verhohlener Sexualität geschrieben hatte. Aber dabei beließ man es. Den Vorwurf der Homosexualität ließ man unter den Tisch fallen.

Sein Name erschien auf dem Fernsehschirm und in den Sonntagszeitungen; seine Bücher wurden zu Zehntausenden verkauft und wirklich gern gelesen, auch wenn vielen Lesern die kaum verhohlene Sexualität glatt entgangen wäre, wenn das Fernsehen nicht darauf hingewiesen hätte.

Auch in Ill Boding und Shepherd's Delight machte sich sein neues Leben bemerkbar. Amos Crumps Visionen wurden Wirklichkeit. Miss Lottie Pike saß tatsächlich auf einem viktorianischen Stuhl an einem Tisch in der Eingangshalle des Alten Schulhauses, vor sich einen Block mit Eintrittskarten, eine Tabaksdose für das Geld, und natürlich einen Farbfernseher. Sie war rundherum zufrieden. Die Ausflugsbusse konnten die lange Strecke zwischen Stratford und der Brontë-Gegend hier unterbrechen und eine Pause einlegen. Aber die stärkste Anziehungskraft hatte wohl der Moortümpel in Crinder's Clough, nachdem es jetzt als sicher galt, daß Corinda dort den Tod gefunden hatte. Die Stelle war durch Seile hübsch abgesperrt, und von April bis Oktober stand dort eine Bude mit Erfrischungen. Nichts fehlte. Man konnte in der Menge stehen, an seinem Eisbecher lutschen und sich genüßlich ausmalen, wie Corinda immer tiefer versank, wie der moorige Schlamm ihr über Mund und Nase stieg, wie der ruchlose Pike sie verließ und im Dunkel der Nacht verschwand, ohne auf ihre schwächer werdenden Hilferufe zu achten.

Und das war nicht alles. Nachdem die weißen Linien auf den Straßen übermalt, die Fernsehantennen (unter vehementem Protest von Lottie Pike) abmontiert und fünfzig Statisten in einfachen Kitteln herbeigeschafft worden waren, war Ill Boding fast so berühmt geworden wie London. Und als dann eines Tages tatsächlich Diane Duvet in ihrem weißen Rolls Royce erschien, brach in dem kleinen Moordorf eine Hyterie aus, wie man sie hier seit Kaiser Hadrians Tagen nicht mehr erlebt hatte.

Leonard Instone beobachtete diese hektischen Vorbereitungen mit dem schwelenden Zorn des ohnmächtigen Zuschauers. Er konnte den Lauf der Dinge nicht mehr ändern, denn er selber hatte seine Seele verschachert und dazu beigetragen, daß all das geschehen war. Er verabscheute sich selber, weil er schwach gewesen war und sich hatte kaufen lassen.

Doch – es gibt keinen Weg zurück. So hatte auch Pike in einem seiner traurigen Gedichte gesagt:

Es gibt keinen Weg zurück. Verriegelt ist die Tür und verschlossen. Der Schlüssel liegt auf dem Boden des Flusses. Es gibt keinen Weg zurück. Uns bleibt nur ein Blick durch das Schlüsselloch der Erinnerung – Ein Blick in den hellen Raum mit dem knisternden Feuer. Liebe und Lachen und Freude sind in dem Zimmer gefangen – Doch es gibt keinen Weg zurück. Die Tür ist versperrt, der Schlüssel verrostet im Flußbett. Und selbst wenn den Schlüssel wir fänden und könnten die knarrende Tür wieder öffnen, so muß ich dir sagen: der Raum – es gibt ihn nicht mehr.

Leonard erschauerte. Lazarus Pike hatte sein Glück gehabt auf Erden, und auch sein Leid. Er hatte sein Leben gelebt, und ein wenig von ihm war noch heute am Leben: ein oder zwei Gedichte festgehalten in den Gedanken anderer Menschen. Blätter von einem sterbenden Baum, die in den Herbstwäldern hängen blieben ...

17

Gleich nach den Osterfeiertagen sollte die Filmarbeit beginnen. Die Vorbereitungen für die Außenaufnahmen waren abgeschlossen. An den Mauern hingen uralte Reklameschilder für Bovril und Pears-Seife; die Schaufenster hatten kleine Scheiben aus dunklem Glas und sahen aus wie vor langer Zeit. Vor allem war alles, was an das Auto, das untrüglichste Symbol des zwanzigsten Jahrhunderts, erinnerte, aus dem Blickfeld verbannt: weiße und gelbe Striche auf dem Pflaster, Hinweise, Tankstellen. Statt dessen gab es jetzt eine Schmiede im Ort, einen einarmigen Wegweiser mit der Aufschrift *London 160 Meilen*, und eine Postkutsche mit kostümierten Fahrgästen, einem rotbäckigen Kutscher mit Zylinder, Posthorn und Peitsche, Postillions und altmodische Gepäckstücke.

«Jetzt ist es Zeit für das Ultimatum», sagte Barbara zu Nicholas.

«Das können wir nicht tun, Barbara. Er nimmt es doch nicht ernst.»

«Zuerst vielleicht nicht», sagte Barbara. «Aber wenn wir ihm bei dem Film irgendwas vermasseln, wird er es schon ernst nehmen.»

«So was ... also das tut man einfach nicht, Barbara.»

In ihren Augen stand liebevolle Entrüstung. «Nun hör mal zu, mein Lieber. Wir sind füreinander bestimmt, seit Adam und Eva, das weiß ich. Und du kennst mich nicht sehr gut, wenn du meinst, ich krieg's nicht fertig, meinen Willen durchzusetzen.»

Er hob seufzend die Schultern. «Also dann, Lady M.», sagte er resigniert.

Am Ostersonntag fuhr Clive Masters mit Antoinette nach Boding zum Cranberry Cottage. «Wir wollten doch mal sehen, was Sie aus dem alten Haus gemacht haben», sagte er.

«Oh, wie schön warm es hier ist!» rief Antoinette und klatschte in die Hände. Leonard schenkte Sherry ein. Jane zeigte Antoinette das Haus, die Schlafzimmer.

Clive suchte in seiner Brieftasche und zog einen Zeitungsausschnitt heraus. «Hier, das hat Crump gefunden, irgendwo in der *Yorkshire Post*.»

Leonard las den kurzen Artikel. Es handelte sich um den gerichtlichen Befund über zwei Leichen, die man am Crinder's Clough aus dem Moor gezogen hatte, in dem sie mutmaßlich mehr als hundert Jahre gelegen hatten. Todesursache: Unfall. Den Mann hatte man identifizieren können, weil er Papiere in der Brusttasche trug: es wwar ein Schullehrer namens William Laws. Die Frau blieb unbekannt. Leonard las schweigend zu Ende.

«Na, was meinen Sie», fragte Masters hämisch, «war Ihr makelloser Freund vielleicht ein Doppelmörder?»

«Blödsinn.»

Masters zuckte mit den Schultern.

«Ich werde das Tagebuch doch noch veröffentlichen», sagte Leonard.

«Ach was, Sie finden nie einen Verleger für den Quatsch. Außerdem werden sich Millionen von Leuten den Film ansehen. Wie viele, meinen Sie, würden Ihr Buch lesen? Fünfhundert?»

«Das hat nichts damit zu tun, das wissen Sie selbst.»

«Ja, ja, *magna est veritas*, ich weiß. Aber eine Million Pfund ist noch mehr *magna.*» Er leerte sein Glas, und Leonard füllte es wieder. Masters leerte es von neuem, knallte es auf den Tisch, erhob sich, ging zum Treppenaufgang und rief nach oben: «Ann, komm runter!» Zu Leonard sagte er kein Wort mehr.

Als die Gäste weg waren, ging Leonard in sein Arbeitszimmer und las den Zeitungsausschnitt noch einmal.

Was Masters behauptet hatte, ging daraus nicht hervor. Aber irgendwas hatte es natürlich zu bedeuten. War sie ausgegangen, um sich mit Laws zu treffen, zu einem letzten heimlichen Abschied, und das Moor hatte sie beide verschlungen? Oder hatten sie beschlossen, sich zu trennen, es aber nicht fertiggebracht und waren zusammen in den moorigen Tümpel geschritten? Oder war sie im Bewußtsein, ihn für immer verloren zu haben, hinausgegangen ins Moor, um ihrem Leben ein Ende zu machen, und er war vorbeigekommen, hatte versucht, sie zu retten, und war dabei ebenfalls umgekommen?

Ach was, es lag kein Beweis vor, daß es sich bei der Toten aus dem Moor um Corinda handelte. Doch dann fiel ihm der Anhänger ein, den sie um den Hals gehabt hatte. Die Corinda auf dem Steinkatafalk trug ebenfalls einen Anhänger. Angestrengt versuchte er, sich daran zu erinnern.

Das Schmuckstück, das er in der Hand gehabt hatte, das die Tote um den Hals trug, war ein schweres Kruzifix gewesen. Er sah es deutlich vor sich.

«Ich komme gleich wieder, Jane!» rief er seiner Frau zu und eilte in die Kirche.

Da war sie: ruhig, heiter, lieblich – ewig. Der ruhige Pol in einer unruhigen Welt. Und in ihrer Halsgrube lag ein schweres Kruzifix.

Nun wußte er also, wo die arme Corinda den Tod gefunden hatte. Aber wie? Durch eigene Hand? Durch William Laws Hand? Oder war sie einfach in das gräßliche Moor hineingestolpert, genau wie Nicholas, sein eigener Sohn? Er würde es nie erfahren. Er wußte nur: Pike hatte sie nicht umgebracht.

«Daddy», sagte Barbara am gleichen Tage, «du weißt, daß ich mich mit Nicholas verloben und ihn sogar heiraten könnte. Aber ich bin altmodisch und täte es lieber mit deiner Einwilligung.»

Clive Masters las in einem Drehbuch. «In fünf Jahren kannst du mal wieder anfragen», sagte er uninteressiert.

«Daddy, bitte, leg das Drehbuch weg und hör mir zu.»

Clive ließ sich nicht stören und las weiter.

«Na schön, Daddy», sagte Barbara entschlossen. «Dies ist ein Ultimatum. Entweder du willigst ein, oder wir sabotieren deine Filmerei.»

«Das könnt ihr nicht.» Jetzt blickte er endlich auf, aber es war Nicholas, den er böse anstarrte. «Wenn Sie sich von Barbara zu so einer Narretei überreden lassen, werde ich Sie gerichtlich belangen lassen, und zwar ohne Schonung. Ich könnte Sie ruinieren, allerdings glaube ich, wäre da nicht viel zu ruinieren.»

«*Du* kannst Nicholas nicht bange machen!» rief Barbara zornig.

Nicholas schien nicht ganz so sicher. Aber er fuhr sich mit der Zunge über die Lippen und sagte:

«Nein, das können Sie nicht, Sir.»

«So, nun macht mal beide, daß ihr wegkommt. Ich habe keine Zeit für Unterhaltungen.»

«Unterhaltung?» rief Barbara empört. «Das ist keine Unterhaltung – es ist ein Ultimatum!»

Dann nahm sie Nicholas bei der Hand und verließ das Zimmer. Draußen sagte sie tief atmend: «Jetzt haben wir also Krieg. Zunächst mal schlage ich vor ...»

Nicholas hörte ihr mit tapferem Gesicht zu, doch sein Mut begann zu sinken, als sie ihren Plan entwickelte ...

18

Die Kirche von Ill Boding und der Friedhof werden von uralten Ulmen beschirmt, die alle mehr oder weniger von der Ulmenkrankheit befallen sind. Das ist die eine Seite des Marktplatzes. Auf der gegenüberliegenden residiert die *Stille Frau*. In die dritte Seite mündet die einzige durchgehende Landstraße nach Shepherd's Delight. An der vierten Seite steht das Alte Schulhaus; diesen Namen hat ihm die Pike-Gesellschaft verliehen. Und daneben Cranberry Cottage.

An einem Frühlingsmorgen um acht sieht der Marktplatz aus wie vor hundert Jahren. Die Fernsehantennen sind von den Dächern verschwunden, auch alle Verkehrszeichen von den Fahrstraßen, und statt Autos gibt es Postkutschen, Ponycarts und schwere Heuwagen.

Amos Crump und Clive Masters sind bereits an der Arbeit und weisen den Kamerateams auf dem Marktplatz ihre Positionen an. Statisten haben ihre Kittel, Hüte und Heugabeln empfangen und sind dabei, sich im Schulraum umzuziehen. Zwei Dutzend ausgesuchte Kinder, in Samtanzüge und bunte Schürzen gezwängt, halten Gänseblümchen aus Kunststoff und gefärbte Kartoffelchips – Rosenblätter – in der Hand und üben den Anfang des Liedes «Kommt alle, ihr Kinder, zum fröhlichen Spiel». In der Kirche hat Diane Duvet, ein Traum aus weißer Seide und Orangenblüten, gerade einen ihrer üblichen Tobsuchtsanfälle, und Rod Spanner (der junge Lazarus Pike) gibt ihr unmißverständlich zu verstehen, daß er ihr eine kleben werde, wenn sie nicht damit aufhöre. Clive Masters versucht derweil, die Kameraleute in Schach zu halten und festzustellen, ob Kinder und Bauernjungen ihre Plätze richtig eingenommen haben, Rod daran zu hindern, seine liebliche Braut zu verprügeln, und Diane dazu zu bewegen, ihren Ausdruck etwas mehr der reizenden Corinda anzupassen.

Allmählich nehmen die Dinge Gestalt an. Die Bauernburschen verteilen sich auf dem Marktplatz und schwatzen und blicken gespannt zur Kirche hinüber. Die Kinder säumen den Weg zur Kirche und halten ihre Plastik-Gänseblümchen und Kartoffelrosen fest in der Hand. Ein Heuwagen schwankt über den Marktplatz. Der Postkutscher bläst ins Horn und treibt seine Pferde an. Die Kameras schwenken ein, die Kinder singen, das Brautpaar erscheint. Auf Diane Duvets Gesicht steht jetzt das strahlend-süße Lächeln, das ganz England an ihr liebt. Rod Spanner hat ihr mit der altmodischen Kavaliersgeste, die die Frauen so an ihm lieben, den Arm gereicht und führt sie aus der Kirche. Auf beiden Gesichtern steht glückselige Ergriffenheit. Die Kinder erheben ihre Stimmen, das Singen schwillt an, die Burschen auf dem Marktplatz brechen in Hochrufe aus. «Ausgezeichnet», murmelt Clive Masters, und das sagt er selten. Ein Regen aus Kunststoff-Gänseblümchen überschüttet das junge Paar; die Atmosphäre aus holdseliger Freude, Glück und Plastik ist vollkommen. In diesem Augenblick, dem Höhepunkt der Wonnen, erscheinen auf dem Markplatz sechs leicht ramponierte Autos, alle mit breiten weißen Schleifen geschmückt und der Aufschrift KEINE HOCHZEIT OHNE MAXI'S TAXIS versehen. Sie halten vor der Kirche. Einen Augenblick ist es still, dann hört man die Braut laut und deutlich sagen: «So eine Scheiße!»

«Kameras stop!» schreit Clive Masters. Und die Bauernjungen, die immer begeistert sind, wenn irgend etwas schiefgeht, nehmen den Ruf fröhlich auf.

Kate hatte fasziniert vom Fenster aus den Aufnahmen zugesehen. «Du, Daddy, gab's denn damals schon Taxis bei Hochzeiten?»

«Nein, mein Kind. Aber das hat Mr. Masters wohl nicht bedacht.»

Auf dem Marktplatz passierte inzwischen allerhand. Miss Duvet verkündete mit durchdringender Stimme, sie werde umgehend nach London zurückkehren und man werde sie hier im Norden nie wiedersehen, und Rod Spanner schloß sich ihr in weniger gewählten Worten an.

Aber die Taxifahrer rührten sich nicht vom Fleck. Erst mal Geld her, forderten sie immer wieder. Masters stieg die Galle ins Blut. «Wer hat Sie denn überhaupt bestellt?» fragte er.

«Ein Mann namens Pike», sagte einer der Fahrer. «Laz Pike. Er hat uns gestern angerufen.»

«Ich möchte mal wissen, von wo aus er angerufen hat», gab Masters zurück. «Er ist nämlich 1899 gestorben.»

«Machen Sie keine Witze, Mann.»

«Irgendeiner hier hat sich einen Witz mit *Ihnen* erlaubt, mein Bester. Aber ich war es nicht. Nun los – machen Sie Platz. Nehmen Sie die Wagen da weg.»

Es war nichts zu machen.

Clive überlegte, wer das gewesen sein konnte. Es gab nur einen Mann, dem daran lag, die Filmarbeit zu sabotieren, und das war Instone. Aber Instone ... Der brachte so was gar nicht fertig.

Bei dem Wort Sabotage fiel ihm etwas ein. Etwas, was er gar nicht beachtet hatte. Hatten nicht Barbara und der junge Oxo ... Verdammt noch mal, sie hatten doch so etwas angedroht! Es war zwecklos, unten in Shepherd's Delight nach Barbara zu suchen, aber der Junge war hier. Wie zum Teufel hieß er bloß noch, außer Oxo ...

«Hören Sie», sagte er zu den Taxifahrern, «ich habe den Kopf voll, ich kann mich jetzt nicht darum kümmern. Versuchen Sie's mal bei Instone, Cranberry Cottage, da drüben. Und räumen Sie die Wagen weg.»

Sie gingen, immer noch aufgebracht, zu Leonard Instone, der gerade das Haus verließ, um zur Bank zu gehen.

«Sind Sie Laz Pike?»

Leonard schüttelte den Kopf. «Nein.»

«Haben Sie eine Ahnung, wo wir ihn finden könnten?»

«Versuchen Sie's mal auf dem Friedhof», sagte Leonard.

«Was?»

«Ja, er verbringt seine Zeit auf dem Friedhof. Und nun erlauben Sie, bitte.» Er machte sich auf den Weg nach Shepherd's Delight.

Als die Wagen endlich aus dem Weg geräumt waren, hatte Landregen eingesetzt. Masters kochte vor Wut. «Für heute morgen ist das alles», sagte er. «Aber heute abend nehmen wir den Mord auf, und wenn es Schusterjungen regnet.»

Sie mühten sich ab, um Heuwagen, Kinder, Kameras, Diane Duvet und die ganze Plastikherrlichkeit ins

Trockne zu schaffen. Und Masters brachte seine ganze Liebenswürdigkeit auf, um Diane Duvet zum Bleiben zu bewegen. Als er das schließlich erreicht hatte und im Begriff war hinüberzugehen zum Cranberry Cottage und den jungen Oxo zu zerschmettern, sagte eine junge frische Stimme: «Hallo, Daddy.»

Er fuhr herum.

«Kann ich mich jetzt mit Nicholas verloben?» fragte Barbara mit süßem Lächeln.

«Nein, das kannst du nicht, verdammt noch mal.»

«Aber es war doch eine prima Leistung, findest du nicht, Daddy? Und die nächste wird noch besser.»

Sie hatte gedacht, er würde bei diesen Worten in die Luft gehen. Statt dessen nahm seine Stimme einen fast bittenden Ton an, als er sagte:

«Hör mal zu, Barbara. Du bist normalerweise kein verantwortungsloser Mensch, aber was du da getan hast, war ganz und gar verantwortungslos. Ich glaube, du hast überhaupt keine Ahnung, was eine solche Unterbrechung kostet. Ein ganzer Tag Filmarbeit ist jetzt im Eimer, die Kostümierung und das Make-up verschwendet, dazu Schauspieler, Kameramänner, meine eigene Zeit –»

«Kann ich dann Nicky heiraten?»

«Nein, selbstverständlich nicht. Sei doch nicht so kindisch.»

«Es ist nicht kindisch, wenn man den Mann, den man liebt, heiraten möchte.»

«Liebt? Es kann doch keine Rede davon sein, daß du diesen ... Hat er die Sache mitgemacht?»

«Klar. Er hat die Leute angerufen. Und das mit Laz Pike war seine Idee. Hübsch, nicht?»

«Ja, sehr hübsch», sagte Clive bissig. «Mal sehen,

wenn er wegen Sachbeschädigung belangt wird, ob er das auch noch hübsch findet.» Wutentbrannt wandte er sich um und ging. Herrgott, wie er diese Instones haßte!

Auf dem Heimweg von der Bank dachte Leonard über den Vorfall am Morgen nach. Offensichtlich hatte jemand versucht, den Film zu sabotieren. Aber wer? Der einzige, dem daran gelegen sein konnte, war er. Er hatte es aber nicht getan. So etwas wäre ihm nie in den Sinn gekommen. Ein Klügerer und Mutigerer hatte es gewagt, und der Täter hatte Leonards ganze Sympathie.

Er war noch nicht lange zu Hause, als das Telefon klingelte. «Instone? Hier Masters. Jetzt hören Sie mir mal gut zu. Ihr Sohn hat, glaube ich, den idiotischen Vorfall von heute morgen veranlaßt. Ich möchte Sie nur warnen. Wenn einer von Ihnen, entweder Sie oder er, noch einmal etwas Ähnliches versucht, dann wird das sehr ernste Folgen haben. Das verspreche ich Ihnen.» Das Telefon machte klick, und es folgte der Summerton.

Langsam legte Leonard den Hörer auf die Gabel. Er flog an allen Gliedern, mehr vor Zorn als vor Furcht. Wie gut Masters ihn kannte! Ernste Folgen! Allein die Drohung genügte, um Leonard bei der Stange zu halten. Es hörte sich böse an und konnte bei Masters alles heißen.

Aber ... hatte Nicholas wirklich etwas mit dieser Sache zu tun?

Als sie beim Tee saßen, atmete Leonard ein und sagte:

«Mr. Masters hat mich eben angerufen, Nicholas.»

Nicholas wurde rot und starrte aufs Tischtuch.

Jane blickte neugierig Leonard an. Und Kate fragte: «Was wollte er denn, Daddy?»

Leonard ließ die Augen nicht von seinem Sohn. Mein Gott, es ist also wahr, dachte er. Ausgerechnet Nicholas. Er fragte ruhig: «Hast du die Taxis bestellt, Nicholas?»

Kate hüpfte auf ihrem Stuhl auf und ab und sagte: «Damals gab's ja noch gar keine Taxis, Nicky. Hat Daddy gesagt.»

«Sei still, Kate», sagte Jane.

«Hast du?» fragte Leonard, der sich weit weg wünschte.

«Ja.»

«Aber es gab damals doch gar keine, Nicky. Taxis waren damals noch gar nicht erfunden!»

«Bist du jetzt still, Kate!» sagte Jane energisch.

«Darf ich fragen warum, Nicholas?» sagte Leonard. Er haßte es, den strengen Vater zu spielen.

«Es war ... so eine Art Kriegslist. Damit er erlaubt, daß wir uns verloben», sagte Nicholas mit kleiner Stimme.

«Daß wer sich verlobt, Nicky? Doch nicht du und diese Barbara?»

«Kate, wenn du nicht still bist, gehst du nach oben.»

«Aber Mummy, ich ... er ist doch noch viel zu jung.»

«Natürlich ist er zu jung. Aber das geht dich gar nichts an.»

«Doch, Mummy! Ich will nicht –»

«So, jetzt gehst du rauf!»

«Mummy!»

«Also gut. Aber du hältst jetzt den Mund.»

Kate blieb sitzen und preßte mit den Fingern beider Hände die vorgeschobenen Lippen zusammen.

«Danke», sagte Jane.

«Hast du noch weitere Kriegslisten ins Auge gefaßt?» fragte Leonard kühl.

Nicholas, den Blick immer noch auf das Tischtuch gerichtet, sagte: «Barbara hatte noch eine Idee: Sie wollte in einem kritischen Augenblick eine Herde Kühe loslassen, oder so was.»

Niemand, auch Kate nicht, bemerkte das fast neidische Aufblitzen in Leonards Augen. «Nicholas», sagte er ernst, «ich hätte nie von dir gedacht, daß du so unglaublich leichtfertig sein kannst. Ich verbiete dir ein für allemal ...» Er sprach nicht weiter.

«Ich wette, Masters hat dir aufgetragen, mir das zu sagen. Aber *ich* habe keine Angst vor ihm.»

Leonard, nicht ganz aufrichtig, aber sehr würdevoll, sagte: «Ich auch nicht. Aber er –»

«Klar hast du Angst», fiel Nicholas ihm ins Wort. Er hatte selber Angst, mußte es also wissen. Aber noch mehr Angst hatte er vor Barbaras Zorn, wenn er ihr sagen mußte, er habe ein Veto akzeptiert. Er stand auf. «Du weißt, wir lieben uns, Barbara und ich, aber das ist dir ja egal. Ich wünschte beinahe, ich wäre damals nicht einfach aus dem Haus gelaufen, als er dich – als er diesen Ausdruck gebrauchte. Dann wäre er jetzt vielleicht weniger gegen mich eingenommen.»

Leonard war sehr bleich geworden. «‹Ein mickriger kleiner Bankangestellter› – ich glaube, das war der Ausdruck.» Seine Stimme klang, als habe er Watte im Mund.

«Setz dich hin, Nicholas», sagte Jane.

«Meinst du vielleicht, es war eine zutreffende Bemerkung?» fragte Leonard mit schwankender Stimme.

Nicholas starrte seinen Vater an. Es war ein langer,

harter, feindseliger Blick, voller Geringschätzung. Dann wandte er sich um, verließ das Zimmer und gleich darauf das Haus.

Der Regen hatte längst aufgehört. Der Abend war milde und still. Barbara und Nicholas gingen mit großen Schritten über den Moorpfad.

Barbara legte sich seinen Arm um die Taille und hielt ihn dort fest; er fühlte sich an wie der Arm eines Toten. «Was ist los, Lieber?» fragte sie.

«Nichts. Krach mit meinem Vater, das ist alles.»

Sie blickte besorgt zu ihm auf. «Ich kann mir gar nicht vorstellen, daß ihr euch zankt. Ihr seid doch beide so lieb und ruhig.»

«Haben wir auch noch nie getan», sagte er trübsinnig.

«Um was ging es denn?»

«Um unser ... um die Sache mit den Autos bei der Filmerei. Er hat mir so was ein für allemal verboten.»

«Ich wollte dir auch gerade was dazu sagen, Nicky. Ich habe nämlich mit Maman gesprochen, und sie sagt, sie hält das auch nicht für eine gute Idee.»

«Nein?» Nicholas versuchte, seine Erleichterung zu verbergen und möglichst enttäuscht auszusehen.

«Nein. Sie sagt, sie hätte Daddy schon dreimal eine *affaire de coeur* ausgeredet, einmal hat sie gesagt, sie würde auf die Seychellen auswandern, und einmal, sie würde zu ihrer Mutter zurückgehen. Und er hat jedesmal nachgegeben. Und sie sagt, wenn sie ihn in unserm Fall nicht umstimmen kann, will sie ihren Hut zum Frühstück essen.»

«Tatsächlich?» Endlich lächelte er. «Und du meinst, das bringt sie fertig?»

«Nicky! Maman hätte Karl Marx dazu gebracht, die Tories zu wählen!»

«Ach, Barbara!» Er küßte sie zärtlich. «Also ehrlich, ich bin etwas erleichtert, weißt du.»

«Ja, ich weiß. Dir hat es nicht so viel Spaß gemacht wie mir.»

Klang da ein Vorwurf durch? «Doch», sagte er fest. «Aber das mit meinem Vater...» Plötzlich war er nachdenklich und zog seinen Arm weg. «Du, ich muß zurück und mich bei ihm entschuldigen. Viel hab ich nicht gesagt, aber er sah ziemlich erschüttert aus.»

«Ja, natürlich. Laß uns nur noch zusehen, wie die Sonne untergeht, ja?»

Sie setzten sich dicht nebeneinander auf das verlassene Heidemoor. Und Nicholas sah einen Abglanz der Sonne in Barbaras strahlenden Augen. Dann gingen sie Hand in Hand nach Hause.

19

Die Haustür fiel hinter Nicholas ins Schloß.

Leonard saß regungslos da und blickte auf das Tischtuch. Jane ließ ihn nicht aus den Augen. Sie schwieg. Auch Kate schwieg, unglaublicherweise saß sie still und sah ihren Vater an. Nach einer Weile trennten sich zwei große Tränen von ihren Augenlidern, rannen über die Wangen und fielen auf ihre Hände. Niemand bemerkte es, auch Kate selber nicht. Es war sehr still im Zimmer.

«Mit dem jungen Mann werde ich ein Wort zu reden haben, wenn er wiederkommt», sagte Jane.

Gleichmäßig tickte die Uhr.

Endlich hob Leonard den Kopf und sah seine Frau an. «Ich wollte, Kate wäre nicht dabeigewesen», sagte er still, als sei das Kind gar nicht mehr im Zimmer.

«Ja», sagte Jane.

Die Uhr tickte weiter.

«Es stimmt doch alles, nicht wahr?» sagte er ruhig.

«Was stimmt? Was er gesagt hat?»

«Besser: was er angedeutet hat.»

Sie schüttelte langsam den Kopf. «Nein.»

«Ich geh rauf in mein Zimmer», sagte er. Das Lächeln, mit dem er sie ansah, war traurig und seltsam rührend. Sie lächelte zurück – ein verwirrtes, beschämtes Lächeln. Er bittet mich um Hilfe, dachte sie, und ich kann ihm nicht helfen. Ich bin ihm nicht nahe genug. Er erhob sich steif und verließ den Raum. Jane und Kate blieben schweigend sitzen und sahen einander nicht an. Sie hörten das Knarren der alten Treppenstufen.

Im Arbeitszimmer ließ sich Leonard in den Sessel fallen und blickte hinaus in die Abendsonne.

Nun wußte er also, was sie alle von ihm hielten – sein Sohn, seine Frau, Masters und Crump: daß er feige, rückgratlos, untüchtig war. Genau das, was er selber wußte.

Er kam sich klein und minderwertig vor. Er wäre gern weggelaufen, geflüchtet vor dem Menschen, dem er nie entkommen konnte: dem eigenen schwachen und verachteten Ich. Er wäre gern schreiend und fluchend über das abendliche Moor gelaufen. Aber zugleich wünschte er sich auch, sich irgendwo hinzuwerfen und auszuruhen und zu weinen – um Lazarus und seine Corinda, um das ruhige, einfache Leben, das er mit Jane in Danby geführt hatte (doch: *so muß ich dir sagen – der Raum, es gibt ihn nicht mehr*). Und plötzlich wußte er, was er wollte. Er wollte weg – weg aus seiner lauten neuen Welt. «Es gibt keinen Weg zurück», hatte Pike gesagt. Aber es gab einen. Das Moor, alt schon, als Pike kam, alt, als die Römer kamen, das Moor, zeitlos und immer gleich, nahm ihn zurück.

«Ich geh ein bißchen raus, Jane», rief er ihr zu und hoffte, daß sie nicht etwa mitkommen wollte.

Jane wartete unten an der Treppe. «Geht's?» fragte sie und sah ihn besorgt an.

«Ja, ja, danke.» Er brachte ein dünnes Lächeln zustande.

«Darf ich mit, Daddy?» fragte Kate, eifrig wie ein Terrier, der das Wort ‹Ausgehen› hört.

«Ja, Kate, geh mit», sagte Jane erleichtert.

«Natürlich», sagte Leonard. Jane blickte ihnen nach, wie sie Hand in Hand den Weg ins Moor einschlugen.

Der Abend legte sich wie ein helles Seidentuch über das dunkle Moor. Der Spaziergang in der letzten Sonnenwärme, mit dem Lerchenjubel in der Luft, die sich auf die Erde herabsenkende Nacht – all das würde seinem Herzen Ruhe bringen. Doch es gab noch einen Ort, der Trost und Frieden für ihn bereithielt. «Laß uns erst mal in die Kirche gehen und dann ins Moor, ja?»

«Gut.» Kate hatte mit Kirchen nicht viel im Sinn; aber im Augenblick war ihr Herz voller Mitgefühl für ihren Vater, und sie wollte ihm jeden Wunsch erfüllen. Vielleicht wollte er in der Kirche beten oder so etwas.

Sie gingen durch die knarrende Tür in die Kirche. «Ich möchte dir hier etwas zeigen», sagte er, «was ich sehr schön finde.» Es war Zeit, daß er den Versuch machte, auf ihren Geschmack Einfluß zu nehmen, sagte er sich. Bei Nicholas' Ausbruch hatte er sich mahnend gefragt, ob er genug Interesse für seine Kinder aufgebracht hatte.

Dämmeriges Licht füllte die Kirche. Kate schob ihre Hand in die seine. Schon vom Mittelschiff aus sah man den Marmor schimmern.

«Das ist es», sagte er, als sie auf Corindas Grabmal zugingen. «Für mich ist es eins der schönsten Dinge, die ich je gesehen habe.»

«Ja?» sagte Kate und starrte genüßlich zu einem Totenkopf hoch an der Wand, der von einem Denkmal zu ihr herabgrinste.

Leonard sah Corindas glatte Schultern, den weichen Fall ihres Haars im Nacken. Das war etwas Bleibendes in einer sich auflösenden Welt. Ihre Schönheit würde

Augen und Herzen der Menschen, deren Väter noch nicht einmal geboren waren, immer entzücken. Wenn er Kate doch die Augen dafür öffnen könnte ...

Aber Kates Blicke hingen immer noch an dem Totenkopf; Corinda machte auf sie nicht den erhofften Eindruck. «Du weißt doch noch», sagte er, «als wir damals nach Nicholas suchten, zogen sie eine Frau aus dem Moor?»

«Ja.»

«Das war diese Frau.»

«Was?» Jetzt war ihr Interesse geweckt. Sie ließ seine Hand los und lief auf das Monument zu, um Corindas Gesicht näher zu betrachten. «Oh», sagte sie erschrocken.

Leonard trat beunruhigt näher.

Corindas Nase war eingeschlagen. Mit einem Sprühmittel hatte man ihre Mundwinkel schmollend nach unten gezogen und ihr zwei groteske blutrote Brustwarzen aufgesetzt. Quer über die Lenden hatte man geschrieben: *«Der Ladykiller war hier.»*

Kate begann lautlos zu weinen, und Leonard legte ihr tröstend den Arm um die Schultern. Er sagte sich: Das hier war nicht Masters' Schuld, es war die Zeit in der er lebte, eine Zeit, die auf künstlerischem Gebiet nur zwei Fähigkeiten besaß: Mittelmäßigkeit zu schaffen und Schönheit zu zerstören. Er seufzte tief. «Es tut mir leid, Kate.»

«Du hast gesagt, sie wäre schön», sagte Kate anklagend.

«Sie war auch schön», sagte er nachdenklich. «Wunderschön – bis die Menschen meiner Generation sich ihrer bemächtigten.»

Sie gingen hinaus auf den Friedhof. Der Aprilabend

war plötzlich blaß geworden, die Sonne war untergegangen, ein kalter Wolkenvorhang war von Osten heraufgezogen, und der Wind blies kalt über den Friedhof. Auf den Gräbern bogen und wehrten sich die Narzissen in ihren Vasen, wie Männer in Ketten.

«Lazarus Pike – 1820–1899.» Hier war nichts verändert. Pikes schwerer Stein trotzte sogar dem zwanzigsten Jahrhundert. Kleine Zweige, die die Märzstürme von den Bäumen gerissen hatten, fegten und hasteten wie Krebsgetier über die Steinplatte.

Leonard lachte bitter und murmelte: «Lazarus, komm nicht zurück in die Welt. Bleib, wo du bist. Es würde dir hier nicht gefallen.» Kate sah ihn erschreckt an.

Er sah ihr verweintes Gesicht und sagte liebevoll: «Geh nach Hause, mein Kleines. Ich mache noch einen Gang übers Moor.»

Das erschreckte sie noch mehr. «Kann ich nicht mit?»

«Nein, Kate. Es ist zu kalt für dich, und bald ist es dunkel. Sag Mummy, ich komme auch bald.»

Kate küßte ihn und lief nach Hause.

«Wo ist Daddy?» fragte Jane scharf.

«Er will noch ein bißchen übers Moor laufen. Er sagt, er kommt bald.»

«Kate! Warum bist du nicht mitgegangen?»

«Er wollte es nicht. Er war traurig, glaube ich.»

Leonard sah einen rötlichen Schein über dem Moor. Er ging darauf zu. Es war genau wie damals, in der schrecklichen Nacht, als die Polizei nach Nicholas suchte. Er hörte laute Rufe und Anweisungen. Endlich war er auf einer kleinen Anhöhe und blickte hinunter auf den Morast, der jetzt von einer Bogenlampe erleuchtet war.

Es war derselbe Moorsee wie damals, doch die Szene war nicht die gleiche. Zwei Gestalten standen nahe am Rande des Sumpfes und schienen ein erregtes Gespräch zu führen: eine Frau in bodenlangem Kleid und breitrandigem Hut, und einen Mann im Gehrock und Zylinder. Während Leonard noch konsterniert hinunterblickte, trat der Mann einen Schritt vor und hob drohend die Faust zum Schlag. Die Frau wich angstvoll zurück und geriet noch näher an den furchtbaren Sumpf.

Ein Alptraum, dachte Leonard. Er träumte! Doch plötzlich rief eine barsche Stimme, die durch das Megaphon noch härter klang als sonst: «Aufnahme!» Da fiel es Leonard wie Schuppen von den Augen: da unten wurde die Lüge gefilmt, Lazarus' Mord an Corinda!

Ein Sturm von Gefühlen tobte in ihm: die eigene Ohnmacht, die Verachtung seines Sohnes, Schuldgefühle, Mitleid und Liebe für Lazarus und seine Corinda, blinder Zorn ob der Schändung des weißen Marmorsteins, die ihm wie eine Symbolisierung seiner ganzen Zeit erschien ... Er war seiner Sinne nicht mehr mächtig. Er hörte, wie jemand schrie: «Anhalten!» und stellte verwirrt fest, daß der Schrei aus seinem eigenen Munde kam. Er merkte, daß seine Beine sich in Trab setzten und er wie wild den abschüssigen Weg hinunterrannte, immer schneller.

Die Leute unten waren beschäftigt und sahen und hörten ihn gar nicht. Clive Masters erließ weiter seine Befehle, die Kameras surrten und der Beleuchter sah sich vor der schwierigen Aufgabe, die Szene, die eigentlich im Dunkel liegen sollte, zu erhellen. Rod Spanner hob die Hand zum Schlag, die süße Diane Duvet hielt sich schützend die Hand vors Gesicht, stieß Angstschreie aus und wich Schritt für Schritt an den Rand des schwarzen Moortümpels zurück.

Keiner – auch Leonard nicht – hätte sagen können, ob er versehentlich mit der hohen Bogenlampe zusammenstieß oder ob es Absicht war. Auf jeden Fall kam der Metallpfeiler, an dem die Lampe montiert war, ins Wanken, und er fiel um. Die Lampe schlug auf den Boden und zersplitterte. Es war stockfinster. In der Dunkelheit hörte man Schreie, Flüche, Rufe nach Taschenlampen – und dann entsetzte, gellende Verzweiflungsschreie einer Frau.

Leonards Wut war mit einem Schlage verraucht, als er sah, was für ein Durcheinander er angerichtet hatte. Er wollte natürlich Masters sagen, was er getan hatte, und auch warum. Aber nicht jetzt. Masters hatte allem Anschein nach im Augenblick ohnehin anderes im Kopf. Er würde ihn morgen anrufen.

Unbemerkt kroch er den Pfad wieder hinauf und ging nach Hause.

Am nächsten Morgen strahlte die Sonne; und als Leonard aus dem Hause trat, erwartete er, auf dem Marktplatz Scharen von Kindern und Bauernjungen zu sehen und den ganzen idiotischen Aufmarsch einer Hochzeit aus dem neunzehnten Jahrhundert. Aber der Platz war leer. Er wunderte sich, denn er wußte, daß Masters sehr gedrängte Termine hatte, besonders nach der Narretei mit den Taxis. Aber Filmleute konnte man wohl nicht mit normalen Maßen messen. Ein ganz herrlicher Morgen, dachte er. An so einem Tag war es einfach schön, zu leben.

Wie immer stand er pünktlich um 8 Uhr 53 vor seinem Zeitungsladen. Zeit genug, um seinen *Telegraph* herauszuholen.

Der Händler hatte ihn schon bereitgelegt. Er wußte, so früh am Morgen war Mr. Instone nicht zum Schwatzen aufgelegt. Armer Kerl – er sah immer so aus, als hätten sich schon frühmorgens die Sorgen des ganzen Tages wie Geier auf seinen Schultern niedergelassen.

Doch heute war es anders. «Morgen, Mr. Baxter», sagte Instone fröhlich. «Vielen Dank. Steht sicher wieder nur Mord und Totschlag drin, wie immer, was?» Er wandte sich zum Gehen, und dabei streifte sein Blick, wie immer, die dicken Überschriften von *Sun* und *Star* und *Mirror*. Er erstarrte. DIANE TOT! hieß es in der einen Zeile. WER WAR SCHULD? schrie die nächste. FILMSTAR IM MOOR VERSUNKEN, hieß die dritte.

«Ist noch was, Mr. Instone?» fragte der Zeitungshändler erstaunt.

«Nein. Nein, danke schön», sagte Leonard mechanisch. Er trat auf die Straße und warf einen Blick auf seine Uhr. Es war fünf Minuten vor neun – er hatte noch einen Augenblick Zeit. Er blieb auf der Straße stehen und schlug den *Telegraph* auf.

Die Schlagzeilen berichteten von einem Streit zwischen Amerika und der Sowjetunion, von Schwierigkeiten mit den Gewerkschaften und ähnlichen, weniger weltbewegenden Ereignissen. Es war 8 Uhr 56, als Leonard es unter den Letzten Nachrichten fand. «Miss Diane Duvet, bekannte Film- und Fernsehschauspielerin, starb gestern abend während einer Filmaufnahme. Regisseur Clive Masters hält die Einstellung des Films für unvermeidlich.»

Drei Minuten vor neun betrat Leonard die Bank. Er

schloß den Raum auf, in dem sich der Safe befand, und fragte dann:

«Kann ich wohl mal zwei Minuten fortgehen, Mr. Carter?»

«Aber ja, natürlich.»

«Danke.» Leonard ging über die Straße zum Polizeirevier.

«Ich muß Ihnen etwas mitteilen», sagte er zu dem diensthabenden Beamten. «Ich glaube, ich bin schuld am Tod von Miss Duvet.»

«Tatsächlich, Sir?» Der Mann zog einen Notizblock zu sich heran, ohne Leonard aus den Augen zu lassen.

«Ja. Aber natürlich nicht mit Absicht.»

«Nein, natürlich nicht.»

«An so etwas habe ich überhaupt nicht gedacht. Ich meine, ich bin natürlich froh, daß jetzt Schluß ist mit der albernen Filmerei, aber ich hatte nie die Absicht, irgend jemand umzubringen.»

«Nein? Das freut mich, Sir. Vielleicht möchten Sie jetzt kurz mit dem Inspektor sprechen.»

«O nein, hierbleiben kann ich nicht», wehrte Leonard ab. «Ich muß ja zurück in die Bank.»

«Sie könnten doch vielleicht anrufen und sagen, daß das hier etwas länger dauert?»

«Nein, das geht nicht. Wir machen um halb zehn auf.»

Der Polizeibeamte nahm den Hörer von der Gabel und reichte ihn Leonard. «Hier, Sir.»

«Danke», sagte Leonard. Er war wieder mal schwach geworden – schwach und nachgiebig. Er nahm den Hörer und wählte, wie verlangt, die Nummer der Bank.

20

Lazarus GmbH
Auszug aus dem Jahresbericht

Der Vorstand nimmt mit der größten Befriedigung Kenntnis von dem Erfolg des Fernsehfilms *Lazarus und Corinda*, mit Anita Eiderdown in der Rolle der Corinda. Lizenzverkäufe im Ausland waren gut; die Presse lobte den Streifen einhellig. Trauer und Entsetzen der Öffentlichkeit beim tragischen Tode von Diane Duvet, die bei den ersten Aufnahmen verunglückt war, konnten in der Werbung wirksam eingesetzt werden.

Die Pläne des Vorstands, aus Ill Boding ein zweites Haworth zu machen, übertrafen die Erwartungen. Infolge der aufkommenden Konkurrenz sah sich Haworth, Yorkshire, veranlaßt, einen Wildpark zu eröffnen.

Die Bezüge der Direktoren wurden erhöht (s. Anhang).

Mr. Leonard Craven Instone wurde wegen Beschädigung einer Bogenlampe – Eigentum der Gesellschaft – verklagt und reichte sein Rücktrittsgesuch als Kassenwart ein. Dem Gesuch wurde stattgegeben.

«Sehr zufriedenstellend, wirklich sehr zufriedenstellend», sagte Clive Masters, als Crump zu Ende gelesen hatte, und zündete sich eine Zigarre an.

Amos Crump lehnte sich in seinem Stuhl zurück und nahm einen Schluck Sekt. «Ein komischer Kerl ist er doch, dieser Instone», sagte er nachdenklich. «Ich hab schon manchmal darüber nachgedacht, ob er die Sache damals richtig sabotieren wollte. Was meinen Sie?»

«Wenn das seine Absicht war, dann sind wir ihm zu Dank verpflichtet. Die Eiderdown ist viel besser für die Rolle als Diane Duvet. Aber ich glaube es nicht, nein. So viel Mumm hat er nicht. Wenn Sie mich fragen: der Mann ist der geborene Pfuscher, das ist alles.»

«Und irgendwo hat er einen Sexkomplex, glaube ich.» Mit nicht ganz sauberen Fingern wischte sich Crump ein paar Sektperlen von der Nase.

«Schon möglich», räumte Masters ein. Beide schwiegen eine Weile. Dann sagte Crump:

«Er hätte mal zu einem Seelenklempner gehen sollen, der hätte ihn vielleicht wieder hingekriegt.»

«Das wäre aber ein schweres Stück Arbeit gewesen», sagte Masters gehässig.

«Ja ... Trotzdem ... Wer hätte gedacht, daß er mit seinem *Tagebuch eines Dorfschulmeisters* auf der Bestsellerliste landen würde?» sagte Crump grollend.

«Das wundert mich nicht», meinte Clive Masters. «Das ist alles nur die Reaktion auf unseren Film und die Werbung. Na, jedenfalls», er lachte sein bellendes Lachen, «das Schulgeld für seine Tochter dürfte ihm keine Sorgen mehr machen. Sie soll jetzt im Internat in Westonbirt sein.»

«Nein!»

«Doch, doch. Ich muß sagen, mir ist das ganz recht, denn Barbara beharrt immer noch darauf, seinen Sohn zu heiraten. Das erhöht sein Prestige.» Masters schenkte sich nachdenklich noch etwas Sekt ein. «Ich würde sagen, die Bekanntschaft mit uns hat den Mann überhaupt erst zu etwas gemacht.»

«Ja, da haben Sie recht.» Crump nahm einen tiefen Zug von seiner Zigarre. Ihm war euphorisch zumute. Was für Erfolge! Und dazu das Bewußtsein, einem unbeholfenen Menschen den Weg ein wenig erleichtert zu haben. Langsam füllten sich seine Augen mit Tränen – Tränen der Dankbarkeit, daß er, Amos Crump, so reich gesegnet war und so reichen Segen stiften durfte …

James Herriot

Der Doktor und das liebe Vieh
Als Tierarzt in den grünen Hügeln von Yorkshire
Deutsch von Friedrich A. Kloth. 249 Seiten. Geb.
und als rororo Band 4393

Dr. James Herriot, Tierarzt
Aus den Erinnerungen eines Tierarztes
Deutsch von Ulla H. de Herrera. 255 Seiten. Geb.

Der Tierarzt kommt
Deutsch von Helmut Kossodo.
255 Seiten. Geb.

«Die Begegnung mit einem solchen Menschen
wie dem Tierarzt James Herriot
wird nicht nur zum unterhaltsamen,
sondern auch zum beglückenden Erlebnis
für den Leser.»
Österreichischer Rundfunk

«Der Autor versteht es,
seine von tiefer menschlicher Einfühlung
zeugenden therapeutischen Erfolge
mit viel Darstellungskunst zu charakterisieren
und mit viel Humor zu würzen.»
Neue Zürcher Zeitung